Ullstein

ZUM BUCH:

Ada, eine attraktive Frau in den besten Jahren, sucht Wege aus einer Lebens- und Ehekrise. Sie verläßt ihren treulosen Mann, einen Bildhauer, und fliegt an die spanische Sonnenküste, um dort in Ruhe Klarheit über sich selbst und ihre Vorstellungen von der Zukunft zu gewinnen. Aber als sie Reginald kennenlernt, verliebt sie sich in ihn und fühlt sich auch von Arved, einem weiteren Verehrer, angezogen. Doch wie tragfähig sind der »Liebe bunte Flügel«? Nicht sehr, stellt Ada ernüchtert fest, und besinnt sich auf ihr Talent als Fotografin. Als sie sich mit einer Galeristin anfreundet, die sich für ihre Arbeiten interessiert, beschließt sie, sich in Spanien ein eigenes, unabhängiges Leben aufzubauen.

ZUR AUTORIN:

Elvira Reitze stammt aus dem mecklenburgischen Bad Doberan und lebt heute als Filmkritikerin, Biographin und Romanautorin in Berlin. Bekannt wurde sie mit ihrem ersten Roman *Ein Wunder kommt selten allein.* Es folgten Bücher zu Fernsehserien und Filmen wie *Theo gegen den Rest der Welt.* Neben weiteren Romanen hat sie Geschichten und Tips von anno dazumal unter dem Titel *Oma hat das so gemacht* veröffentlicht.

Elvira Reitze

Liebe hat bunte Flügel

Roman

Ullstein

ein Ullstein Buch
Nr. 23732
im Verlag Ullstein GmbH,
Frankfurt/M – Berlin

Ungekürzte Ausgabe

Umschlaggestaltung:
Theodor Bayer-Eynck
Illustration:
Silvia Christoph

Printed in Germany 1995
Druck und Verarbeitung:
Ebner Ulm
ISBN 3 548 23732 0

Januar 1996
Gedruckt auf alterungs-
beständigem Papier mit
chlorfrei gebleichtem Zellstoff

Von derselben Autorin
in der Reihe
der Ullstein Bücher:

Frag nicht, ob ich dich liebe
(20784)
Kartoffelfeuer (22063)
Kartoffelfeuer/Wandas schöne
Schwester (23275)
Abend der Götter (22366)
Sonnenregen (22799)
Wandas schöne Schwester
(22847)
Wenn Engel reisen lacht der
Himmel (23018)
Oma hat das so gemacht (34422)

Die Deutsche Bibliothek –
CIP-Einheitsaufnahme

Reitze, Elvira:
Liebe hat bunte Flügel : Roman /
Elvira Reitze. – Ungekürzte
Ausg. – Berlin ; Frankfurt/M :
Ullstein, 1996
(Ullstein-Buch ; Nr. 23732)
ISBN 3-548-23732-0
NE: GT

Ich denk an euch, ihr himmlisch schönen Tage.

Siegfried August Mahlmann
(Aus: »Sehnsucht«)

1

Es war ein Sommer wie kein anderer, als die neuen Leute in Nr. 6 am Lido las Naranjas einzogen. Ich trug gerade meine geblümte Königinrobe, hatte die Haare frisch gewaschen und stand zufällig auf der Kiste, als sie in einem kleinen, roten Mietwagen von Fiat vorfuhren.

Die Kiste habe ich auf meinen Rasen dicht neben die hohe Mauer gestellt, die mein Grundstück umgibt. Ich bin nicht klein, aber ich kann ohne Kiste unter den Füßen nicht hinüberschauen. Als die Mauer noch ganz neu war, wähnte ich mich dahinter geborgen, doch inzwischen fühle ich mich manchmal eher abgeschlossen von der Welt, wie in einem Kloster vielleicht; in einem lieblichen Garten, inmitten duftender Blüten und summender Insekten, umgeben von Amseln und Spatzen und Katzen, unterwandert von Regenwürmern und Ameisen der allerwinzigsten Art. Und ohne Mann.

Lothar formt in Bayern verbissen seine Plastiken für Marktplätze, Behördenpaläste und Friedhöfe. Er läßt den Kreislauf des Wassers, die Spannung zwischen Sturm und Stille oder das Göttliche in der schlichten Kreatur zu Bronze erstarren und jagt in seinen schöpferischen Pausen hinter üppigen Weibern her. Ich habe obenrum Apfelsinen; er liebt Melonen. Seit rund zehn Jahren schon.

Die neuen Leute stiegen aus. Sie waren etwa in meinem Alter, zwischen fünfundvierzig und fünfundfünfzig. Sie bewegten sich mit jenem Schwung aus Erwartung und Vorfreude, der mich immer rührt und ein bißchen neidisch macht.

Die Frau war halbwegs schlank, hatte kurze rote Haare und trug etwas Korrektes in Graublau und Knielang, eine Spur tuntig im ganzen.

Er wäre in seiner braven grau-beigen Kombination sehr gesetzt erschienen, wenn er nicht diesen Gang gehabt hätte: federnd und abgehoben, als sei er eine Marionette, an Strängen des Himmels geführt.

Sie hatte mehrere, offenbar schwere Plastiktüten in den Händen. Er trug zwischen angewinkelten Armen einen Blumentopf mit einer ziemlich großen Dattelpalme vor sich her, wie in meinem Bilderbuch aus der Kinderzeit: »Ein holder Knabe schritt voraus, mit einem großen Blumenstrauß.«

Das waren sie also. In unserer kleinen Touristenkolonie hatten die Buschtrommeln sie schon angekündigt. Sie sei eine Deutsche, hieß es, und er sei Engländer.

Ich lehnte mich recht weit über die Mauer, bis ich den Halt unter den Füßen verlor und bäuchlings auf der Mauer lag. Da schaute der Mann plötzlich zu mir hin. Unsere Blicke hakten sich ineinander. Ich konnte mir vorstellen, was er sah, falls er ohne Brille überhaupt gut sehen konnte: Meine Haare waren einfach in der Sonne getrocknet. Sie fielen duftig und beinahe weiß im südlichen Licht zu beiden Seiten meines kleinen Katzengesichtes herunter. Augenfarbe: keine. Je nach Kleidung und Beleuchtung grau, grün oder blau, im Augenblick möglicherweise meliert.

Er hatte jedenfalls eindeutig Bernsteinaugen, hellgelb und ziemlich strahlend.

Er senkte die Mundwinkel, als hätte er etwas Verbotenes gesehen. Dann entschwanden sie meinen Blicken, denn ihr Haus liegt auf derselben Straßenseite wie meines, getrennt durch Pieseckes klassizistischen Gipspalazzo, und ich hangelte um mein Gleichgewicht und war froh, als ich wieder feste Kiste unter den Füßen hatte.

Zwei Tage später lernten wir uns kennen. Beim Müllcontainer auf dem Parkplatz an der kleinen Strandbude. Wir zahlen zwar alle Geld für das Abholen von *basura*, aber wir müssen ihn selber zum Container bringen, deshalb stehen dort in den wärmeren und belebteren Monaten oft plaudernde Grüppchen beisammen, ja, der Container ist so etwas wie der Marktplatz in südlichen Städten, ein Ort der Kommunikation.

Sie war in weißen Shorts mit grünem Top, der Typ, der nur bei eiserner Diät schlank ist. Er hatte lange graue Hosen an und ein gräßliches kariertes Hemd mit kurzen Ärmeln, eine spießige Aufmachung. Für lange Hosen war es auch zu warm, aber vielleicht hatte er dünne, weiße Beine? Oder Krampfadern?

Ich sagte: »Hallo, ich bin Ada Kleiminger, Ihre etwas entfernte Nachbarin.«

»O ja, mit den Löwen auf den Torpfosten? Wir sind Uta und Reginald Wilcox. Ein schöner Tag, nicht wahr?« erwiderte sie.

»Herrlich«, sagte ich.

Sie hatten meterweise Sperrmüll auf einer Schubkarre angefahren und stopften ihn nun mit Gewalt in den Container. Es schien ihnen nicht peinlich zu sein. Ich wartete mit meiner Tüte. Drei Meter entfernt, aus der Hecke vom Schwimmbad des Hotels Maritim, beobachteten uns mit Scheinwerferaugen große und kleine Katzen, die hier als Müllverwertungskommando und Touristenlieblinge hausten.

Reginald Wilcox machte nun auch den Mund auf und sagte in einem tadellosen, hübsch guttural klingenden und ganz leicht österreichisch gefärbten Deutsch: »Bei uns sieht es noch schlimm aus, aber wenn wir ein bißchen besser eingerichtet sind, würden wir Sie gern auf Burg Wilcox begrüßen.«

»Aber ja, ich würde mich freuen. Und kommen Sie beide doch gelegentlich, wenn Sie mal etwas Zeit haben, auf einen Drink bei mir vorbei.«

Wir lächelten und zeigten dabei alle drei erfreuliche Zähne. Wir gaben uns die Hände. Erst Uta und ich. Dann Reginald und ich, fest und etwas zu lange. Er sah mir dabei in die Augen. Seine Iris leuchtete gelb auf, das hatte ich bisher nur bei Löwen im Zoo gesehen, wenn sie auf ihrem Felsen gedöst haben und einen plötzlich fixieren, doch noch nie bei einem Mann. Wir zogen unsere Hände langsam zurück, beinahe war es ein Streicheln.

Ich ging zurück zur Villa Ada, und meine Hände zitterten leicht, als ich den Schlüssel in das Schloß am Tor steckte. Ich nenne mich Ada, aber eigentlich heiße ich Adele. Meine Mutter war Soubrette, bevor sie meinen Vater heiratete. Mein Name hat irgend etwas mit der *Fledermaus* zu tun.

Adele klingt altmodisch, und schon dieses »Ade-« hört sich nach Abschied an. Adi wäre eher eine Koseform von Adolf. Ele paßt nicht zu mir, zu brav, zu sanft. Ada hat zwar

Anklänge an ein gewisses Putzmittel – auf Sächsisch –, ist aber doch noch am besten. Lothar nannte mich »Weibi«. Ich war sein kleines Weib für alles, besonders fürs Grobe.

Als ich Lothar kennenlernte, hatte ich schon meine Tochter Bettina. Deren Vater wollte mich nicht heiraten, das war damals schwer für mich, aber heute bin ich beinahe befreundet mit ihm und auch mit seiner Frau.

Lothar hauste mittellos in einem Kellerloch, als ich mich in ihn verliebte. Er hatte Magengeschwüre und machte Gipsmodelle für Plastiken, die niemand kaufen wollte. Ich war fasziniert von seiner Gleichgültigkeit gegen irdische Dinge und von der wütenden Kraft, mit der er mich in die Arme nahm und stundenlang küßte, traktierte, mordwillig beinahe vor Angst, mich nicht mit Haut und Haaren und Gedanken zu besitzen.

Ich sah auch, daß er unglaublich begabt war, und ich holte ihn heraus aus seinem Kellerloch. Ich motivierte ihn, etwas Brauchbares zu machen; ich baute ihm ein Haus auf dem Lande mit großem Atelier, fragen Sie mich nicht, wie ich das finanziert habe, es war ein Wunder.

Ich beteiligte uns an Wettbewerben und Ausschreibungen; unsere Mobiles machten Furore im bayerischen Raum; wir bekamen Aufträge von verspannten Staatsbeamten, die ich vorher bekochte, bewirtete, entkrampfte und nach allen Regeln weiblicher Kunst einwickelte.

Wir wurden prominent, bekamen Ausstellungen, Empfänge, Rezensionen und Interviews. Vor unserem bayerischen Haus auf einem Feld steht ein großer Bär aus Bronze, unser Markenzeichen, stark und stämmig wie Lothar. Wenn die Butterblumen blühen und der braun-goldene Riese aus dem gelben und grünen Farbenmeer ragt, kommen seinetwegen Schaulustige und Fotografen aus München, und mancher Auftrag wird so angekurbelt. Lothar säße ohne mich immer noch im Keller. Ohne mich wäre er nichts, und das kann er mir nicht verzeihen.

Ich habe unseren Bären *Bronzo* genannt und bin oft zu ihm hinausgegangen, habe ihn gestreichelt und ihm meinen Kummer anvertraut. Er fehlt mir jetzt. Das Poster von ihm an der Wand ist kein Ersatz.

Ich ging in mein Wohnzimmer, setzte mich im Lotossitz auf den Boden und machte Atemübungen: acht Takte einatmen, acht Takte lang Nase zuhalten, acht Takte lang durch das rechte Nasenloch ausatmen und sofort wieder über acht Takte durch dasselbe Nasenloch einatmen. Acht Takte bei luftgefülltem Bauch und Brustraum warten, dann durch das linke Nasenloch ausatmen, und so weiter. Meine Nervosität legte sich. Der Löwenblick war mir vorhin doch mächtig ins Gebein geschossen.

Nach einem längeren Kopfstand war ich dann so fit, daß ich dem Besitzer eines kleinen Balkons einen drei Meter hohen Springbrunnen hätte andrehen können.

Aber was nützt es, fit zu sein, wenn man seine Form nicht ausleben kann und das Alter einem schon im Nakken sitzt? Bisher bin ich schneller gelaufen als die Jahre. Nicht schnell genug für Lothars Geschmack. Seine Neue ist neunzehn. Er hat sie ins Haus geholt und will sie heiraten. Und neulich sagte Nachbar Piesecke ganz lokker: »Mit fünfzig lassen bei einer Frau die Knie nach.«

Nachher besah ich mir gleich meine Beine und die Knie. Ich konnte keinen Schaden feststellen. Wenn sich durch Sport und Spaziergänge vorbeugen läßt, soll es an Bemühungen nicht mangeln.

Ich ging die wenigen Meter hinunter zum Strand und setzte mich dort eilig in Bewegung, die nackten Füße vom Meer umspült, in Richtung des alten Turmes, in dem in früheren Zeiten wahrscheinlich Strandräuber auf Beute und Frauen gelauert haben.

Angelo kam mir in schlankem Joggingtrab entgegen. Mein Herzschlag beschleunigte sich. Seinetwegen habe ich mir eigentlich die Villa Ada gekauft. Als ich die Sache im Hamburger Konsulat perfekt machte, war Angelo in meinen Träumen.

Lothar weiß gar nicht, daß ich dieses Haus habe. Er denkt wohl, ich könne hier eines billig mieten, falls er überhaupt einen Gedanken daran wenden sollte. Doch schließlich mußte ich für meine Arbeit etwas verdient haben, um mein ramponiertes Selbstbewußtsein aufzupäppeln. Lothar interessiert sich nicht für Geld. Er fühlt sich wie ein Fisch im Wasser oder ein Vogel in der Luft, die nicht säen und nicht ernten und doch vom Herrn ernährt werden. In Lothars Fall bin ich allerdings stark daran beteiligt.

Angelo war nun auf meiner Höhe. Er grüßte und rief im Vorbeifedern: »*Buenos días*, schönen Tag noch!«

So ein Mistkerl! Eigentlich heißt er Rudolf Engel, aber hier nennen ihn alle Angelo. Er stammt aus einem kleinen Nest in der Südschweiz, wo auch die Dümmsten Italienisch, Französisch und Deutsch lernen. Sechs Geschwister hat er, und seine Eltern waren arm. Er wurde Reiseleiter und später Verwalter einer Schweizer Firma, die in Andalusien Ferienhäuser vermietet.

Ich verbrachte in einem dieser Häuser einen melancholischen Urlaub, vorwiegend im Lotossitz. Lothar hatte sich in zwei Melonen verliebt. Eines Tages erschien Angelo mit einer Zange, um etwas am WC zu reparieren.

Wir unterhielten uns herzlich und inspiriert, spielten in den nächsten Tagen Halma und Mühle miteinander, und danach küßten wir uns, aber mehr war nicht. Angelo ist sehr hübsch. Ein erwachsener Murillo-Knabe, mit dunklen Locken bis tief in die Stirn, braunen Samtaugen und einem schön geschwungenen Mund. Sein Hintern in Shorts ist entzückend. Ich traute mich nie, ihn zu tätscheln. Schließlich hat man als verheiratete Frau einen Ruf zu verlieren, und damals legte ich noch Wert darauf, als Ehefrau respektiert zu werden, und streute bei jeder Gelegenheit Bemerkungen über »den Künstler« ein, den ich Glückliche zum Ehemann hatte.

Ich nannte Angelo für mich den Kerl aus Stein und Seide. Ich büffelte Spanisch und träumte von Liebe. Ich kaufte das Haus, um ihm nahe zu sein.

Drei Monate war ich in Bayern gewesen, um den Schornstein erneut zum Rauchen zu bringen. Erwartungsvoll traf ich danach wieder an der Costa del Sol ein. Da erschlug mich die Neuigkeit: Angelo hatte geheiratet. Eine Spanierin aus Madrid. Alte Familie, Papa war ein angesehener Franco-Anhänger gewesen. Ihre Mitgift war beträchtlich. Das junge Paar wohnte in einer pompösen Villa am Hügel oberhalb unserer bescheidenen Siedlung. Der Kerl aus Stein und Seide war nur noch Stein für mich. Er hatte Angst vor ihr, das stand für mich fest. So leicht wollte ich eigentlich nicht aufgeben.

Doch bisher waren alle Versuche, ihn durch Auftritte in durchsichtigem Shorty und beschwörende Blicke zu einem Halmaspiel zu verlocken, an ihm abgeprallt. Wenn

Sie die alte Fernseh-Serie »Dr. Kimble – Auf der Flucht« kennen sollten, so wissen Sie, was ich meine.

Alle Tage in diesem Juni waren Bilderbuchtage. Über den Gärten lag der Duft von Nelken und Jasmin. Hibiskus, Bougainvillea. Rosen und all die niedrigen bunten Gartenblumen leuchteten so heftig, wie Farben nur in der Nähe des Meeres leuchten können.

Elisabeth kam aus New York, wo sie im Büro einer Fluggesellschaft arbeitet. Früher war sie Stewardeß gewesen. Wir nennen sie »Queen Lizzy« oder einfach »Queen«. Ihr gehört ein Haus auf der gegenüberliegenden Seite unserer schmalen, ungepflasterten Dorfstraße, direkt am Strand gelegen wie alle Häuser in dieser Reihe, die vor rund dreißig Jahren von Pionieren aus Dänemark, England und Deutschland auf den Dünen gebaut wurden, ohne offizielle Genehmigung, unter massivem Einsatz von Zement und gutem Willen, mit geklautem Baustrom, der an Sonntagen natürlich ausfiel.

Es gibt nur noch wenige Pioniere inzwischen, die noch an der Legende der ersten Tage weben können. Queen Lizzy hat ihr Haus von ihrer Mutter geerbt, einer Schauspielerin, die außerordentlich bezaubernd gewesen sein muß, denn es gibt nur wundervolle Erinnerungen an sie, was in diesem Dorado übler Nachrede wohl einmalig ist.

Die Queen bringt immer originelle Gäste mit, mal eine schöne schwarze Freundin, mal einen blonden Flugkapitän. Diesmal war es Antonio, ein waschechter Spanier, der in Marbella einen Antiquitätenhandel betreibt und Ferien machte.

Queen lud Gott und die Welt zu ihrer Strandparty ein,

mich auch. Am Sonntagabend um zehn Uhr sollte es losgehen. Ich probierte vor dem Spiegel meine Partysachen an und entschloß mich zu geblümten Chiffonbermudas und dem pinkfarbenen Seidenjackett, einer Frusterwerbung aus München, aus Verzweiflung über die Einsamkeit, zu der ich an Lothars Seite verdammt war.

Queen hatte einen CD-Player mit den allerschönsten amerikanischen Evergreens gefüttert, zwischendurch spielte ein Vetter von Antonio Gitarre und sang dazu andalusische Balladen, mit dem typischen, arabisch inspirierten Tremolo.

Antonio hatte ein Feuer gemacht und bereitete eine Paella zu. Da wurde in einer riesigen Pfanne massenhaft Reis in Öl angeröstet, ein Eimervoll Wasser zugegossen, bereits angebratenes Fleisch von Lamm, Huhn und Kalb einfach dazugeschüttet, sowie einige Tüten Kurkuma, dem gelben Pulver, das den Effekt des teuren Safran farblich ersetzt. Schließlich wurden noch Langostinos hinzugefügt. Antonio stärkte sich dabei mit Rotwein, rührte mit einer riesigen Kelle, schmeckte ab und bekreuzigte sich, bevor er das Zeichen zum Beginn der Mahlzeit gab.

Die Sonne war als grandioser Ball hinter den Bergen bei Marbella untergegangen und hatte den wolkenlosen Himmel nur leicht erröten lassen. Antonio füllte unsere Teller. Wir setzten uns an die auf dem Rasen gedeckten Tische. Das Gras war noch warm von der Sonne. Es schien, wie der Strand und das Meer, etwas vom Licht des Tages in sich aufgesogen zu haben, das nun allmählich in der Nacht versickerte. Ein paar Lampions erleuchteten die Terrasse. Auf den Tischen brannten Windlichter. Fast alle kannten sich und demonstrierten gutes Einvernehmen.

Frank Sinatra sang »New York, New York«; wie viele Parties mögen er oder Liza Minelli schon mit diesem alten Heuler in Schwung gebracht haben?

Die ersten Paare tanzten auf der Terrasse. Queen mit Antonio, sie einen halben Kopf größer als er mit ihrer Hochsteckfrisur, in rotem Chiffon, sehr ausgeschnitten, praktisch busenfrei.

Reginald Wilcox nahte in seinem eigenartig zombiehaften Gang. Er hielt mir eine Hand hin und zog mich von der Seite meiner beiden Nachbarn, zweier Pioniere, fort.

Auf der Terrasse preßte er mich ohne Vorwarnung an sich. Wir bewegten uns sehr langsam, manchmal gar nicht, wenn sich die Welle aus Hitze und Schwäche von ihrem Zentrum aus die Schenkel und Beine hinunter und den Bauch und die Brust hinauf in mir ausbreitete. Bei ihm schien es ähnlich zu sein. Wir atmeten tief. Ich fühlte seine rechte Hand auf meinem Rücken. Sie glitt mit hartem Griff in die Taille und etwas tiefer. Seine linke Handfläche und meine rechte rieben sich aneinander, und das erregte mich stark. Wir tanzten mehrere Stücke nacheinander. Das zweite war schnell, das dritte auch; wir ließen einander los und gingen, mit Blickkontakt, rockend auf Distanz. Ich starrte in seine gelben Augen, sie waren sogar bei dieser Beleuchtung gelb, und wir lachten und hatten Spaß, er tanzte nicht schlecht, und ich tanze gut, und das vierte Stück war *Put Your Head On My Shoulder*. Auch das noch!

Ich wußte, daß dieser Sommer eine interessante Wendung nahm. Ich fühlte mich jung und sexy und sehr lebendig. Und so mutig, daß ich mit ihm an seinen Tisch ging, wo noch die langweiligen und eingebildeten Müllers saßen, die schon einmal in Konkurs gegangen sind.

Uta Wilcox kam auch gerade vom Tanzen zurück. Wir Frauen lächelten uns an. Sie trug einen gelben Seidenpyjama, wirklich elegant, und sehr lange Ohrgehänge in Gold und Perlmutt. Ihre Augenbrauen waren schwarz und stark, wie mit einer Schablone gemalt, ihr roter Mund hellbraun umrandet. Überhaupt hatte sie ein perfektes Make-up.

Sie goß uns Rotwein in einen Pappbecher. Wir machten Smalltalk und stellten fest, daß unsere Vornamen – Ada und Uta – hübsch zusammenpaßten. Reginald erhob sich nach einiger Zeit und holte sich die Queen zum Tanzen. Ich beobachtete das Paar unauffällig. Er war so groß wie sie und steckte ihr die Zungenspitze ins Ohr; und dann küßte er sie, wenn mich bei der schwachen Beleuchtung nicht alles täuschte. Ich warf einen Seitenblick auf Uta. Sie mußte es eigentlich auch gesehen haben. Aber sie blieb vergnügt. Wir unterhielten uns noch ein bißchen über Gartenfragen, dann wurde sie von Antonio aufgefordert. Er verbeugte sich gesetzt und legte die Hand aufs Herz. Diese Spanier!

Mit meinem frischgestärkten Selbstbewußtsein pirschte ich mich nun an meinen Dr. Angelo Kimble heran. Angelo klebte an seiner Inés, die hübsch im Gesicht und drall von Figur ist. Etwas kurzbeinig, würde ich sagen. Sie kennt nur wenige deutsche Wörter. Einer ihrer Lieblingsausdrücke ist »Sauerei«, weiß der Himmel, wo sie das aufgeschnappt hat, aber es kann ja wohl nur von ihrem Gatten stammen, wenn man es recht bedenkt.

Ich sagte: *»Ah, buenas noches, Inés, como está Usted?«*

Sie nickte gnädig und rief: »Sauerei, prima!« Alle lachten.

Ich fragte: »Darf ich mit Ihrem Mann tanzen? *Puedo bailar con Angelo?*« und zu ihm: »Darf ich bitten? Damenwahl!«

Inés trank einen Schluck. Er überlegte und schielte zu ihr hin, man hörte es förmlich knacken in seinem Kopf, dann erhob er sich, grünes Seidenhemd und sehr enge weiße Jeans, o Gott, wie hübsch, die breiten Schultern und die schmalen Hüften, geradezu das Klischee einer guten Figur, der Typ, der für ein Herrenparfüm Reklame machen kann. Er duftete tatsächlich exotisch und verführerisch. Ich verlasse mich gern auf meine Nase. Reginald hatte nach Whisky und Tabak gerochen.

Angelo tat, als sei ich eine alte Lady, die man zum Pflichttanz auffordern muß. Ich dachte an unsere Halmaspiele, wenn unsere Blicke sich gekreuzt und unsere Hände sich berührt hatten.

Immerhin: Er tanzte mit mir. Etwas Neues in unserer Beziehung. Ich weiß, daß ich attraktiv bin. Ein wenig zu dünn, ein wenig zu groß, ein wenig zu blond, ein wenig zu exzentrisch. Ich verrate Männern nie, daß ich auch ein wenig zu intelligent bin. Ich liebe schöne Klamotten, teure Parfüms und vor allem mein Diridari, wie wir in Bayern das Geld nennen. Mit genügend Diridari läßt sich vieles ebnen und mancher Wunsch erfüllen.

Frauen mag ich wirklich gern. An Männern gefällt mir im Grunde nur, daß sie Männer sind. Aber das ist ja auch schon etwas, naturgewollt: Alles in der Natur ist Verlokkung zum Zwecke der Vereinigung und Fortpflanzung. Was letzteres anbelangt, so habe ich meine Pflicht getan. Meine Tochter Bettina hat kürzlich einen bayerischen Bergfexen geheiratet und betreibt nun einen kleinen Laden für Seidenblumen, aus denen sie entzückende Gestecke fertigt. Sie macht auch runde Bäumchen an hohen Stämmen, aus Buchsbaum mit Strohblumen und Seidenschleifen, wie ich zwei in meiner Villa Ada habe.

Angelo und ich tanzten, jeder für sich. Ich versuchte seinen Blick einzufangen, aber er sah nicht zu mir und auch nicht zu seiner Frau hinüber. Sein Gewissen war rein. Ich wurde ärgerlich über soviel Zurückhaltung. Ein Spießer, ach du lieber Himmel. Dabei sah er gar nicht so aus. Reginald Wilcox konnte ich mir leicht im schwarzen Mantel mit Bowler und Regenschirm vorstellen. Angelo dagegen wirkte wie ein Mann für gewisse Stunden, und vielleicht war er das als Reiseleiter ja sogar gewesen. Wie hatte er eigentlich seine Inés erobert? Jetzt trog der Schein jedenfalls.

Ich stolperte leicht und knickte mit dem rechten Fuß um, meine Riemchensandalette hatte hohe, dünne Absätze. Wohltönend schrie ich auf und ließ mich gegen Angelo sinken.

»Was ist?« fragte er im Schwyzer Tempo, was bedeutet, daß er länger braucht als andere Menschen.

»Verdammt, mein Fuß«, hauchte ich damenhaft.

Er legte mir den Arm um die Taille. »Wo ist denn dein Platz?«

Ich zeigte zu den Wilcoxens hin und hinkte neben ihm her. Seine Hüfte hart an meiner Hüfte fühlte sich gut an. Auf halber Strecke sagte ich jedoch: »Danke, Señor, es geht schon wieder.« Ich nenne ihn immer Señor, früher hat er das gern gehört.

Er ließ mich los, und wir schauten uns an. So sehr kann er sich nicht beherrschen. Ganz offensichtlich hat es ihm gefallen. Mir auch. Aber Verführung besteht aus Annäherung und Rückzug im Wechsel. Auch wenn's schwerfällt.

Beide Wilcoxens saßen am Tisch. Sie rauchte eine Zigarette, und ich sah jetzt erst den sehr schönen, dicken Goldring an ihrer rechten Hand, der dafür gemacht war, am kleinen Finger getragen zu werden: Oben und nach außen hin hatte er glatte Flächen, die kunstvoll in die reine Ringform übergingen.

Reginald rauchte Pfeife. Er paffte hastig und genießerisch, ja hingebungsvoll, als zähle im Augenblick nur dieser Genuß. Dann klopfte er die Pfeife aus, ein schwarzes Häufchen erschien auf der Untertasse, die er als Aschenbecher benutzte. Er schraubte den Pfeifenstiel ab, nahm einen kleinen Filter heraus, und dann noch einen zweiten Filter, betrachtete beide tiefsinnig und zeigte sie mir, als habe er mir hier ein Geheimnis anzuvertrauen. Darauf setzte er alles wieder zusammen. Ich hatte den Eindruck, daß die Pfeife sehr wichtig für ihn war.

Uta sagte, sie wolle sich noch etwas Obstsalat holen. Reginald zog mich noch einmal zum Tanzen hoch, blieb diesmal aber auf dem Rasen, etwas abseits, wohin das Licht der Lampions nicht fiel, und ging gleich wieder in den Clinch. Er stöhnte und sagte: »O Gott«, und begann, irgend etwas auf Alt-Englisch zu deklamieren, im Zweifel sicher Shakespeare. Er hat eine sonore Stimme, sehr sexy.

Nach diesem Tanz ging ich. Es waren ja nur wenige Meter bis zu mir nach Hause. Es ist typisch für mich, daß ich gehe, wenn es zu aufwühlend wird. Ich bin schon oft geflohen. Ich trage einen Schatz fort in der Furcht, man könne ihn mir nehmen oder zerstören. Oft hat man mir das schon übelgenommen. Aber ich kann's nicht ändern.

Die Nacht war romantisch. Mondschein, natürlich, ein halber Mond. Musik und Düfte von Blumen und verbranntem Holz in der Luft. Fledermäuse, die ich in meiner ersten Zeit hier für verirrte Vögel gehalten hatte, flitzten umher. Sie waren wie kleine, aus der Bahn geratene Geschosse, lautlos und schnell, und sie kamen dicht heran, drehten aber stets im letzten Augenblick haarscharf ab. Kleine Vampire. Ich mochte sie sehr.

Ich schloß auf und ging hinein. Aber ich wollte noch nicht schlafen. So stand ich im Garten und lauschte auf die Musik und auf das gleichförmige Rauschen der Brandung, das seinen eigenen Rhythmus einhielt. Das Leben ist schön. Meine Augen wurden feucht vor Dankbarkeit. Ich war ein Teil der Nacht; die Natur nahm mich als ihr Geschöpf in sich auf. Vielleicht war ich auch nur beschwipst.

Drei Tage später rüttelte Uta Wilcox am Tor und rief »Huhu!« Ich habe keine Klingel. Niemand hier hat eine Klingel. Nur Müllers haben eine Kuhglocke. Ich hatte wieder meine geblümte Königinrobe an. Darin fühle ich mich ein bißchen wie in einer anderen Zeit. Romantisch und gefühlvoll.

»Kommen Sie herein«, sagte ich.

Sie hatte einen winzigen Yorkshire-Terrier dabei, dessen Pony von einem Gummiband zurückgehalten wurde. Er rannte sofort los und pinkelte überall in meinen Garten.

Ich freute mich wirklich über Utas Besuch. Immer nur Pullover stricken, gärtnern, Spanisch lernen oder Kopfstehen wird eintönig. Gewiß, ich habe Fernsehen, sogar mit Satellitenschüssel, aber oft gibt es nichts Gescheites für mich. Denn ich mag keine Talk-Shows und keine Quizabende, weil ich da immer mit den Blamierten leide. Ich lese gern, nur: nach drei Seiten tun mir die Augen weh. Ich müßte mir eine Brille verschreiben lassen, doch ich fühle mich nicht als Brillenträgerin. Andere Frauen sehen mit Brille toll aus, aber ich? Mit meinem Katzengesicht? An Haftschalen mag ich erst recht nicht denken.

Uta Wilcox trat ein und stieß kleine Laute der Bewunderung aus. Mein Garten ist wirklich hübsch. An Pedro liegt das sicher nicht. Er arbeitet als Gärtner auf vielen Grundstücken. *Treinta jardines*, prahlt er oft. Dreißig Gärten zu betreuen. Müller hat ausgerechnet, daß auf jedes Grundstück im Monat höchstens eine Arbeitsstunde entfällt. Früher war er Eisverkäufer. Jetzt kann er seinen Ordnungssinn autoritär ausleben. Er mag Beete mit scharfen Kanten und wenigen Stauden darauf, ringsherum gehackte Erde, mit Schafsköteln bestreut, von denen Müller sagt, jeder einzelne sei so kostbar und teuer wie ein Goldklumpen.

Pedro mag Rasen ohne Firlefanz und streng in Form gestutzte Bäume und Büsche, die alle zwei Jahre bis auf den Boden heruntergeschnitten werden, *cortar* heißt schneiden, und es ist sein Lieblingswort. Ein Wunder, daß trotzdem so vieles gedeiht. Die Natur ist auf meiner Seite. Pedro liebt straffe Ordnung, ich dagegen üppige Fülle, ein bißchen Anarchie im Pflanzenreich. Hinter seinem Rükken säe und pflanze ich. Wenn ich nach Bayern fahre, macht er wieder tabula rasa.

Ich habe einige Gipsfiguren in grüne Nischen gestellt, lieblicher Kitsch. Mehrere Sitzgruppen und überraschende Durchblicke bieten immer neue Aspekte. So wirkt das

Grundstück größer, als es ist. In die Wände der Pergola habe ich zwei Bronzereliefs eingelassen, echte Lothar Kleimingers im Kleinformat: einen Engel und einen heiligen Georg.

»Das sieht wunderbar aus«, sagte Uta.

Ich zeigte ihr die Räume. Für den Geschmack normaler Durchschnittsbürger sind sie gewiß überladen. Wenn ich etwas Schönes sehe, will ich es haben. Alles, was schön ist, paßt zusammen. Und für schöne Dinge ist immer Platz. Deshalb sind meine Besucher zuerst alle verblüfft, doch dann scheiden sich die Geister. Manche fühlen sich abgestoßen, andere sind entzückt.

Uta gehörte zu letzterer Sorte. Sie spazierte umher wie im Museum und rief *»lovely«* und *»estupendo«* und *»herrlich«*, ganz polyglott. Sie fragte, ob ich nachmittags auf einen Drink bei ihnen vorbeikommen möchte, während wir auf meiner Terrasse einen Fino tranken.

»Das war ein nettes Fest neulich«, sagte sie. »Sie waren so plötzlich verschwunden . . .?«

»Ich war müde. Ja, nette Leute, nicht?«

»Reginald fühlte sich ein bißchen einsam, weil keine anderen Engländer da waren.«

Ich hätte beinahe gesagt: So einsam wirkte er gar nicht, als er Queen die Zunge ins Ohr steckte, nickte aber nur.

»Ihr Mann spricht doch perfekt Deutsch.«

»Ja, aber Engländer, wissen Sie, Briten sind eben . . . sehr, sehr britisch.«

Wir lachten. Der Hund wühlte gerade mein Lieblingsbeet um. Sie rief: *»Nicky, good boy, come here!«*

Nicky war offenbar englischsprachig, er blickte sich unschlüssig um und wühlte dann weiter.

Uta zog aus der Tasche ihres Jäckchens eine Eule aus Papier. »Die habe ich für Sie gefaltet. Ich mache Origami«, sagte sie. Die Eule war schwarz und blank, mit großen gelben Augen.

»Eine Märcheneule, wie schön«, sagte ich gerührt.

»Ich kann Ihnen zeigen, wie man's macht«, sagte sie.

Am Nachmittag zog ich weiße Jeans und die graue Seidenbluse an. Ich klopfte bei den Wilcoxens. Nicky bellte. Uta öffnete. Reginald stand vor der Pergola, Pfeife rauchend.

Ihre Einrichtung war exotisch. Sie hatten längere Zeit in Malaysia gelebt und Schnitzereien, Bilder und Möbel von dort mitgebracht. Den Eindruck verstärkten ein Papagei, der mißmutig oben auf seinem Käfig hockte, und ein schwarzweißer Beo, der bei meinem Anblick laut lachte und rief: *»Morning, old boy!«* Dann bellte er genau wie Nicky. Es standen auch Antiquitäten in der Wohnung. Uta, erfuhr ich, hatte in England auf dem Lande ein Antiquitätengeschäft betrieben.

Als sie in die Küche ging, legte Reginald mir die Hand auf den Arm und raunte, das Geschäft sei ein Flop gewesen, reine Beschäftigungstherapie, denn er habe damals als Manager einer bekannten Firma viel um die Ohren gehabt. »Uta kann nicht mit Geld umgehen«, flüsterte er. Ich war verblüfft über seine Offenheit. Wir kannten uns schließlich kaum. Aber er lächelte so herzlich und unverfänglich dabei. Er hatte Charme und Charisma. Deshalb hielt ich die Bemerkung eher für einen Scherz, liebevoll und vielleicht eine Spur ironisch.

Wir tranken trockenen spanischen Sekt. Uta hatte einen

Möhrenkuchen gebacken, der gar nicht übel schmeckte. Bei der zweiten Flasche Sekt sagten wir Du. Uta und ich küßten uns links und rechts auf die Wangen. Reginald erhob sich feierlich und sagte, er sei sehr froh über so gute Nachbarschaft. Er zog mich leicht an sich, und wir küßten uns zart auf den Mund. Er roch stark nach Pfeifentabak. Ich wunderte mich, daß mich der Geruch nicht störte.

Uta fragte, ob Nicky mir jetzt etwas vorsingen dürfe. Ich hielt es für einen Scherz. Doch sie legte eine Kassette mit den guten alten Bee Gees ein. Nicky kam sofort angestürzt und ließ sich mit allen Anzeichen höchster Erregung von Uta auf den Arm nehmen. Auge in Auge mit ihr begann er zu *»Massachusetts«* mitzusingen. Er fauchte und keuchte und fiepte, beinahe im Rhythmus. Ich brach fast zusammen vor Lachen. Uta sagte, er mache das sehr gern, habe auch schon im Pub gesungen, erkenne die Melodie selbst, wenn sie ein Pianist spiele. Und er käme sogar, wenn er gerade gemütlich auf ihrem Bett läge.

Reginald sagte, die Nummer sei erst richtig gut, wenn der Papagei ebenfalls mitsingen könne. Möglichst im Tonfall von Barry Gibson. Er persönlich möge überhaupt keine Schlager, sondern nur klassische Musik. Am liebsten Sibelius. »Kennst du Sibelius?« Ich nickte. Der Name kam mir jedenfalls bekannt vor.

Nach der dritten Flasche erhob sich Reginald wieder feierlich und sang *»Pretty Melinda«*, ein Volkslied, bei dem wir Frauen den Refrain der mindestens zwanzig Strophen mitsingen mußten. Ich wunderte mich zuerst, daß Uta nicht sehr amüsiert schien. Doch Ehefrauen haben oft ihre besonderen Erfahrungen. Wer wüßte das wohl besser als ich?

Ich ging so gegen zehn. Uta hatte mehrmals angeboten, ein Abendbrot zu improvisieren. Doch in Spanien nimmt man es mit den Essenszeiten nicht so genau. So ließen wir die Mahlzeit ausfallen. Wir umarmten uns am Tor, als nähmen wir Abschied auf Jahre. Reginald erklärte, er werde mich nach Hause begleiten.

»Ach nein, das kleine Stück!«

»Einer schönen Frau kann so leicht etwas zustoßen.«

Er sagte wahrhaftig: einer schönen Frau! Er bot mir den Arm, ich hängte mich ein. Er schritt neben mir her mit seinem Schwebegang, der jetzt, nach all dem Sekt, zusätzlich etwas schlenkerte. Ich winkte zurück, Uta winkte ebenfalls. Dann ging sie hinein.

Ich hatte den Eindruck, in einem Kostümstück mitzuwirken. Ein Paar schreitet im Mondlicht die Straße entlang. So mochte es auch zu Mutters Zeiten gewesen sein, wenn der Tanzstundenjüngling seine Flamme nach Hause brachte.

Ich gab ihm den Schlüssel, und er schloß das Tor auf. Da standen wir und schauten uns sehnsüchtig an. Ich wußte, daß mein Begleiter mich gleich küssen würde.

Romantische Nacht. Ich lag an seiner Brust. Er schmuste mit seinem Mund über meine Wangen, mein Kinn, meine Lippen, warm und weich und einlullend. Dann wurde es ernst. Er küßte tief und ruhig und endete nach langer Zeit mit einigen Zungenstößen.

»Darling«, hauchte er. Dann ließ er mich los.

Ich wankte in meinen Garten, und er ließ von außen das Tor zuschnappen und federte davon. Kein Tanzstundenjüngling. Beileibe nicht. Der Mann hatte Erfahrung und Talent.

Ich blieb noch ein bißchen draußen und sang leise: *»Pretty Melinda«* und dann »Pretty Adele«. Wo blieb das schlechte Gewissen? Ich hätte mich für seriöser gehalten, aber der Sturm der Hormone setzte andere Regungen außer Kraft. *Good old girl*, wer hätte das gedacht? In meinem Alter? Lothar hatte mich nicht verwöhnt.

Ich ging schließlich ins Bett, ohne irgendwelche Schönheitsvorkehrungen zu treffen, und schlief herrlich.

Am nächsten Morgen wachte ich über sehr laute Männerstimmen auf. Pedro war da und gärtnerte bereits, gemeinsam mit seinem Helfer Rafael, der gerade meinen mickrigen Orangenbaum mit Gift besprühte.

Der Mann mit dem Engelsnamen Rafael ist noch nicht alt. Er muß einmal hübsch gewesen sein, aber jetzt wirkt er ein bißchen verkommen, und das liegt nicht nur an seinem schlechten Gebiß, das er zeigt, wenn ich ihm zwischendurch eine Flasche Bier spendiere, und auch weniger an der gelbstichig fahlen Hautfarbe, sondern wohl eher an seinem Blick, der auf eine geheime Chance zu lauern scheint.

Heute trug er auf dem Kopf eine enge Kindermütze, die alle Haare verdeckte, und auf dem Rücken einen großen Kanister, aus dem er durch einen dicken Schlauch ein streng stinkendes Zeug pumpte, das sie *amoníaco* nennen. So ähnelte er etwa einem Astronauten, der zum erstenmal die Venus betritt. Ökologische Vorhaltungen pflegen die Männer übrigens stets mit strengem Kopfschütteln zu beantworten. So habe ich mich damit abgefunden, auf den Traum von biologisch einwandfreier Orangenaufzucht zu verzichten.

Pedro, im grünen Overall und mit Strohhut, zeigte in Pantomimenmanier, die er auch gut Spanisch sprechenden Touristen angedeihen läßt, auf mehrere Blumentöpfe. Vorwurfsvoll demonstrierte er: trocken!, obwohl er Topfpflanzen prinzipiell nie goß. Aber *turistas* müssen fest angefaßt werden.

Ich nickte schuldbewußt, da zog er seinen Strohhut, der oben ein großes Loch hat – wohl wegen der Belüftung. Sehr schwarze, plattgedrückte Haare kamen zum Vorschein, die immer wie gefärbt aussehen. Er strahlte mich an und zeigte mit großer Geste auf sein Reich, seine Blumen und Sträucher, ein winziger Napoleon, der Herrscher über dreißig *jardines.* Zuckerbrot und Peitsche für die Leute aus Alemania, die keine Ahnung haben.

»Bonito!« sagte er, und ich lächelte und bestätigte: *»Muy bonito«*, und sein Sklave nahte nun mit der elektrisch betriebenen Heckenschere, die furchtbar laut ist, viel zu laut jedenfalls für einen Kopf, der sich an den Genuß von mindestens einer Flasche Sekt am Vorabend erinnert.

Ich zog mir drinnen schnell den Morgenrock aus und den Bikini an und lief zum Strand hinunter. Als ich auf der Höhe vom Hotel Don Carlos war, kam mir Angelo in lockerem Trab entgegen. Er wollte sich mit einem fröhlichen Sportlergruß an mir vorbeidrücken, aber ich rief beherzt: »*Buenos días,* Señor. Wir wollen alle am Sonntag zur *venta.* Wollen Inés und Sie nicht mitkommen?«

»Vielleicht. Ich weiß im Moment nicht, ob wir frei sind«, rief er in seinem melodischen Schwyzer Tonfall und war schon etliche Meter weiter. Natürlich mußte er erst seine Frau fragen, das war klar. Als ich mich eine Minute später noch einmal nach ihm umdrehte, hatte auch er sich gerade nach mir umgewandt. Er machte schnell zur Tarnung Rumpfbeugen und schwenkte die Arme. Ich wußte aber trotzdem, daß mein Bikini seine Wirkung nicht verfehlt hatte.

Ich will nicht leugnen, daß ich mich so attraktiv fand wie schon lange nicht mehr. Selbstbewußtsein fördert die Ausstrahlung. Nichts ist erfolgreicher als der Erfolg, heißt es zu Recht. »Der Teufel scheißt immer auf den größten Haufen«, sagt Lothar gern. Gutgelaunt und mit leisem Triumph dachte ich an Reginald.

Der Strand war noch leer. Die Hotelbewohner und die anderen Badegäste kommen erst gegen Mittag, wenn die Brattemperatur sich voll entwickelt hat.

Ich zog schnell meinen Bikini aus und lief ins Wasser. Sehr frisches, um nicht zu sagen lausig kaltes Wasser. Der Atlantik schickt nachts seine kalten Fluten durch die Meerenge von Gibraltar. Erst am Tage gelingt es der Sonne, unsere mediterrane Waschschüssel wieder zu erwärmen. Das Meer war ganz ruhig. Ich ließ mich hineingleiten und stöhnte vor Kälte und vor Wonne. Das reinste Glücksgefühl schenkt uns wahrscheinlich die Natur. Bis zur ersten Sandbank schwamm ich, sie ist nicht sehr weit. Ich traf eine Qualle und eine Sardinenbüchse. Ein ganzes Stück entfernt tuckerte ein Fischer mit seinem kleinen Boot hin und her.

Beim Zurückschwimmen sah ich am Strand eine Frau mit ihrem kleinen Hund, der an meinem Bikini schnüffelte. Ich war fast sicher, daß er ihn gleich bepinkeln würde. Doch da rief ihn sein Frauchen, und er zuckelte weiter. Sie sah zu mir hin und schüttelte den Kopf. Wahrscheinlich argwöhnte sie, daß ich nackt badete, und wollte damit ausdrücken, daß es mir in diesem Falle recht geschehen wäre. Wer gegen die guten Sitten verstößt, verdient Strafe. Ist das wahr? Reginald? Angelo? Angelo würde »Ja!« sagen.

Ich war wieder in der Villa Ada und langweilte mich ein bißchen. Sie kennen das sicher? Man erwartet irgend etwas. Und wie auf Bestellung läutete das Telefon. Lothar war dran.

Alles laufe schief, klagte er, die Gießerei liefere den »Träumer« nicht, dabei hätten die Stadtfritzen schon zur festlichen Einweihung der Plastik ins Theaterfoyer geladen.

»Warum liefert der Krenek nicht?« fragte ich, und er sagte: »Ich habe nicht ans Geld gedacht, an den Vorschuß für das Material, weißt du, Weibi?«

Bei solchen Gelegenheiten fällt mir ein, daß Adele auch Anklänge an Addieren hat: Ada, die Rechenmaschine.

»Kann dir deine Freundin nicht helfen?« fragte ich hämisch.

Er sagte: »Die Tania ist nicht mehr hier.«

Tania! Du meine Güte. Nun ja, einen kleinen Triumph empfand ich schon. Ich habe Lothar sehr geliebt, und das Herz vergißt am langsamsten.

Ich weiß ja, daß er nicht mit Geld umgehen kann.

»Lothar, erzähl mal genau, was Krenek gesagt hat.« Aber ich wußte bereits, daß es fruchtlos war. In praktischen Dingen ist Lothar wie ein Kind. Er hat einfach kein Gefühl für Geld. »Lothar, tu gar nichts. Ich komme am Montag.«

»Ich hole dich vom Flughafen ab, Weibi.«

Das zweite Mal »Weibi«. Nach zehn Jahren. Es mußte wirklich vieles schiefgelaufen sein. Mein Herz schmolz ein bißchen. Zwanzig Jahre Ehe sind eine lange Zeit.

»Ich sage dir noch genau Bescheid, wann die Maschine ankommt, Bärchen.«

»Asta hat dich auch vermißt«, sagte er. Asta ist unsere Boxerhündin. Sie liebt Lothar und sonst keinen. Wenn er verreisen will, merkt sie das tagelang vorher. Dann liegt sie herum und sieht ganz knochenlos aus. Wenn er fort ist, vergeht sie beinahe. Mir dagegen weint sie keine Träne nach, falls dieser Vergleich gestattet ist bei einem Tier, das meistens aussieht, als wolle es gleich Rotz und Wasser heulen.

Ich freute mich plötzlich auf Asta und Bronzo, auf meinen Garten, mein Haus. Dort hatte ich mein Leben gelebt, ich hatte doch schon ein gelebtes Leben hinter mir. Das Gestern läßt sich nicht abschütteln. Psychiater profitieren davon, Sachbuchautoren und ihre Verleger ebenfalls.

In Andalusien hatte ich ein neues Leben begonnen. Räumliche Entfernung ist eine große Hilfe, wenn man sich innerlich selbständig machen will oder muß. Aber es bleiben immer so viele Kanäle offen. Ich hatte gerade »Bärchen« zu ihm gesagt. Wie früher.

Am Sonntag fuhren wir in einem größeren Troß zur *venta*. Wilcoxens nahmen mich in ihrem Mietwagen mit. Uta war hübsch in einem Bermuda-Anzug aus geblümtem Leinen, und sie war sorgfältig geschminkt. Ich hatte meinen weißen Seidenfummel an und sehr rote Lippen. Reginald sah wieder spießig aus, obwohl sein kurzärmeliges Hemd diesmal aus heller Seide war. Er hatte sich all diese kurzärmeligen Hemden in Malaysia nähen lassen und dabei offenbar nicht gerade einen Modezaren erwischt.

Wir wollten uns alle um zwölf unter der Brücke bei Fuengirola treffen. Um eins waren wir schließlich komplett: einige Engländer, die Wilcoxens kannten, die Müllers, die beiden neuen Leute aus Nummer achtzehn (Haus mit Swimmingpool) und deren Gast sowie Queen und Antonio. Inés und Angelo waren nicht erschienen. Sie waren angeblich schon im Tennisklub verabredet gewesen. Als letzte kam eine frisch gelockte Britin. Ihr Fön war kaputtgegangen, und sie hatte sich erst in der Nachbarschaft einen leihen müssen. Sagte sie.

Wir fuhren eine längere Strecke auf der Autovía und bogen dann nach links ab ins schöne Hinterland.

Ventas gibt es viele in Andalusien. Das Wort hat etwas mit Verkauf zu tun, und hier werden an den Wochenenden eben Mahlzeiten verkauft. Unsere *venta* war ein Gasthaus an staubiger Straße, inmitten von graugrünen Feldern, mit einem großen Garten, der teilweise mit Bambusmatten locker überdacht war. Sie spendeten einen von Sonnenlicht durchbrochenen, malerischen Schatten. Lange Tische waren mit weißen Papiertüchern gedeckt. Neben dem Haus war ein riesiger offener Grill in Betrieb. Es duftete nach Rauch und Braten.

Noch war es ziemlich leer, so konnten wir Tische im Schatten wählen, die wir zusammenschoben. Wir bestellten Rotwein. Die ersten »Verkäufer« gingen schon umher: junge Männer, die Spezialitäten auf Tabletts trugen, die sie wie Marktschreier mit lauten, heiseren Stimmen anpriesen: *»Mejillones!«, »Patatas fritas!«, »Ensalada mixta!«, »Pollo con almendras!«*

Was uns zusagte, konnten wir auf den Tisch stellen lassen. Wir besorgten Pappteller und Plastikbestecke. Körbe mit dicken Stücken eines köstlich duftenden Weißbrotes kamen auf den Tisch.

Allmählich strömten die Spanier herein, festlich gekleidet, meist in Familienpulks, mit lebhaften Kindern, denen sich Frauen und Männer liebevoll widmeten. Neben der *venta* hatte ich einen großen Spielplatz gesehen.

Ich war bestens gelaunt. Reginald hatte sich neben mich gesetzt. Seine gelben Augen funkelten. Er drückte sein Bein gegen meinen Schenkel. Manchmal ließ er seine Hand über mein Knie und ein Stück unter mein Kleid gleiten.

Ich fühlte mich wie in einen Film versetzt. Es war total unwirklich, ein Traumambiente. Ich spielte eine Rolle und trug keine Verantwortung. Irgendwann würde abgeblendet werden.

Süßspeisen mußten wir selber vom Buffet drinnen holen. Reginald erbot sich und schwebte davon, hielt die Arme angewinkelt, als trüge er für alle Zeiten die Palme vor sich her. Er brachte die niedlichen kleinen Tontöpfe mit Eis. Ich sagte gleich, daß ich die leergegessenen gern mit nach Hause nehmen wollte.

Wir tranken alle viel, waren sehr vergnügt und riefen uns über den Tisch Nettigkeiten zu, die wir im allgemeinen Stimmengewirr und dem Gebrüll der Kellner selber kaum verstehen konnten.

Die neuen Leute mit dem Swimmingpool hießen Aina und Max Köster, soviel bekam ich trotzdem mit. Ihr Gast war der Bruder von Max. Sie hatten Ähnlichkeit, aber wie so oft: Kleinigkeiten machen den großen Unterschied.

Max sah durchschnittlich aus, der Bruder ... nun, ich wollte mich um diesen Kerl mit den zu breiten Schultern, den riesigen Pranken, den Unmengen schwarzer Haare, die wild und lockig um den Kopf herum wuchsen, um diesen Kerl, der aussah, als könne er einen wilden Bullen bändigen oder Handstand am Trapez unter der Zirkuskuppel machen, nicht kümmern. Am Montag würde ich nach München fliegen. Ich brauchte ihn nicht wiederzusehen. Feriengäste kommen und gehen.

Plötzlich erhob er sich und sah zu mir hin. Reginald hatte mich angetörnt, lag es daran? Der fremde Mann lächelte leicht, und mein Herz tat drei dumpfe Schläge, das Blut wich aus meinem Kopf und zog sich in der Brust zusammen. Die Zeit stand still. Dann war es vorbei. Nichts war passiert.

Er ging ins Haus, mit einem schweren Gang, als balanciere er sein Gewicht bei jedem Schritt aus, wie Seeleute es angeblich tun. Als er zurückkam, trug er zwei Eistöpfchen in seinen Pranken. Er war in ein hellblaues T-Shirt und eine normale weiße Hose gekleidet. Sein Haar hatte graue Strähnen. Die Augen waren sehr hell. Ein Macho. Mein Antityp.

Schnell wandte ich mich Reginald zu. Der flüsterte mir ins Ohr: »Du bist süß, *darling.*«

Am Schluß zählte ein Oberkellner blitzschnell Teller und Flaschen auf unseren Tischen und schrieb mit einem dicken Stift die Endsumme auf das Tischtuch aus Papier. Müller zahlte und zückte dann einen Taschenrechner, um den Anteil der einzelnen Leute auszurechnen. Ich wurde von Wilcoxens eingeladen und beschloß, sie nach meiner Rückkehr aus Bayern ganz groß zu bewirten.

Zum Abschied schenkte mir Uta Wilcox einen fliegenden Schwan, den sie aus weißem Papier selber kunstvoll gefaltet hatte. Wenn man ihn leicht auseinanderzog, schlug er mit den Flügeln.

Wilcoxens hatten mir angeboten, mich zum Flughafen nach Malaga zu fahren, aber das wollte ich nicht annehmen. Ich machte es wie immer: nahm den Bus bis Fuengirola und reiste von da aus mit der Bahn nach Malaga. Eine sehr bequeme Verbindung, die außerdem noch billig ist. Dafür ist ein Linienflug, der meines unberechenbaren Mannes wegen unumgänglich ist, natürlich viel teurer als ein Charterflug.

In der Bahn begann ich ein Gespräch mit einer Spanierin und freute mich, daß es mit der Sprache schon recht gut ging. Am schwierigsten ist es für mich immer, den Gesprächspartner zu verstehen, aber diese junge Frau sprach offenbar ein ziemlich reines Spanisch, keinen andalusischen Dialekt, und sie redete langsam, *lentamente*. Die Reise fing gut an.

Während ich auf den Abflug wartete, sah ich mehr attraktive Männer als sonst im ganzen Jahr. Möglicherweise lag das aber auch an meiner Verfassung zur Zeit. Jeder kennt das doch: Trägst du dich mit dem Gedanken, die Haare rot zu tönen, siehst du plötzlich Unmengen rothaariger Frauen; hast du dir ein Auto in Saharabeige gekauft, sind die Straßen auf einmal überfüllt mit saharabeigen Autos. Du siehst das, was dich gerade besonders beschäftigt, das ist es.

Im Flugzeug war ich ein wenig wehmütig, wie immer, wenn ich meine Villa Ada verlassen muß, doch ich begann mich auch schon auf mein altes Zuhause zu freuen, das ich mit soviel Engagement und Liebe gebaut und eingerichtet hatte.

Dachte ich an Angelo? Nun . . . ja. An Reginald? Ja, auch an ihn und zugleich an Uta, die mir den fliegenden Schwan geschenkt hatte. Mein Hormonspiegel beruhigte sich allmählich. Ich begehrte niemanden.

Lothar war tatsächlich pünktlich am Flughafen. Er sah gesund aus, rotbrauner Teint, braunes Haar mit Kastanienschimmer, das er sich selber sehr geschickt färbt. In Wirklichkeit ist es grau.

Er stand in der Halle und grinste breit. Wie vertraut er mir war: dieses Grinsen, seine kräftige, ein bißchen gedrungene Gestalt. Er ist der bajuwarische Typ, der Kumpel zum Bergsteigen und Schuhplatteln, mit hohem Blutdruck, lauter Stimme und streitbarem Gemüt, der allein durch seine Erscheinung solide Freuden im Bett verspricht. Nicht der vergeistigte Künstler, sondern der schöpferische Mann, der Granit und Marmor seinen Willen aufzwingt.

Er hatte seine scheußliche Kombination aus brauner Hose und total altmodisch geschnittenem, khakifarbenem Lumberjack an. Braune Gesundheitssandalen vervollständigten das Bild. Zwar weiß er, daß ich diesen Aufputz nicht ausstehen kann, doch war er noch nie geneigt, sich so etwas zu Herzen zu nehmen.

Er sagte: »Bist schön braun. Geht's dir gut?«

»Ganz gut. Und dir?«

»Auch gut. Wir müssen ein Stück laufen zum Auto. Komm erst mal.«

Keine Spur von »Weibi« mehr. Er war freundlich, aber gleichgültig. Als hole er Tante Eulalia ab. Das vertraute mulmige Gefühl, die Mischung aus Ärger und Niedergeschlagenheit, wollte sich wieder einstellen, aber ich verbannte es nach Kräften.

Dieser Sommer war mein Sommer. Ich wollte mich nicht entmutigen lassen. Ein Mann, dessen Gefährtinnen nie altern dürfen, ist als Maßstab fürs Ich ungeeignet. Zum Glück gibt es ja andere Männer mit besserem Geschmack.

Asta wartete im Wagen. »Hallo, Asta!« sagte ich und beugte mich zu ihr hin, sah ihr in die Glupschaugen und tätschelte ihr den Kopf. Sie sah mich schwermütig an. Unvermittelt fuhr mir ihre Zunge wie ein Waschlappen über das Gesicht. Die reine Wiedersehensfreude. Ich falle jedesmal darauf herein. Sie liebt mich nicht übermäßig, doch als sie einmal krank war, sind Lothar und ich nachts abwechselnd jede Stunde aufgestanden, um sie zu pflegen, das hat sie uns beiden nicht vergessen.

»Was gibt's Neues?« fragte ich. Sollte er doch selber von seiner Tania anfangen.

Er sagte jedoch: »Krenek ist ein Monster. Aber das ist ja nichts Neues.«

»Ich werde ihn mir morgen mal vorknöpfen. Und sonst?«

»Das wird dich freuen: Ich habe Tania rausgeschmissen. Sie war eine richtige kleine Schlampe.«

Mein Herz tat einen kleinen Freudensprung. Kühl sagte ich: »Warum sollte mich das freuen?«

»Na, nun tu mal nicht so.«

Er kam nicht einmal auf die Idee, auch ich könnte Erfolg beim anderen Geschlecht haben. Es tat mir schon leid, daß ich überhaupt gekommen war, Diridari hin, Diridari her.

Als wir dann allerdings durch Stroppenau fuhren und hinter dem kleinen Dorf auf dem Hügel mein Haus auftauchte, von Bronzo bewacht; als Lothar auf dem Kies vor dem Haus bremste und ich ausstieg, und mein Blick über die weiße Fassade strich und den ziemlich verwahrlosten Garten umfing, ging mir das Herz auf. Dies alles war so sehr ein Teil von mir. Ich hatte soviel Phantasie und Schweiß hineingesteckt. Ich konnte es nicht so einfach aufgeben.

Hier war die Kulisse, in der ich lange Jahre die Rolle »glückliche Ehefrau des Künstlers« gespielt hatte. Käufer sind unsicher, sie trauen ihrem Geschmack nicht ganz. Da braucht es das richtige Ambiente, das ihnen einen Eindruck von der Einmaligkeit des Künstlers und der Kostbarkeit seiner Schöpfungen vermittelt.

Ich habe überall in dem großen Wohnraum Kleinplastiken aufgestellt, die ich nach den Entwürfen für die Großplastiken gießen lasse. Auch die größeren Tierplastiken habe ich gut postiert. Früher hat Lothar manchmal, wenn eine von den Besucherziegen ihm ordentlich schöntat, seine Sachen verschenkt. Seitdem kleben unter allen kleine Preisschildchen. Keins unter dreitausend Mark. Was billig ist, kann nichts wert sein.

An schönen Wochenenden kommen sie aus München und traben durch das Haus, als sei es ein Museum. Der Künstler läßt sie auch in sein Atelier gucken. Er gibt sich wortkarg und freundlich naturburschenhaft. Er genießt es, umschmeichelt zu werden. Und er steckt kaltblütig die Komplimente ein.

»Oh, dieser Garten! Ein echter Künstlergarten! Ach, wie zauberhaft! Ja, darauf kommt nur ein schöpferischer Mensch!«

Dabei tut er keinen Handschlag im Garten. Der schöpferische Mensch in Garten und Haus bin ich. Doch ich koche Kaffee, bringe die selbstgebackenen Kekse an, hole Wein aus dem Keller, preise den Stil des Meisters und die nie versiegende Ausstrahlung seiner Werke in der Rathaushalle wie auf der heimischen Kommode.

In den Interviews, die wir in großen Zeitungen hatten, wird dann auch »seine Frau Ada, die sich um die Buchführung und die Dinge des Alltags kümmert« erwähnt und sogar abgebildet: ich bieder im Dirndl, neben der sabbernden Asta; dann der Künstler, im Atelier markig am Granit werkend, während sein Frauchen mit Tablett und Kaffeetasse als traulicher Hintergrund naht. Ferner der Künstler draußen in den Butterblumen, Schulter an Schulter mit Bronzo.

Immer wird das geschmackvolle Heim gelobt, werden die ausgesucht schönen und wertvollen Antiquitäten erwähnt, die der Künstler im Laufe der Jahre gesammelt habe. Von wegen. Ich bin die Sammlerin.

2

Mein erster Besuch einer Auktion war ein Desaster. Ich hatte mich oberflächlich von einem unserer Kunden informieren lassen, wie man sich dabei richtig verhält: Ich absolvierte die Vorbesichtigung, studierte das »Programm« der Vorstellung, war rechtzeitig da und saß in der ersten Reihe, die Handtasche mit dem Bargeld auf den Knien.

Neben mich klotzte sich ein verdächtig aussehendes Individuum, genau die Sorte Kerl, vor der mich unser Kunde gewarnt hatte. Er war übertrieben seriös angezogen und lag beinahe im Stuhl, mit lang ausgestreckten Beinen und zurückgelehntem Kopf, die Augen halb geschlossen.

Ich umklammerte mein Schatztäschlein. Mein Herz schlug im Hals. Ich hatte vor, eine Gouache zu ersteigern: »Veilchen mit weißer Feder«, die sich preislich noch im Rahmen meiner Möglichkeiten zu befinden schien.

Der Nachbar zur Rechten machte mehrmals so ruckige, unberechenbare Bewegungen. Was war, wenn er blitzschnell zugriff, wie der Kunde es beschrieben hatte, meine Tasche an sich riß, das Portemonnaie nach Taschenspielermanier herauszauberte und verschwinden ließ? Niemand würde mir und meinen Beteuerungen glauben. Jedenfalls wollte ich es nicht darauf ankommen lassen. So rückte ich möglichst weit von ihm ab und warf ihm mehrmals halb ängstliche, halb drohende Seitenblicke zu.

Ich war so rundum verbiestert, daß ich die »Veilchen mit weißer Feder« verpaßte. Und dann ersteigerte der Kerl neben mir einen Barockschrank und einen Kerzenleuchter für eine halbe Million, mit müdem Winken und ohne die Augen richtig zu öffnen.

Wie peinlich. Wenn er nun etwas gemerkt hatte von meinem Verdacht? Ich lächelte ihn so lange schüchtern an, bis er sich mir zuwandte. Er sagte:

»Veilchen hätten gar nicht zu Ihnen gepaßt. Glauben Sie mir, Gnädigste, Sie sind der Rosentyp.«

Er sagte wirklich »Gnädigste«. Und er hatte bemerkt, daß ich vergeblich auf die »Veilchen« aus war, was zumindest auf mein niedriges Budget, auf meinen Geschmack und meine mangelnde Erfahrung bei Auktionen schließen ließ. Aber auch auf ein gewisses Interesse meines geheimnisvollen Nachbarn an mir.

Zumindest errötete ich rosenrot. Doch dann sagte ich mir: Auch Zwerge haben klein angefangen. Und alles, was mit Rosen zu tun hat, ist ein Kompliment.

Hinterher kamen die Herren vom Auktionshaus auf uns zu und begrüßten meinen Nachbarn fast unterwürfig, ohne die Blonde in braunem Cashmere neben ihm wahrzunehmen. Ich schlich hinaus, kein Veilchen, auch keine Rose. Aber ich hatte Blut geleckt.

Inzwischen bin ich ein Profi, mit Pokerface und Scheckkarte. Unser Keller in Stroppenau ist voller Antiquitäten, die ich oben beim besten Willen nicht mehr unterbringen konnte, trotz meines Wahlspruchs: Für schöne Dinge ist immer Platz. Sie sollen meine Altersversorgung sein.

Letztes Jahr hatte Lothar Arthritis in den Händen. Das Haus ist im Winter ziemlich kalt, auch sein Atelier. Ich heize so wenig wie möglich. Es ist einfach zu teuer, dieses Haus ohne Zwischenwände warm zu kriegen, bis hinauf zur Galerie, hinter der unsere beiden Schlafzimmer offen liegen. Nur die Bäder haben Wände und Türen. Einmal lag ich im Bett und sah fern, während Lothar unten auf dem Fell vor dem Kamin eine gute Kundin bediente. Ich erkannte sein Stöhnen und hörte ihre spitzen Schreie.

Das sind Erlebnisse, die man kompensieren muß. Ich brauche den Kick des Kaufens: Bieten und Handeln, sich nur nicht interessiert zeigen am begehrten Stück, scheinbar andere Sachen prüfen, nebenbei nach dem Preis des Favoriten fragen, sich anderen Dingen zuwenden, nebenbei am Lieblingsstück Fehler finden und rügen, endlich zuschlagen. Das geht sogar in den teuersten Läden, es kommt nur auf die richtige Größenordnung an. Je teurer das Objekt, desto flexibler der Preis.

Am Sonntag drangen wieder Neugierige ins Haus ein. Lothar hatte sein Samtjackett an, für das es viel zu heiß war. Nicht, daß er den Künstler gemimt hätte. Er *ist* Künstler. Aber in solchen Situationen präsentiert er sich sozusagen gern als sein edles Selbstbildnis.

Jetzt sollte ich also wieder einsetzen in meiner Rolle: die Dienende, die Frau hinter dem großen Mann. Doch mein Selbstbewußtsein war in der Villa Ada und besonders nach Reginalds aufwühlenden Küssen gestärkt. Ich ließ mir ein Bad ein, holte mir eine Flasche Champagner aus dem Kühlschrank. Höchstwahrscheinlich ein Präsent für Lothar von einer Verehrerin.

Ich verriegelte die Tür, lag im duftenden warmen Wasser und süffelte ohne schlechtes Gewissen. Ich hatte keine Kekse gebacken. Der Gedanke, Lothar könne in der Küche nach belegten Häppchen und heißem Kaffee in der Thermoskanne suchen, amüsierte mich.

Er war die Zeit vorher ohne mich ausgekommen, er kam im Bett ohne mich aus, er würde jetzt ohne mich auskommen müssen. Das meiste ist eine Sache der Gewöhnung. Er hatte doch Asta. Die tappte stets treu neben ihm her, die nasse Schnauze in seiner Kniekehle und erfüllt von jenem Gehorsam, den ich ihm fortan verweigern würde.

Gegen sechs Uhr wurde es unten still. Ich schlich auf die Galerie und schaute vorsichtig über die Brüstung. Asta lag auf dem Sofa. Lothar saß im Sessel und hatte auf den Tisch vor sich einen Plastikentwurf gestellt, den ich noch nicht kannte. Ein Brunnen. Drei Vögel saßen auf dem Rand.

Lothars Haltung, vorgeneigt, unbeweglich starrend, verriet die magische Beziehung zwischen dem Künstler und seinem Werk. Langsam streckte er die Hand aus und strich zart und forschend über die Figuren.

Ich verspürte den Impuls, hinunterzugehen, ihm über das Haar zu streichen. Früher hatten wir seine Entwürfe auf den Frühstückstisch gestellt und auf uns wirken lassen. Ich gab Anregungen und kritisierte vorsichtig, noch zu einem Zeitpunkt, als alles andere schon vorüber war.

Diesmal beherrschte ich mich. Es ist vorbei. Ich kann's nicht ändern. Oder?!

Ich ging in mein Zimmer und machte Kopfstand. Mit der richtigen Haltung läßt sich vieles ins Lot bringen. Ich fühlte mich seit einiger Zeit allem gewachsen, sogar der Tatsache, daß ich bald Oma sein würde.

Natürlich hätte ich damit rechnen müssen, aber ich hatte nicht damit gerechnet. Bettina sagte es mir vor kurzem am Telefon.

»Warum hast du nicht schon früher etwas gesagt, mein Schätzchen?«

»Ich wollte euch beide damit überraschen, Mami.«

Das war gelungen. Ich war in einer sonderbaren Stimmung. Ich freute mich wahnsinnig, doch ich fürchtete mich auch ein bißchen. Gerade hatte ich doch den Sex neu entdeckt und sah einer wunderbaren Erneuerung entgegen.

Bettina besuchte uns aus Nürnberg. Lothar umarmte seine Stieftochter. Er ist immer lieb zu ihr, nachsichtiger als ein richtiger Vater, vielleicht auch eine Spur gleichgültiger. »Ich würde niemals mit meiner Tochter schlafen«, erklärte er manchmal. Er meinte es aufrichtig und war stolz auf seine Entscheidung für Anstand und Sitte.

Bettina hatte schon einen runden Bauch. Sie war blaß und wirkte angestrengt. Ich war gerührt. Ja, mein Herz floß über vor Liebe. Mein kleines Mädchen bekam ein Kind. Alle meine kleinlichen Bedenken gingen augenblicklich über Bord. Ich würde mein Enkelkind lieben und mich voll und ganz zum Omasein bekennen. Es ist immer dumm, sich den Erwartungen anderer Leute zu beugen und den Klischees zu entsprechen, die von einer dubiosen Öffentlichkeit geprägt und als verbindlich hingestellt werden.

Lothar kündigte an, er werde von dem Baby eine Büste machen. Er stelle sich ein Mädchen mit blonden Ringellocken vor. Bettina lächelte und sagte: »... ein Junge. Es wird ein Junge, Herrli.« Früher nannten wir ihn beide »Herrli«.

Ein Junge. Ein Enkel! Heutzutage können sie das alles bei Untersuchungen feststellen. Wir wissen zuviel, sage ich immer. Wir wissen zuviel über Risiken und Nebenwirkungen, Schadstoffe und Luftverschmutzung. Doch in diesem Fall ist es wohl ganz angenehm, vorbereitet zu sein.

»Wie soll er denn heißen, Schätzchen?« Sie hatte ihren Namen »Bettina« nie gemocht. Bald würde nun dieser Zwerg ihre Wahl beurteilen.

»Sascha Nepomuk.«

Ach du Schreck! »Wie kommst du denn auf Nepomuk?«

Bettina wurde ein bißchen verlegen. »Nach dem Vater von Hans. Hans heißt eigentlich auch Nepomuk. Der Großvater schon. Da kann man nichts machen.«

Mein kleines Mädchen, ach, mein kleines Mädchen.

»Nepomuk ist gar nicht schlecht. Diese ehrwürdigen biblischen Namen sind in«, sagte ich.

Lothar sagte: »Nepomuk ist Spitze. So heißt nicht jeder.« Es ist nicht zu leugnen, daß er manchmal nett ist.

Bei der nächsten Antiquitäten-Auktion habe ich ein wunderschönes Schaukelpferd entdeckt und mit viel Geschick für Sascha Nepomuk ersteigert. Die Sache mit Krenek ist geregelt. Keine Kunst, wenn man ihm ein wenig schmeichelt, nicht gleich pampig wird, wie Lothar meistens, und ihm bewußt macht, daß man Herz und Scheckheft am rechten Platz hat.

Alles geht den allzu vertrauten Gang. Lothar hat bereits wieder seine »Raubtiertour«. Aus dem Stand wird er unbeschreiblich zänkisch. Er schnauzt mich vor fremden Leuten an, gibt mir an jedem kleinen oder mittleren Mißgeschick die Schuld und setzt die Miene einer verbitterten Leberwurst auf. Kurz: das Raubtier vor der Fütterung.

Gib ihm sein Fressen, und das Augenrollen wird zum satten Blinzeln, der Donnerton zu Brummeln und Bäuerchen. Der Kerl hatte Hunger, nichts weiter. Nun wird er sanft und schläfrig; früher wurde er auch sinnlich. Ich aber war entnervt und unglücklich.

Jetzt weiß ich, daß es die Zeit nach der Fütterung ist, in der ich ihm meine Pläne und Wünsche eventuell nahebringen kann. Es ermüdet mich jedoch. Ja, ich ermüde leichter. Ich ärgere mich über seine Arbeitsvermeidungstaktik. Wenn ich Staub wische – und das hat hier seit meiner Abreise mit Sicherheit niemand getan –, so schüttelt er den Kopf und grummelt: »Wie ungemütlich. Was soll das? Diese Nummer: Frau mit Staubtuch. Stört doch niemanden, das bißchen Staub.«

»Du hast Besucher. Wenn es dich schon nicht stört . . .«

»Ist mir doch egal, was die denken.«

»Mich stört es aber. Es sieht verwahrlost aus.«

»Tja, wenn du das wirklich so siehst . . . aber bitte ohne mich!«

Oder er mustert mich wie einen Fehlkauf. »Du solltest nicht diese langen Wallaröcke tragen. Ponyfransen stehen dir nicht, sie machen dich nuttig. Würdest du dich wohl bitte bemühen, etwas leiser aufzutreten? Du hast dir den Gang eines alten Revierförsters angewöhnt, merkst du das nicht selber?«

»Ich arbeite zu hart. Das nimmt dem Körper dann halt den Charme«, sage ich und denke an früher, als ich ihm aus Ersparnisgründen half, schwere Plastiken aufzuladen und zu transportieren. »Pack oaa!« rief er dann, und ich packte an.

Es ist alles wie früher, nur ich habe mich verändert. Oder nicht? Ich mache meinen Garten schön und rede lange mit Bronzo. »Herrli will mich am liebsten umtauschen. Gegen zwei zu fünfundzwanzig«, flüstere ich. »Herrli ist nicht nett zu Ada. Aber sie wagt es jetzt noch einmal. Sie will Liebe und Küsse und Haut und Fleisch. Aufregung, Bewunderung, Ekstase, warum nicht?«

Bronzo stimmt zu, wie immer.

Ich kümmere mich um die Buchführung und um die Konten. Ich fahre nach München und kaufe mir prächtige Klamotten für Spanien und zwei grüne Glaskugeln für den spanischen Garten, und eine Tischdecke aus cremefarbener Spitze für den spanischen Tisch, und drei Seidenkissen für . . . ja, auch für Spanien. Ich habe Sehnsucht.

Es regnet zwei Tage lang. Der schwere Stroppenauer Boden wird zum Sumpf. Ich muß die Schuhe unter dem

Wasserhahn abspülen. Es reicht. Ich buche den Flug. Flieg heimwärts, Engel.

Lothar fährt mich zum Flughafen. Das ist nett von ihm. Was wiegt nun schwerer? Die Traurigkeit über den Abschied von diesem Kraftpaket, diesem Mann, den ich geliebt und gehätschelt, dem ich viele Jahre lang mein Leben geweiht habe – ich liebte ihn, und er ernährte mich – und der nun eine Spur betreten wirkt. Täusche ich mich auch nicht? Oder das bange Gefühl der Erwartung, dieses Alles-kann-geschehen?

Es geht auch anders, aber so geht es auch, dichtete Brecht. Neues Spiel, neues Glück. Auch diesen Gedanken meine ich in Lothars Miene zu entdecken.

Er zieht mich kameradschaftlich an sich und küßt mich leicht auf den Mund. Mir wird ein bißchen schwindlig. Es ist ein Abschied auf unbestimmte Zeit. Geschickt vermeide ich Astas Zunge auf meinem Make-up. Sie sieht richtig bekümmert aus. Aber sie wird sich bald trösten. Wie ihr Herrli.

Im Warteraum scheinen wieder dieselben Leute zu sitzen wie beim Herflug. Es ist diese Mischung, der vielzitierte Querschnitt durch die Bevölkerung. Paare vor allem, jung oder alt, mit Kindern und ohne Kinder. Auch der typische Hagestolz, einige tapfere Frauen, wie ich eine bin. Das alleinreisende Kind und die Gruppe aufgekratzter Spesenmänner samt einer Quotenfrau. Man könnte sofort beginnen, einen Film zu drehen. »Gefahr in den Wolken«. Mit dem Paar dort vielleicht in den Hauptrollen?

Das Paar ist ungewöhnlich. Ganz auf VIP gestylt. So um die Vierzig. Beide tragen Hüte und Handschuhe, sie ein weißes Kostüm, er einen weißen Leinenanzug. Sie sind so auffällig, daß die Leute geniert wegsehen. Später komme ich kurz mit einer Frau ins Gespräch. Sie kennt die beiden vom Sehen. Sie handeln mit alten Autos.

Es kommt eben auf die Präsentation an. Warum eigentlich nicht Ada Kleiminger in der Hauptrolle? In ihrem gelben Kostüm und in den weißen Schuhen mit Keilabsätzen? Mit dem Bargeld in der Gürteltasche, die den Bauch ein bißchen vorwölbt? Solange ich mir nicht selber die Hauptrolle zutraue, werde ich auch keine bekommen.

Diesmal nehme ich vom Flughafen Malaga aus ein Taxi. Zwei Häuser neben der Villa Ada lasse ich mich absetzen. Der Fahrer braucht nicht zu wissen, wo diese Frau allein wohnt. Ich habe zwar unterwegs erzählt, mein Amigo erwarte mich sicher schon ungeduldig. Doch hat er es auch geglaubt?

Ich schließe das Tor auf. Die Rosen blühen, rosa, gelb, weiß und rot. Ein Rosensommer; die Blüten explodieren förmlich, oft fünf an einem Stiel, die Knospen bedrängen die geöffnete Blüte in der Mitte. Der Nachwuchs drückt das Alter beiseite. Welch simpler Vergleich!

Der Rasen müßte gemäht werden. Aber ich mag ihn gern so üppig und grün, mit Einsprengseln von Klee. Der Busch mit den gelb-roten Pompons, dessen Namen ich nicht kenne, steht in seinem großen Tontopf in voller Blüte. Die Lantanas halten ihr tiefes Lila dagegen, der Oleander ist eine Orgie in Rosa, und in zartem Perlmutt erröten die Campaniles. Die Hortensien, deren Knospen bei meiner Abreise noch grün waren, haben sich wunschgemäß hellblau herausgeputzt – ich hatte nämlich rostiges Eisen neben ihnen vergraben.

Neben das Tor ist vom Strand her Sand geweht, in dem nun Spatzen ein Bad nehmen, sich plustern, kuscheln, vorwärtsrobben – und dabei auf der Hut sind vor ihren zänkischen, kämpferischen Artgenossen. Und aus einem Bein der hölzernen Liege brummt wahrhaftig gerade der dicke, blauschwarze Käfer aus seinem kreisrunden Wohnloch, das er sich letztens unter beträchtlicher Produktion von Sägemehl gebohrt hatte.

Drinnen ist es angenehm kühl. Ich ziehe meine Reisesachen aus, dusche und streife die Königinrobe über. Glücksgefühl. Ich bin zu Hause.

Eine Stunde später habe ich zwei große Tüten voll abgeblühter Blüten und Blätter gesammelt. Ich trage sie gleich zum Müllbehälter. Als ich zurückkomme, tritt gerade Reginald Wilcox aus seiner Tür. Er ist in der Badehose.

»Oh, hallo!« sagt er laut. »Ich will gerade baden. Wann bist du angekommen?« Und flüstert: »Schön, daß du wieder da bist, *darling*.«

Ich zucke zurück vor diesem unerwünschten Maß an Vertraulichkeit, und doch lächle ich geschmeichelt.

»Heute, vor rund einer Stunde. Wo ist Uta?«

»Sie faltet Frösche aus grünem Papier. Wir wollen eine Party geben, und da braucht sie die Frösche als Dekoration. Badest du mit mir?«

»Ich wollte sowieso gerade ...«, lüge ich. »Geh schon vor, ich komme nach.«

Er legt seine Hand um meinen Oberarm und drückt ihn. Gelber Löwenblick. Was ist los mit mir? Sendet er irgendein geheimes Duftsignal aus? Einen atavistischen Appell an den Paarungs- und Fortpflanzungstrieb des Weibchens?

Er schwebt strandwärts. Ich stürze ins Haus und ziehe meinen gelben Bikini an, creme meine Beine ein, damit sie schön glänzen, stecke die Haare versuchsweise mit zwei Kämmchen hoch und lasse sie dann doch hängen. Ist kleidsamer.

Reginald wartet am Lido auf mich. Für einen Engländer ist er recht gut gebräunt, und er hat weder dünne Stakbeine, wie ich geargwöhnt hatte, noch Krampfadern. Ein wenig zu mager finde ich ihn, doch insgesamt nicht übel.

Er kneift die Augen zusammen und macht viele Falten dabei. Ich hatte ihn hübscher in Erinnerung. Etwas mehr wie ... na, wie heißt der Schauspieler gleich, immer diese noch ungewohnte Altersvergeßlichkeit – ah ja, wie Michael Caine.

Das Meer ist ganz ruhig. Nur wenige Leute sind hier am Strand. Die Menge ballt sich dort, wo Parkplätze und Liegen es bequem machen. An den Wochenenden allerdings ziehen große spanische Familien mit Klappstühlen, Tischen, Grill, Zelt und Angelgerät ans Meer, dann herrscht überall der Klang ihrer Stimmen und der Duft von Knoblauch.

Zwei kleine Kinder holen sich Meerwasser in Eimerchen und begießen damit ihr Bauwerk aus Sand. Ein Liebespaar liegt da, sie wälzt sich gerade auf seinen Bauch. Der Anblick beunruhigt mich. Ich gucke weg.

Reginald streckt mir die Hand hin. Ich nehme sie und laufe neben ihm ins Wasser. Das ist wundervoll an einem heißen Tag, wenn die Kühle die Schenkel erreicht, zum Bauch ansteigt. Ruckweise atmen. Kreischen. Jauchzen. Er läßt mich los. Wir stürzen uns beide in die Fluten. Oh, alles Leben kommt aus dem Meer. Er schwimmt eifrig los.

Die meisten Männer wollen gewinnen. Ich halte eine Zeitlang mit. Wir lachen uns an. Ich schlucke etwas Salzwasser, pfui Teufel, sicher verseucht.

Jetzt sind wir an der zweiten Sandbank. Sonst traue ich mich nur bis zur ersten, aber heute ist alles anders. Ich fühle mich herausgefordert. Auch beschützt, merkwürdigerweise. Wir können stehen, ich aber nur auf den Zehenspitzen, wenn die Dünung sich nicht gerade hebt. Reginald zieht mich an sich. Ich spüre seine Brust, seinen Bauch, seine Schenkel. Seine eine Hand gleitet meinen Rücken hinunter und schiebt sich unter mein Bikinihöschen. Kenne ich diese Szene nicht aus dem Kino? Da ist es meistens im Swimmingpool. Aber in der Realität ist alles anders.

Er will mich küssen. Ich schaue zum Strand hin. Dort steht Uta. Frösche falten, von wegen!

Ich winke und rufe: »Hallo, Uta!«, und schon habe ich wieder Salzwasser im Mund. Reginald winkt auch.

»Oh, Ada, ich will mit dir Liebe machen«, sagt er.

Wir schwimmen zurück. Ich bin merkwürdig enttäuscht. Das war eben geschmacklos. Viel zu direkt. Ob aus weiblicher Solidarität oder Resten guter Erziehung: ich beschließe, ihm deutlich die Meinung zu sagen. Flirt ja, aber Ehebruch nein. Bin ich doch durch Lothar selber gebranntes Kind.

Uta faltet Frösche, und Reginald macht Liebe mit der kleinen, unbefriedigten Nachbarin. Nein, bisher war alles schwebend, unbelastet. Dies war eben der erste Schritt aus dem Paradies. Ada, ich will mit dir Liebe machen. Der Satz hat mich wie ein Geschoß getroffen. Im Schritt, wie meine Mutti das nannte. Reginalds Geschoß. Ich bin enttäuscht und gleichzeitig erregt. Es hat mir nicht gefallen, daß er es gesagt hat. Doch immerhin ist da einer, der mit mir Liebe machen will. Ich hatte schon geglaubt, das wolle niemand mehr. Lothar nicht. Angelo nicht. Aber Reginald will.

Ich stapfe aus dem Wasser, Reginald bleibt zurück. Uta trägt einen schwarzen Einteiler, nackte Hüften bis hoch zur Taille, und einen großen Strohhut. Wir umarmen uns und küssen die Luft links und rechts neben den Wangen.

»Sind die Frösche fertig, Uta?«

»Ach, das hat er dir erzählt? Es sollte doch eine Überraschung werden. Du bist natürlich eingeladen. Nächste Woche Mittwoch, acht Uhr, nichts mitbringen, das wird sonst lästig.«

»Das ist aber nett, danke. Hast du übrigens meinen Frosch neulich bemerkt? Aus Bronze?«

Sie überlegt. »Ich glaube nicht. An den Keiler kann ich mich erinnern.«

»Von meinem Mann geschaffen. Der Keiler, der Frosch auch. Der Archetypus eines Frosches. Alle Frösche in einem, weißt du?«

Diese Erklärerei von Lothars Werken ist mir schon in Fleisch und Blut übergegangen. Muß ich mir abgewöhnen. Nicht mehr mein Bier.

»Komm doch heute nachmittag und schau ihn dir an, wenn du magst. Er heißt Ludwig.«

»Gern. Wann empfängt Ludwig?«

»Gegen vier?«

»Paßt hervorragend.«

»Ich muß mich umziehen. Das nasse Zeug ist ungesund. Badest du nicht?«

»Heute nicht. Ich habe meine Tage.«

»Ach Gott.«

»Ja. Aber wenn man sie nicht mehr hat, ist man alt.«

Ich bin unangenehm berührt. »Das glaube ich nicht.«

»Weißt du, sie schreiben immer von der *Midlife crisis.* In Wirklichkeit ist es doch eine *Latelife crisis.* Die Mitte des Lebens ist mit Fünfzig längst überschritten. Diese Angst, daß nun alles aufhört, also weißt du ...«

Ich schaue aufs Meer. Reginald ist noch einmal hinausgeschwommen.

»Darüber habe ich noch gar nicht nachgedacht.«

»Du bist jünger als ich.«

Soll ich ihr sagen, wie alt ich bin? Dann erzählt sie's Reginald. Es ist schon schrecklich. Die Magie der Zahl. Fünfzig! Augenblicklich bist du abgestempelt und landest in der Schublade fürs Gesetzte, für Matronen und alte Jungfern. Abgeklärte Neutren, ausgelöschte Wünsche.

»Was soll's?« sage ich. »Wir sehen toll aus und fühlen uns toll, oder?«

Sie nickt. Glücklich sieht sie nicht aus.

Ich stieg auf meine Kiste und schaute über die Mauer, weil ich ein Motorrad gehört hatte und dachte, der Briefträger käme. Er war es nicht. Aber Angelo radelte die Straße entlang, wahrscheinlich zu einem seiner Häuser, wo Mieter erwartet wurden. Er vermietet selber, dann lohnt es sich finanziell.

Er sah mich, grinste und trat sofort mächtig in die Pedalen. Ich rief energisch: »Señor!«, stürzte zum Tor, schloß auf. Tatsächlich war er abgestiegen und wartete wie ein Rennfahrer, der gleich an den Start gehen wird.

In der ersten Zeit nachdem er Inés geheiratet hatte,

habe ich seltsame Erlebnisse gehabt. Das erstemal erwachte ich mitten in der Nacht in einem sehr erregten Zustand. Eine Welle aus Schmerz und Wonne zog durch meinen Bauch, und ich wußte: Angelo schläft gerade mit Inés und denkt dabei an mich. Am nächsten Tag traf ich ihn und fragte ihn danach. Er wurde sehr verlegen, aber er gab es zu.

Als sich diese Erlebnisse wiederholten, stellte ich ihn zur Rede. »Señor«, sagte ich, »das geht nicht so weiter. Es macht mich krank.«

»Aber es stimmt gar nicht«, behauptete er. Seitdem wurden die telepathischen Attacken seltener, und Angelo wurde der Señor auf der Flucht.

Ich schaute ihn an. Seine Locken waren nicht mehr ganz so dunkel wie früher, viel Grau darin. Sein Gesicht hatte die Sonne gegerbt. Er war ein gedörrter Murillo-Knabe, das fiel mir jetzt erst auf.

»Jaha? Was gibt's, Señora?«

Schwyzer Tonfall. Sein Unverbindlich-geschäftstüchtig-eilig-Lächeln. Was konnte ich sagen? Ich überlegte fieberhaft.

»Meine Schwester kommt demnächst her mit ihren beiden Töchtern. Könnte sie vielleicht Ihr Haus in unserer Reihe oder auch das dahinter mieten?«

»Geben Sie mir die Daten. Ich werde dann schauen, ob etwas frei ist.«

»Ich telefoniere morgen mit ihr, dann weiß ich Genaues.«

Ich habe keine Schwester, aber es ist eben ein Spiel. Kontaktpflege zum Señor. Ich stellte mir kurz vor, wie er sich über mich beugte, mich an sich riß: diese verblödende

Kraft erotischer Wünsche. Stammhirn triumphiert über Jahrtausende menschlicher Zivilisation.

Er schwang sich auf sein Rad, strampelte los, winkte aber noch einmal zurück. Geschäft in Sicht, Schwester möchte mieten. Nichts weiter. Ein Schlappschwanz. Sperrt Inés ihn vielleicht ins Badezimmer? Mag er das? Haue mit der Klobürste? Winseln um Gnade? Lothar und ich kannten so einen Architekten. Er machte gar kein Hehl daraus.

Nun, es konnte mir egal sein. Reginald wollte mich, lieber heute als morgen. Kein Feuer, keine Kohle kann brennen so heiß ...

Nachmittags kam Uta. Sie war nicht eigentlich hübsch, aber sehr apart in ihren geblümten Bermudas zum weißen T-Shirt. Ihre Augenbrauen sahen aus wie fliegende Krähen auf naiven Gemälden. Und sie war sorgfältig geschminkt, wirkte ein wenig müde um die Augen, das mochte ihre Periode mit sich bringen.

Ich zeigte ihr Lothars Frosch. Ein Frosch, keine Fröschin. Ein dickes, starkes Mannsbild, das jeden Moment losquaken, Rivalen erschrecken und Froschfrauen begatten kann. Urvater vieler kleiner Kaulquappen. Er sieht lustig und dramatisch zugleich aus.

»Das ist also Ludwig. Wirklich drollig«, sagte Uta. Das hätte Lothar sicher nicht gern gehört. Kunst ist nicht »drollig«.

»Reginald arbeitet noch am Teich«, sagte sie. »Er macht alles übergenau, deshalb dauert es so furchtbar lange. Ich kann nicht zusehen. Es geht mir an die Nerven.«

»Wenn ihr erst den Teich habt, könnt ihr euch lebendige Frösche halten. Die warten hier in der Gegend nur auf Neubauwohnungen. Seit die Engländer in der dritten

Reihe ihren Swimmingpool nicht mehr pflegen, sind Frösche drin – hast du sie noch nicht gehört? Sie machen einen fürchterlichen Lärm.«

»Nein. Im Pool? Ist ja witzig. Aber eben typisch britisch.«

»Wie meinst du das?«

»So etwas passiert Engländern. Sie lassen ihre Sachen verwahrlosen. Und Frösche im Pool, glaub mir, das kann überhaupt nur bei Engländern sein.«

»Aber ...«

»Es ist so. Sie ticken anders. Keine deutsche Ehefrau von Briten, die ich in Cornwall kennengelernt habe, würde wieder einen heiraten.«

»Und du, Uta?«

»Ich? Natürlich auch nicht.«

»Dein Mann wirkt so nett.«

»Ja. Nett ist er. Aber anders. Ich erzähle dir eine kleine Geschichte, soll ich?«

Ich nickte angeregt. »Ich bin scharf auf Geschichten.« (... und auf Reginald. *Sorry*.)

»Ich war sehr jung, als ich Reginald kennenlernte. Er war schon geschieden, aber kinderlos. Mein Vater war Manager in einer großen Firma. Alle paar Jahre zog meine Mutter mit ihm um in eine andere Stadt, wo er seine Position und sein Einkommen verbessern konnte. Aus jeder Stadt brachte Mama sich, wie sie sagt, ein ›lebendes Andenken‹ mit. Ich bin das Souvenir aus Berlin.

Wir hatten Kindermädchen und Personal. Mama war ›ganz Frau‹, so nennt sie's. Papas angebetete und anbetende Gattin. Wir Kinder hatten nirgendwo Heimatgefühle. Heute leben zwei Brüder in Hongkong, Mama – sie ist inzwischen zweiundachtzig – in ihrer Villa in Wien, in der auch meine älteste Schwester mit ihrer Familie wohnt. Meine Schwester Karen ist an Krebs gestorben. Sie war mir die liebste. Ein Bruder treibt sich in der Welt herum und versucht, irgendeine Erfindung zu verhökern, einen elektrischen Fensterputzer, glaube ich.

Ich machte mein Dolmetscherexamen und ging nach England. Dort hatten sie natürlich den Krieg nicht vergessen. Manche taten, als sei ich Kommandeuse im KZ gewesen, dabei war ich ein Baby zur Nazizeit.«

Uta sah unglücklich aus. Ich dachte, daß ich ihr einen Drink anbieten sollte, wollte aber ihre Rede nicht unterbrechen. Warum erzählte sie mir das? Wir kannten uns nicht so gut. Es mußte einen Grund geben. Ich hatte den Eindruck, daß sie um meine Zuneigung warb.

»Reginald hatte eine Zeitlang in Wien gelebt und sprach Deutsch mit Wiener Akzent. Den habe ich ihm inzwischen zum Glück abgewöhnt. Lächerlich, wenn man eine Fremdsprache mit einheimischem Akzent spricht. Er erschien mir damals anders als die anderen Briten. Weltläufiger. Phantasievoller. Wir lernten uns im Betrieb kennen, in dem wir beide arbeiteten. Er war geschieden. Ich ließ meinen deutschen Freund sausen, den meine Eltern mir mehr oder weniger ausgesucht hatten.

Als Reginald und ich uns zwei Wochen kannten, fuhren wir an die italienische Riviera, nach Varazze. An diesen Ort hatte ich wundervolle Erinnerungen. An Sternennächte, an eine Clique italienischer Jungens mit Motorrollern und an Mario, bei dem ich mitfahren durfte, im ›Damensitz‹, die Knie geschlossen unter dem Petticoatkleid, die Arme eng um seine Taille geschlungen. Unschuldige Liebe. Meine Schwester versagte als Anstandswauwau, denn sie war ebenfalls verliebt.

Als meine Eltern zwei Wochen später eintrafen, holte die ganze Clique sie vom Bahnhof ab. Vater war befremdet, doch er verbot mir den Umgang nicht. Er habe uns hoffentlich so erzogen, daß wir wüßten, wie wir uns zu verhalten hätten, sagte er. Vielleicht waren Mama und er ganz froh, daß sie uns vom Hals hatten. Meine Schwester und ich mußten nur pünktlich um zehn Uhr abends im Hotel sein.

An diese Zeit hatte ich mich erinnert, als ich Reginald Varazze als Reiseziel vorschlug. Und wieder war es so romantisch. Wir hatten ein Zimmer mit einem schräggeneigten Spiegel dem Bett gegenüber. Nachts brausten vorn die Autos vorbei, hinten der *Rápido*. Was machte es? Der Himmel stand offen.

Wir badeten im Meer, bummelten durch den Ort, tranken abends Wein in einem kleinen Lokal im Hinterland, in dem sie noch Petroleumlampen anzündeten. Eines Nachts saßen wir auf einer einsamen Bank am Strand. Der Vollmond warf eine silberne Bahn auf das Meer; von fern erklang Musik. Wir hatten Champagner und Gläser mitgenommen. Reginald öffnete die Flasche, und wir tranken, schauten uns an im Mondlicht. Ich wähnte mich auf dem Gipfel des Glücks. Da erhob sich Reginald feierlich und sang ›*Rule Britannia*‹.

Ich war überrascht, enttäuscht, aber nicht ernstlich gewarnt. Das hätte ich aber sein sollen. Stell dir das vor: In romantischer Vollmondnacht, unter Palmen, frisch verliebt, das Champagnerglas in der Hand, stimmt der Liebste eine Hymne auf Britannien an!«

»Zum Piepen«, sagte ich. Das nahm sie übel. Sie hatte Tränen in den Augen.

»Nicht so komisch, wie du denkst.«

»Ich wollte dich nicht kränken. Es ist so schön heute. Jetzt trinken wir beide Champagner, einen spanischen Sekt, um ehrlich zu sein. Okay?«

Sie lächelte und nickte.

Nicky wühlte unterdes unbehelligt in meinen neu gepflanzten Federnelken. *»Come here, darling«*, rief sie. »Darling« hatte Reginald mich genannt. Der Superbrite.

»Du hast ihn trotzdem geheiratet«, stellte ich fest.

»Ich dachte, es wäre ein patriotisches Versehen gewesen.«

Wir lachten beide. Ich holte Gläser, Kekse und die Flasche mit dem Sekt. Eine Stunde später waren wir ein bißchen beschwipst.

Ich roch den Pfeifenqualm, bevor ich den Mann hörte. Reginald klopfte an die Pforte, und ich öffnete. Wir vollzogen die rituelle Umarmung, die Lothar *»social kissing«* nennt. Pfeifenrauch und After-shave-Duft strömten in meine Nase. Er biß mich leicht ins Ohrläppchen.

Ich war wirklich ganz auf Utas Seite, und doch ...

»Ich möchte für heute abend zur feierlichen Vorbesichtigung der Wilcoxschen Teichanlage bitten«, sagte er. Keine Frage, seine Stimme war sexy.

»Sehr schön. Wann?«

»Am besten gleich.«

Er ging zu seiner Frau. Sie küßten sich wie ein besonders glückliches Paar. Sie rief Nicky, der jetzt einen geheimen Schatz in meinem Portulackbeet suchte und gar nicht reagierte, bis sie einige Takte von *»Massachusetts«*

pfiff, was das hochmusikalische Tier wahrhaftig veranlaßte, mit allen Anzeichen freudiger Erregung zum Singen herbeizulaufen.

Uta nahm ihn hoch. Ich sagte: »Es dauert fünf Minuten.«

»Danke für den schönen Nachmittag. Wir gehen schon vor.«

Reginald hatte einen Mißklang in unsere weibliche Eintracht gebracht. Es war schade, doch ich konnte es nicht ändern. Oder?

Der neue Teich sah aus wie eine dicke Bratwurst, länglich und leicht gekrümmt, mit einem Überlaufrand, der noch unbewachsen war, dafür aber bereits geschmückt mit einer nackten Dame aus gemahlenem Stein, die einen Krug schleppte, aus dem Wasser in das Becken rann. Außerdem waren da zwei Stein-Adler, die möglicherweise die Goldfische erschreckten, die hastig umherflippten.

Der Papagei saß draußen auf seinem Käfig. Uta hatte ihm die Schwingen beschnitten. Der Beo rief aus der Küche: *»Come here, darling«*, mit Utas Stimme. Danach blökte er wie ein Schaf. In Cornwall seien manchmal Schafherden an ihrem Haus vorbeigezogen, sagte Uta, danach habe man ihn überhaupt nicht stoppen können. Stunden später habe er noch immer geblökt.

Ich ging zu dem Vogel in die Küche.

»What's your name?« fragte er.

»Ich heiße Ada«, antwortete ich artig.

Als ich wieder hinaustrat, fixierte Reginald mich mit seinen gelben Augen. Ich hatte meinen kurzen Baumwollfummel mit Erdbeermuster an und dazu rote Riemchensandaletten mit hohen Absätzen.

Wir tranken noch etwas Wein und brachen dann zu Fuß auf zu einem versumpften Teich nahe am Meer, der von einem versandeten Flußbett zurückgeblieben war. Die Wilcoxens suchten dort nach Wasserpflanzen für ihren Teich. Ich half ihnen. Und wir kehrten schließlich mit allerhand schmutzigem Wurzelzeug zurück, selber anzusehen wie Schlammringkämpfer. Meine Sandaletten hatte ich vorher ausgezogen, aber das Erdbeerkleid war reif für die Wäsche.

Ich ging sofort nach Hause. Reginald widmete sich seinen Wasserpflanzen und begleitete mich nicht. Ich zog mich aus, sprengte mich mit dem Gartenschlauch ab, schlief eine Stunde, ersparte mir Lotossitz und Kopfstand, arbeitete ein bißchen im Garten und strickte an meinem fünfzehnten Umschlagtuch. Ich habe sie in allen Farben. Stricken beruhigt die Nerven.

Es wurde Nacht. Ich blieb draußen, bis alle Sterne aufgezogen waren. Ich hatte Sehnsucht. Wonach? Nach wem? Nach irgendwem. Es gab ihn bestimmt. Irgendwo.

Am nächsten Morgen fuhr ich mit dem Bus in die Stadt, um mir endlich die gelben Schuhe zu kaufen, mit denen ich schon früher geliebäugelt hatte.

Es ist wahr: Ich bin gern allein, und ich beschenke mich auch gern selber und kann mich unbändig darüber freuen. Diese Geschenke entsprechen schließlich genau meinem Geschmack, ich muß keine Freude heucheln. Außerdem schenkt mir eben sonst niemand etwas. Lothar war nie ein Schenkender, dazu ist er viel zu egozentrisch.

Irgendwann hatte ich begriffen, daß es am zuverlässigsten ist, sich selber eine Freude zu machen. Ich bin als Kind nicht verwöhnt worden. Mein Bruder Rüdiger war bereits das Herzenskind meiner Eltern, als ich auf der Welt erschien. Und dann kam Benno, das »Herrgöttle«, wie Rüdiger sagte. Meine Mutter arbeitete in unserem Spirituosengeschäft mit. Ich hütete Benno, fütterte ihn und spielte mit ihm.

Rüdiger ist am Ende des Krieges als Flakhelfer verschollen. Meine Eltern waren untröstlich. Sind beide nicht alt geworden. Das Herrgöttle lebt mit Frau und Kind in Berlin, ein bißchen ausgeflippt, mit einem Boot, vier Katzen, mehreren Vögeln und einem schwarzen Schwein, das er mit rotem Halsband an der Leine spazierenführt.

Benno ist mir fremder als der Briefträger. Ich kann kaum glauben, daß er mein Bruder ist, das Baby von einst mit den kleinen Kringellocken, das allen Brillenträgern, die sich ihm näherten, mit affenartiger Geschwindigkeit die Brille von der Nase haute.

Ich kaufte mir also die gelben Schuhe mit den halbhohen Absätzen und der eleganten Stromlinienform und ließ sie mir in eine Tüte stecken. Dann ging ich zu Goyo, wo ich Kaffee trank und ein Stück Torte aß. Das ist ein fester Programmpunkt bei jedem Marbella-Besuch.

Zu Hause habe ich einen leeren Kühlschrank. Selbst in Stroppenau lagere ich nur Notwendiges ein. Was da ist, wird schließlich aufgefuttert. Oder? Und ich will schlank bleiben. Wenn ich einmal zuviel gegessen habe, befühle ich gleich am nächsten Morgen meinen Bauch. Ist er flach, ist alles in Ordnung.

Ich saß bei Goyo und löffelte meine Pfirsichtorte. Geschäftige Menschen strömten herein, bestellten und aßen, plauderten und tranken. Alle waren in Gesellschaft: Paare oder Gruppen. Nur ich saß allein an meinem Tischchen, doch das störte mich nicht.

Ich ging, als sich ein junges Pärchen dazusetzte. Wir lächelten uns freundlich an. Auf dem Weg zum Bus entdeckte ich noch ein umwerfendes Paar Ohrclips, riesig, mit gelben Herzen und gelben Kugeln an weißen Ketten. Sie waren sehr teuer. Ich sagte zur Verkäuferin, dafür könne man sich ja einen Brillanten leisten. Sie nickte ernst. Aber der sei doch längst nicht so schön. Sie packte die Clips in eine gepolsterte Schachtel, die ich in meine Schuhtüte steckte. Ich freute mich. Es ist schön, wenn man keinen braucht, der einen glücklich macht.

Es war schwer, das zu lernen. Zuerst erwartete ich das Glück immer von anderen, genauer gesagt, von Männern. Noch genauer: jeweils von einem Mann. Bei Lothar machte ich in den ersten Jahren vage Bemerkungen, zum Beispiel: Stell dir vor, in München tanzen die Evdokimova und der Gelvan in »Dornröschen«. Nun erwartete ich allen Ernstes, Lothar würde aus München Ballettkarten mitbringen. Er hatte den Wink überhaupt nicht registriert.

Ich sagte: Der Mülleimer müßte geleert werden, die Fenster sollten neue Farbe bekommen, im Garten ist eine Schlange, ich graule mich, hinauszugehen. In der Zeitung steht, Teneriffa im Herbst soll herrlich sein, und gar nicht teuer.

Allenfalls nickte Lothar geistesabwesend. Er bezog das Geschwätz nicht auf sich.

Ich schwärmte von einem Kleid, von einer Spitzendecke, von einem Bildband über David Hockney – er merkte nichts. Wenn ich es ihm sagte, erklärte er: »Kauf es dir doch. Du bist hier der Finanzminister.« Aber das ist ja nicht dasselbe.

Manchmal sagte er auch nur: »Adeline, du plapperst wieder.«

Irgendwann begriff ich, daß wir das Spiel spielten, für das viele Generationen vor uns trainiert hatten. Die Frau erforscht die Stimmung des Mannes, seine Launen, errät Impulse, die von ihm ausgehen, und stimmt freudig zu, selbst dann, wenn sie keine Lust hat. Appetit kommt beim Essen, sagte meinte Mutti oft. Lust kommt beim Tun.

Der Mann sagt, was er will, und ignoriert, was ihm nicht ins Spiel paßt. Ob das heute, bei den Jungen, anders ist? Ich glaube es nicht so recht.

Ich begann eines Tages, bei Wunscherfüllung Do-it-yourself zu machen. Der Zeitpunkt fiel zusammen mit dem Beginn meiner Yoga-Übungen. Villa Ada ist auch so ein Do-it-yourself-Projekt. Ich bin nicht sicher, ob auch Reginald unter die Rubrik fällt. Und ob er will.

Im Bus öffnete ich die Tüte, zog die Schuhe ein Stückchen heraus und freute mich darüber. Bei Wilcoxens Party wollte ich sie einweihen.

Ich trug sie zu dem schlichten schwarzen Seidenkleid an nackten Füßen; schwarzer Lackgürtel; die gelben Ohrclips, kein Schmuck weiter; Nägel farblos gelackt; Haare frisch gewaschen. Ich war sehr zufrieden mit meinem Aussehen.

Ich stieg auf meine Kiste und paßte auf, ob bei Wilcoxens Autos vorfuhren und Gäste eintrudelten, weil ich nicht die erste sein wollte. Schließlich startete ich mit einem angenehmen Kribbeln von Vorfreude und etwas

Lampenfieber. Es standen schon einige Paare auf der Terrasse herum. Pieseckes waren auch da, gerade wieder aus Berlin eingedüst, wie Wolfi Piesecke mir erklärte. Nach all dem Gelabere – er war Staatsanwalt – wolle er jetzt im Urlaub mal wieder die Puppen tanzen lassen.

»Was, Täubchen?« Er kniff seine Frau in den Hintern. Sie heißt Reni, hat Größe 46, das volle Gesicht und den Marzipanteint üppiger blonder Frauen. Sie lachte mit weit offenem Mund. Im Laufe des Abends verriet Wolfi, daß sie für einmal Liebe von ihm jeweils eine Mark ins Sparschwein bekäme. Sie sagte, sie wolle sich davon ein rotes Cabriolet kaufen.

Die Queen war da, mit einem mageren Torero namens Emilio. Zwei Solodamen, wohl Mutter und Tochter, standen herum, und die Brasilianerin aus der großen Villa oben auf dem Hügel, deren Mann angeblich Regisseur ist, aber alle glauben, daß er mit Rauschgift handelt. Die Queen ist die einzige, die ihn je gesehen hat.

Es kam noch ein sächsischer Feriengast, der immer bei Angelo mietet und alle Hausbesitzer ärgert, indem er zu ihnen sagt: »Ihr Haus hätte ich nie gekauft. Nie-mals!« Und ein nettes dänisches Paar kam, schon älter. Allmählich verlor ich den Überblick.

Piesecke gab die Geschichte zum besten, wie sein Sohn als kleiner Junge überraschend ins Schlafzimmer gekommen war und gesagt hatte: »Papa, laß das mal, was du da mit der Mutti machst!« Und Reni Piesecke ergänzte: »Ich schreie immer so laut. Je lauter ich schreie, desto besser amüsiert sich mein Mann«, und ließ uns beim Lachen ihr Zäpfchen im Hals sehen.

Der Papagei saß oben auf dem Käfig. Er wandte uns, die

wir mit Sektgläsern in den Händen lachend herumstanden, sein Hinterteil zu, zitterte mit den Federn und schnurrte mit dem Schnabel an der weißen Wand auf und ab. Auf und ab. Es war klar, daß er neurotisch war.

Von Nicky und vom Beo war nichts zu sehen. Nicky nahm wahrscheinlich auf Utas Bett übel, daß so viele fremde Leute Frauchens Interesse beanspruchten.

Uta kam aus der Küche. Ganz in Rot. Schwer zu übertrumpfen. Dann schwebte Reginald herein, zwei Flaschen Sekt vor sich hertragend, wie ferngelenkt. Er hatte ein kurzärmeliges hellblaues Seidensatinhemd an, aus dessen Brusttasche die Pfeife hervorlugte. Er ließ den Blick über die Gästeschar schweifen, seine Scheinwerferaugen leuchteten mich an.

Er stellte die Flaschen auf dem langen Sideboard ab, das in den Raum hineinragte und ihn optisch aufteilte, kam zu mir. Umarmung, Wärmedusche, Pfeifengeruch und After-shave. Küßte mich auf den Mund. Ich war verlegen.

»Guck mal, was euer Papagei macht«, sagte ich.

»Peanut mag keine Gesellschaften. Er liebt nur Uta. Alle anderen Leute haßt er. Mich besonders. Aber ich hasse ihn auch. Mistvieh!«

Reginald schenkte überall Sekt nach. Es waren noch drei Leute gekommen: Pat, Ron und Shirley, also noch eine »überzählige« Frau. Früher wurde bei Parties penibel darauf geachtet, daß es nur Paare gab. Heute sind stets die Frauen in der Überzahl. Aber wenn einmal zwei zusammen tanzen, sind die Männer regelmäßig sauer.

Pat sah aus wie die Engel auf meinen Lackbildern früher, ganz in Weiß mit blonden, schulterlangen Locken. Fehlte nur noch der Palmenzweig in den Händen.

»Hello, darling«, sagte die ätherische Gestalt zu mir mit der Stimme eines versoffenen Müllkutschers und riß mich erstaunlich kraftvoll an die Brust.

Den Hausherrn küßte sie schmatzend und schlug ihn gleichzeitig krachend auf die Schulter. Ich hörte die ganze Zeit ihren Baß und ihr lautes Lachen.

Ron dagegen war zierlich zerknittert und sah aus wie eine Volksausgabe des Herzogs von Windsor.

Uta flüsterte mir etwas später zu: »In England hätte keiner von den Engländern hier mit den beiden gesprochen. Dort hat man strengere Maßstäbe. Im Ausland sind Briten ganz anders als in der Heimat.«

Wir waren vollzählig. Angelo drückte sich also wieder. Auch gut. Uta bimmelte mit einem Glöckchen. Wir schritten alle hinter das Haus zur Besichtigung des neuen Teiches. Schließlich war seine Fertigstellung Anlaß für dieses Fest.

Die steinerne Tante goß kein Wasser mehr aus ihrem Krug. Die Goldfische hatten es nicht vertragen. Hier schwamm schon die dritte Staffel, die beiden ersten waren tot. Unsere selbstgeernteten Wasserpflanzen waren auch kein Erfolg gewesen und deshalb verschwunden.

Reginald hatte kleine Spotlights angebracht, die sein Jahrhundertwerk beleuchteten. Die Adler trugen große Seidenschleifen in den spanischen Farben rot-gelb-rot um die Hälse. Einige Seerosen blühten. Das seien leider noch Plastikblumen, gestanden die Wilcoxens. Um einen Eindruck vom angestrebten Aussehen zu vermitteln.

Reginald warf zwei schwimmtüchtige Ringe auf das Wasser und streute Futter hinein, damit wir die Fische beobachten konnten, aber sie erschienen nicht, obwohl

Uta nun mit einem Stock im Wasser herumstocherte. Die Tiere waren wahrscheinlich schon überfüttert. Wir riefen trotzdem ah! und oh! Die Männer stellten fachkundige Fragen. Reginald rauchte und plusterte sich förmlich auf, als er die unvorstellbaren Schwierigkeiten bei dem Vorhaben »Ich baue mir einen Teich« schilderte.

Plötzlich fing es an zu regnen, nicht sanft, sondern aus vollen Schleusen des Himmels.

Alle rannten ins Haus, wo Shirley gerade die wenigen Bücher im großen Regal betrachtete. Piesecke rief: »Na, sind ein paar flotte Pornos dabei? *You found a porno, my dear?*« Er lachte schallend, unterstützt von seinem Täubchen und von Pat.

Uta klingelte mit dem Glöckchen, als noch Aina und Max Köster eintrafen, mit denen die Gastgeber offenbar gar nicht mehr gerechnet hatten. Uta eilte nach nebenan, wahrscheinlich um noch zwei Gedecke aufzulegen. Die Kösters wurden mit lautem Hallo begrüßt, denn sie kamen unmittelbar von einer Spanien-Rundreise – mit Chauffeur! – zurück. Der dunkle Riese von der *venta* war nicht dabei. Da bist du erleichtert, sagte ich mir. Den magst du nicht. Bestimmt ist er ein Macho. Aber ich war nicht ganz sicher, ob ich ihn nicht doch gern gesehen hätte.

Wir gingen zu Tisch. Die Tafel war im Nebenzimmer gedeckt, mit blauem Leinen und weißer Spitze, und passend zur Teicheinweihung dekoriert. In flachen Schalen schwammen brennende Schwimmkerzen, Plastikfischchen und weiße Blüten. An ihren »Ufern« hockten Utas Origami-Frösche.

Ich suchte meine Tischkarte und war enttäuscht. Ob

Uta die Tischordnung bestimmt hatte? Ich saß nicht neben Reginald, sondern ein Stück entfernt zwischen Wolfi Piesecke und der neuen Shirley. Wir überzähligen Frauen störten natürlich die schöne Ausgewogenheit.

Reginald saß neben der schönen Pat! Zwischen Pat und der Brasilianerin. Ich merkte schon bei der Vichyssoise, daß meine Laune abzusacken begann. Die Champignons *al ajo* nahm ich schon recht niedergeschlagen zu mir. Reginald sah nicht ein einziges Mal zu mir hin. Er plauderte mit seinen Tischnachbarinnen, besonders mit Pat, verdammt noch mal.

Piesecke deckte mich mit Schilderungen höchst langweiliger Gerichtsfälle ein. Jeder »Tatort« ist besser. Dann ließ er die Serviette fallen und faßte mich beim Aufheben ans Bein.

»Sie sind ja ein Wüstling«, sagte ich, und er lachte schallend. Da er mir ständig Rotwein nachgegossen hatte und ich vor Enttäuschung nicht auf meinen Konsum geachtet hatte, wurde mir bei den Erdbeeren mit Eierlikör-Sahne schlecht.

Ich ging ins Bad und atmete tief, betupfte Schläfen und Hals mit kaltem Wasser und starrte mich beschwörend im Spiegel an. Ich war so glücklich gewesen. »Wahre Gesundheit weiß nichts von sich«, pflegte meine Mutti zu sagen. Das stimmt auch. Aber Glück weiß schon etwas von sich. Doch was zählt dieses Glücksbewußtsein im Vergleich zum Unglücklichsein?

Ich kramte den Lippenstift aus der Handtasche und malte den Mund nach. Ich starrte mir in die Augen. Was geht er dich an, fragte ich mich. Du warst doch gar nicht so verliebt in ihn.

Als ich an meinen Platz zurückkam, bemerkte ich beim Hinsetzen im letzten Moment, daß Wolfi Piesecke seine Faust mit hochgestrecktem Daumen auf meinem Stuhl plaziert hatte.

»Altes Ferkel«, sagte ich. Es war einfach zuviel. Beinahe hätte ich geweint.

Er lachte. »Ferkel ist okay, aber alt nehme ich übel.«

Shirley zu meiner Rechten machte ein angewidertes Gesicht. Sie war der tüchtige, unansehnliche Typ. Füllig, mit halblangen, dunkelblonden Haaren ohne erkennbare Frisur, rundem Gesicht, glänzenden Kuhaugen und hübschem Kindermund, der durch einen leichten Lutschschaden eine Spur erwartungsvoll wirkte.

»Unmöglich«, sagte sie.

»Sie sprechen Deutsch!«

»Ich bin die einzige Engländerin, die etwas anderes spricht als Englisch.«

»Reginald spricht sehr gut Deutsch.«

»Manche Männer haben es im Krieg gelernt. Es gab da so Jobs ...«

Ich sah zu ihm hin. Ganz kurz traf mich ein gelber Blitz, dann wandte er sich wieder Pat zu. Sie lachte und riß den Mund weit auf dabei. Ob er etwas mit ihr hatte? Wahrscheinlich stammte die Tischordnung doch von ihm. Ihr Busen rutschte beinahe aus dem blanken weißen Pulli. Sie war schön. Die Brasilianerin war auf ihre Art auch schön. Ich bin nicht schön.

Mein Fluchtimpuls setzte ein, doch noch konnte ich nicht verschwinden. Ich hasse große Auftritte. Vielleicht bin ich auch nur zu feige dazu. Als harte Drinks angeboten wurden, nahm ich einen Whisky.

Reginald schenkte ihn ein und öffnete die Lippen dabei. Na und? Mir doch egal.

Nach dem Essen gruppierten sich alle im großen Wohnraum auf Sofas und Sesseln um den flachen Couchtisch. Es wäre vielleicht die Gelegenheit gewesen, Terrain bei Mister Gelbauge zurückzuerobern. Aber dafür war ich zu niedergeschlagen und zu stolz und wohl auch zu betrunken. Ich verdrückte mich über die Terrasse.

Es goß immer noch in Strömen. Diese tropischen Regenfälle sind an der Costa del Sol gar nicht so selten. Auf der Gasse stand das Wasser in Teichen.

Ich zog meine gelben Schuhe aus und platschte barfuß weiter. Diesmal vergaß ich, die Pforte abzuschließen. Ich riß mir die Sachen vom Leib und sank nackt ins Bett. Es ist mein Glück, daß ich bei Kummer gleich einschlafen kann. So erhole ich mich für den Kampf dagegen.

Am nächsten Morgen mußte ich an den gelben Schuhen dunkle Ränder feststellen. Ich hatte sie zu spät ausgezogen. Mein Seidenkleid sah getrocknet aus wie ein Häufchen verschrumpelter Rosenblätter. Schwarze Rosen. Trauerblumen.

Es wehte noch stark, aber der Regen hatte aufgehört. Nur noch wenige Pfützen standen auf der Straße. Ich lief zum Strand. Er wirkte naß, aber einen Zentimeter unter der Oberfläche war er hell wie Zucker.

Ich machte Atemübungen und schaute dabei auf das bewegte Meer. Die Luft roch nach Salz und Tang. Mein Haar wehte mir in den Mund. Ich lief zurück ins Haus, duschte, kochte Kaffee, aß Müsli mit Joghurt und Banane und beschloß, mir ganz allein einen schönen Tag zu machen.

Zwei Stunden lang arbeitete ich im Garten. Zur Belohnung streckte ich mich draußen auf der Liege aus. Über den Himmel glitten weiße, dicke Wolken. Scharen von Möwen drifteten über mir von West nach Ost. Bei Wind mieden sie stets den stürmischeren Strand. Sie flogen fast seitwärts, die Schnäbel nur eine Spur stärker in Windrichtung gedreht als die Schwänze. Sie sahen bezaubernd aus. Wie kam Ringelnatz bloß auf die Idee, Möwen sähen alle aus, als ob sie Emma hießen? Im Flug sehen sie bezaubernd aus, Ballerinen der Lüfte. Aber ihre Schreie, wenn sie jagen, sind markerschütternd. Und aus der Nähe wirken sie gefährlich mit ihren Hackschnäbeln und dem starren Blick aus runden Augen. Entschieden mehr Hitchcock als Emma.

Ich fühlte mich entspannt und sinnlich und wunschlos. Trotzdem ging ich nachmittags ins Gartencenter, um mir zwei Rosenpflanzen zu kaufen, die weiß blühen würden, wenn ich den Beteuerungen des Verkäufers trauen durfte.

Als ich zurückkam, steckte ein Zettel im Briefkasten: »Bist du okay? Wir sind etwas besorgt. U + R«.

Ich war gerührt, doch ich hatte keine Lust, sie zu sehen. Triff niemanden, und niemand kann dir weh tun. Ich dachte an einen besonders blöden Witz, den ich als Kind sehr lustig fand, weil er auch mit Tabu und Ungezogensein zu tun hatte: »Herr Wachtmeister, Niemand hat mich eben auf den Kopf geschissen! – Na und?! – Ja, und Keiner hat's gesehen! – Tscha, was wollen Sie denn melden?«

Ich pflanzte die Rosen ein und gab ihnen viel Wasser – »einschlämmen« nannte mein Vater das.

Uta Wilcox traf ich am nächsten Tag beim Müll. Nicky trippelte mir entgegen und beschnüffelte mich, und ich fühlte mich ein wenig geschmeichelt.

»Er kennt mich«, rief ich.

»Er mag dich.«

»Uta, entschuldige, daß ich mich gestern nicht gemeldet habe. Ich war nicht auf dem Posten. Danke für das schöne Fest. Habt ihr noch lange gemacht?«

»Bis zwei etwa. Die Pieseckes gingen als letzte. Was hattest du denn, was war denn mit dir?«

»Ich muß mir irgendeinen tückischen Bazillus eingefangen haben« – (... er heißt Reginald).

»Und jetzt? Geht's dir wieder gut?«

»Vollkommen.«

»Das ist gut. Wir wollen am Freitag alle in die Höhlen von Nerja fahren. Kennst du sie?«

»Nein. Gute Idee. Wer sind ›alle‹?«

»Na, wer will. Ron und Pat können nicht, haben Pats Mutter zu Besuch. Aber Shirley wird wohl kommen. Die Pieseckes, Müllers, die Südamerikanerin lassen wir weg, sie ist so mühsam, sagt Reginald. Aber Queen mit Begleiter, die Dänen wahrscheinlich. Ich werde jedenfalls auch Angelo fragen. Schließlich organisiert er hier manches in der Siedlung.«

»Er wird nicht dürfen.«

Wir lachten beide.

»Ich frage halt.«

»Wie geht's Reginald?«

»Oh, er werkelt wieder am Teich. Typisch. Was andere in zehn Minuten erledigen, dauert bei ihm Tage. Er macht alles für die Ewigkeit. Jetzt bringt er Gefäße mit Wasserpflanzen ein und setzt Frösche aus.«

»Wahrhaftig? Frösche?«

»*Really*. Zuerst wollte er ja partout keinen Frosch. Jetzt

haben wir zehn Stück gekauft. Aber der Mann in der Tierhandlung sagte, es bestünde die Gefahr, daß sie auswandern.«

»Ich werde in meinem Garten einladend eine Waschschüssel aufstellen«, scherzte ich.

»Ich will nicht unbedingt Frösche, aber Reginald stellt sich das Gequake schön vor. Typisch britisch. Kommst du mit nach Nerja?«

»Aber sehr gern!«

Und das stimmte. War ich zufrieden gewesen? Ja, ich hatte mich wohl gefühlt. Doch nun ergriff mich eine Woge freudiger Erwartung. Ich wusch und bügelte, legte mich in die Sonne und cremte meinen Körper mehrmals täglich mit teurer Bodymilk ein – Sonnenschutzcremes nehme ich nie, das sagt mir doch mein gesunder Menschenverstand, daß in denen zuviel Chemie ist. Wie kann eine Creme UV-Strahlen aussperren, wenn sie nicht unheimliche Zusätze enthält? Meine Haut hat bisher die Sonne jedenfalls nicht übelgenommen.

Wir trafen uns für die Fahrt nach Nerja wieder unter der Brücke von Fuengirola. Diesmal nahmen Aina und Max Köster mich mit. Wilcoxens hatten den Wagen voll mit Körben und Möbeln. Vor der Höhlenbesichtigung wollten wir ein Picknick machen.

Wir begrüßten uns vor der Abfahrt alle mit großem Pomp. Nicky hatte eine rote Schleife im Pony. Uta umarmte mich herzlich, ich sie auch. Sie war mir sehr sympathisch, und so war es gewiß besser, wenn ich gar nicht erst groß mit ihrem Mann flirtete.

Er sagte: »Du bist neulich so schnell verschwunden.«

Es klang vorwurfsvoll. Richtig mürrisch. Als hätte ich ihm etwas entzogen, auf das er Anspruch hatte. Er kam mir zerknitterter vor als sonst. Hinter der dunklen Sonnenbrille waren seine Augen verborgen. Der Mund war der eines verwöhnten Kindes, das fiel mir jetzt erst richtig auf. Er roch stark nach Alkohol und Tabak, diesmal störte mich der Altmännergeruch. Das After-shave schien ihm ausgegangen zu sein.

Um zwölf waren wir unter der Brücke. Um eins kamen Angelo und Inés. Angelo! Es sah zum Anbeißen aus. In Shorts mit rotem Polo-Shirt.

Um halb zwei fuhren wir in Kolonne los. Reginald übernahm die Führung. Hinter jeder belebten Kreuzung fuhr er rechts an den Straßenrand, damit alle sich wieder sammeln konnten. Zweimal stieg er sogar aus und zählte die Wagen, wobei er mit dem Zeigefinger auf jeden deutete.

Max lachte.

»Ein bißchen umständlich, der Gute. Er wird doch kein Korinthenkacker sein?«

»Uta würde sagen, das ist *very British*«, sagte ich.

Wir lachten alle drei. Schlechtes Gewissen wandelte mich an. Judas! Der Hahn hatte gekräht. Aber dann sagte ich mir: Was soll's? Du bist mit Reginald Wilcox weder verwandt noch verschwägert. Noch gar verheiratet. Nicht einmal seine Geliebte bist du.

Max hatte einen unbekümmerten Naturburschen-Charme. Er war der Typ, der in sich ruht und nie etwas merkt. Er sah gut aus, war tadellos angezogen, dafür sorgte Aina, wie ich später erfuhr. Sie ist Schriftstellerin. Er hat zusammen mit seinem Bruder eine Druckerei geerbt, die der Bruder offenbar gern allein leitet, sonst könnte Max nicht so viel Zeit im Süden verbringen. Der Bruder, dieser Macho von der *venta*.

Max und Aina waren beide eher um die Vierzig als um die Fünfzig. Er fuhr einen großen BMW, der unterwegs auf der Bergstraße tüchtig durchgeschüttelt wurde. Aina saß vorn neben ihm, ich saß hinten. Ich bedauerte es, als wir am Ziel waren. Reginald bedeutete uns in Heerführerpose, daß wir nunmehr aussteigen sollten. Ein paar Schritte weit in die Felsen hinein kamen wir auf ein Plateau, das sich als Picknickplatz eignete. Es begann ein großes Schleppen und Räumen. Tische wurden aufgestellt, Stühle aufgeklappt, Decken ausgebreitet. Inés sprühte den Boden ringsherum mit Insektengift ein, Spanier haben da wenig Hemmungen. Aina zauberte einen großen Lederkoffer mit Bestecken hervor. Alle hatten gebacken und gesotten. Meine Fleischklopse nahmen sich zwischen all der Küchenkunst etwas ärmlich aus.

Ich richtete es so ein, daß ich neben Angelo saß, und fuhr meinen Charme auf. »Ach, ist das herrlich heute.«

»Gut, daß wir nicht zuviel Wind haben.«

»Es müßte regnen.«

»Ja, der Guß neulich hat nicht ausgereicht. Die Trinkwasserseen sind halb leer.«

»Dürfen wir denn eigentlich noch den Rasen sprengen?«

»Bisher ist es nicht verboten.«

Belangloses Geplauder, ein Vorwand für das Spiel. Strahlende Blicke. Wir strömen aufeinander zu. Angelo lächelt wie weiland beim Halmaspielen. Ich reiche ihm das Brot. Unsere Hände berühren sich. Er ist sehr mutig heute. Vielleicht will er Inés ärgern? Ich jedenfalls will

Reginald ärgern. Rache für seinen Flirt mit Pat. Aber ich genieße das hier gleichzeitig.

In einem der Fleischklopse war ein Gummiband! Wie konnte es mir nur in den Teig geraten? Ausgerechnet Wolfi Piesecke hatte es gefunden: Es steckte noch halb im angebissenen Fleisch, und er zog daran, als ob er eine Schleuder bediente.

»Wer hat denn die jebraten? Ada?! Mädchen, das mußt du dir patentieren lassen. Da kannste zur Not Spatzen mit schießen.«

Ich haßte ihn. Er war höchstens fünfzig, aber fett am Bauch und dick im Gesicht, richtig blank sah er aus, wie ein überfütterter Boxerhund.

»Eine Bulette mit Kunstdarm«, rief er dann auch noch.

»Besser als Hundehaare«, bemerkte die Queen. Piesecke verstummte. Hatte die Queen vielleicht früher schon einmal Hundehaare von Wolfis geliebtem Bambus in einem Piesecke-Menu gefunden?

Angelo tätschelte meine Hand. Wenn die anderen nicht geguckt hätten, würde er mich umarmen. Wahrscheinlich würde er mich küssen. Er mag vielleicht gern Mitleid haben. Ein Kümmerer? Das könnte er bei Inés gewiß nicht ausleben.

Wir aßen und tranken. Die Stimmung war prächtig. Nur Reginald erschien mir etwas maulig. Irgendwie verbockt. Als wir aufbrachen, fragte er mich: »Wir haben jetzt weniger Ballast im Wagen. Möchtest du mit uns fahren?«

»Sehr lieb, danke. Aber ich möchte die Kösters nicht kränken.«

Ich möchte dich kränken, Reginald Wilcox. Wie du mir, so ich dir. Ich bin kein Lückenbüßer für die schöne Pat.

Der Gedanke an die Höhlen berührte mich unangenehm. Ich kannte keine. Ich fürchtete mich ein bißchen. Ich hatte die Vorstellung von etwas Kaltem, Glitschigem, das zudem gefährlich war, mit brüchigen Laufstegen in schwindelnden Höhen über Abgründen, an deren Böden fauliges Wasser sich in Jahrtausenden gesammelt hatte. Solche Bilder meinte ich schon gesehen zu haben.

Ich nahm meine Strickjacke mit, als wir zur Kasse gingen. Hunde durften nicht hinein, so versteckte Uta Nicky in seiner großen blauen Tragetasche, in der er auch Lokale besuchte, an Kontrollen vorbei in Flugzeuge gelangte und sogar schon an Konzerten teilgenommen hatte. Er hatte einen sechsten Sinn für brenzlige Situationen. Freiwillig sprang er in die Tasche und muckste sich nicht, wenn der Reißverschluß zugezogen wurde. Auch später, bei geöffneter Tasche, verhielt er sich an verbotenem Ort vorbildlich zurückhaltend und leise.

Wir kletterten die Stufen hinunter. Sphärenmusik umrieselte uns. Die Luft war weder feucht noch kalt, sondern sanft und schmeichelnd wie Seide. Ich hielt den Atem an. Eine Wunderlandschaft tat sich auf, in Ewigkeiten entstanden, Tropfen für Tropfen aus dem Felsen herausgequollen, zu merkwürdigen Gebilden erstarrt. Kunstvoll beleuchtet, verwandelten sie sich in eine Orgel oder einen Thron, in Tiere, Büsten und Bäume und Blüten. Wasserfälle schienen erstarrt ihrer Entzauberung zu harren. Ein riesiges Dornröschenreich wartete auf seinen Prinzen.

Der Zauber hielt an. Wir wanderten durch erhabene Räume, ruhten auf Bänken aus, deren Anordung die Illusion eines Theaters mit raffinierten Kulissen vermittelte und waren ungewohnt still.

Aina sagte leise: »Hier könnte ich immer leben.«

Aber nachts werde die Beleuchtung abgeschaltet, gaben wir anderen zu bedenken, auch die Musik höre auf, vielleicht gäbe es Fledermäuse, Höhlenschlangen, die im Dunkeln auf der Suche nach lebender Beute umherglitten, Gänge ohne Rückkehr, Fallgruben. Sogar Gespenster? Spukten hier vielleicht die Geister einstmals eingemauerter Verbrecher?

»Hört auf, hört auf«, rief Aina. Als ob wir bereits eine Kostprobe unserer Visionen empfangen sollten, schwieg plötzlich die Musik. Wir bemerkten jetzt erst, daß keine anderen Leute mehr in unserer Nähe waren. Auch die Beleuchtung wurde schwächer.

Nach einer Weile, in der wir tapfer weiter witzelten und den Bann abzuschütteln versuchten, kam ein korrekt gekleideter Mann auf uns zu. In wenigen Minuten würden die Höhlen für die Nacht geschlossen, erklärte er. Ob wir das nicht bemerkt hätten? Nun, hier unten verliere man leicht jedes Zeitgefühl. Es seien trotz sorgfältiger Kontrollen schon Leute in diesem Labyrinth vergessen worden. Morgens habe man sie völlig gebrochen gefunden, obwohl es nicht kalt werde in den Höhlen. Die Temperatur sei konstant, angenehm, kein Grund zum Frieren, auch keiner zum Verzweifeln. Aber jetzt bitte: Vorwärts, vorwärts. Wir seien die letzten Touristen hier unten.

Wir strebten dem Ausgang zu. Ich fühlte eine Hand um mein Handgelenk. Reginald hielt mich zurück. Ich setzte ihm keinen Widerstand entgegen. Daraus entstehen die meisten Sünden, daß man es am Widerstand fehlen läßt, keine Kraft dafür aufbringt.

Er drückte mich mit seinem ganzen Körper gegen einen Stalagmiten, mein Rücken schien sich an den unregelmäßigen, rauhen Stein zu heften. Er küßte mich. Seine Zunge dehnte sich in meinem Mund aus. Ich fühlte mich wie angenagelt. Hilflos. Gelähmt durch eine süße Schwäche. Mit großer Anstrengung wandte ich schließlich den Kopf zur Seite.

»Das ist gefährlich«, flüsterte ich.

»Ich weiß.« Er trat zurück. Wir gingen weiter. Es hatte nur Sekunden gedauert. Er hielt mich bei der Hand und schwebte neben mir her, ein Sieger: der gefallene Erzengel Reginald in seiner steinernen Unterwelt. Ich war nicht auf der Hut gewesen. Jetzt hatte er mich wieder.

Wir stiegen alle etwas schwerfällig die Treppe zur Oberwelt hoch, da fiel es nicht auf, daß ich heftig atmete. Uta trug Nicky auf dem Arm. Wolfi Piesecke hatte Nickys Tasche in der Hand.

Wir redeten alle durcheinander, wie befreit von einem Zauber, und kauften die zu teuren Fotos, die in einem aufklappbaren Passepartout mit Grottenansicht steckten. Ich bestand darauf, mein Foto selber zu bezahlen.

3

Am nächsten Morgen lief ich im Bikini zum Strand. Der Himmel war zart verschleiert. Die afrikanische Küste lag im Nebel. Ich spürte Feuchtigkeit auf der Haut. Es würde ein schöner, warmer Tag werden.

Die kleinen Vögel, die mit der Brandung hin und zurück zu fluten schienen und wie die Bürstenbinder rannten, um an ihre Nahrung aus dem Meer zu kommen, ohne naß zu werden, flogen nicht fort, als ich näher kam. Sie flitzten zu Fuß jeweils ein Stückchen vor mir her und jagten weiter.

Eine Maschine zur Strandreinigung fuhr, Gestank verbreitend, vorbei. Hinten drauf standen junge Männer. Wenn sie größere Gegenstände erspähten, die das Sieb der Maschine nicht bewältigen konnte, sprangen sie ab, ergriffen das Stück, warfen es auf den Wagen und sprangen wieder auf mit artistisch anmutender Leichtigkeit. Jeder hatte ein Tuch vor Mund und Nase gebunden, das sah irgendwie verwegen aus, nach Räuber oder Anarchist.

Zwei andere Männer, auch sie mit Tüchern vor Staub und Gestank geschützt, gingen zu Fuß und pickten kleine Abfälle mit Metallstäben auf oder bückten sich nach ihnen – sie trugen dicke Handschuhe – und stopften alles in Plastiksäcke. Trotzdem blieben immer Dinge liegen, vor allem die Überbleibsel nächtlicher Vergnügungen, die Wolfi Piesecke veranlaßten, unsere Costa del Sol in Costa de los Condomes umzutaufen.

Ich atmete die jodhaltige Luft tief ein und fühlte mich heiter und offen für schöne Erlebnisse.

Reginald kam in Shorts und mit offenem Baumwollhemd, das sah recht hübsch aus. Er tat überrascht, aber ich vermutete, daß er aufgepaßt hatte, wann meine Gartenpforte zuschlug. Man hörte es, wenn man darauf achtete.

Freute ich mich, als ich Reginald sah? Nein, ich freute mich gar nicht. Er war mir lästig in diesem Augenblick. Ich fühlte mich gerade mit mir und der Natur prächtig im reinen und wollte keinen Ansturm fragwürdiger Gefühle.

»Guten Morgen, *darling*«, sagte er.

Wir machten ein verfälschtes *social kissing*, das damit endete, daß er mir die Zunge in den Mund schieben wollte und ich die Lippen aufeinanderpreßte.

Er ließ mich los und setzte seine Schmollmiene auf, die ihn ein bißchen einem Kamel ähnlich machte.

»Was ist los, Ada?«

»Gar nichts. Ich bin morgenfrisch und will einen morgenfrischen Spaziergang machen.«

»Darf ich dich begleiten?«

Wir spielten »britische Kolonie«, ich stellte mir vor, ich trüge ein langes Kleid und einen Sonnenschirm, er Tropenhelm und Khakishorts.

»Gern. Kommt Uta nicht mit?«

»Uta ist noch nicht fertig. Sie wird nie fertig, wußtest du das nicht?«

»Wieso denn?«

»Oh, sie ist ewig lange im Badezimmer. Ich weiß nicht, was sie da macht, aber es ist etwas mit ihrem Gesicht. Sie kauft sich teure Cremes, die schmiert sie sich ins Gesicht und denkt, sie sehe dann jünger aus.«

»Aber Reginald, jede Frau kauft teure Cremes und schmiert sie sich ins Gesicht. Das gehört zur Pflege. Uta sieht toll aus, finde ich. Toll und jung und überhaupt.«

Ich fühlte eine starke weibliche Solidarität. Selbst häßliche Männer maßten sich Urteile über das Aussehen von Frauen an, spielten sich als Kenner auf und erwarteten Jugend und natürliche Schönheit, während sie zu faul waren, den Bauch einzuziehen.

Reginald ging stumm neben mir, direkt am Meeressaum, um mich notfalls gegen Wellen verteidigen zu können. Ich warf ihm einen Blick aus den Augenwinkeln zu. Nun, einen Bauch hatte er wirklich nicht.

Es herrschte leichte Ebbe. Der Strand fiel schräg zum Wasser hin ab. So wirkte Reginalds Gang noch schwebender. Er dümpelte wie eine Barke.

Jetzt zog er die Pfeife aus der Brusttasche des Hemdes und Tabak aus der Hosentasche und begann sie im Gehen zu stopfen. Sollte Uta recht haben mit ihrer Behauptung, Briten seien anders? Wer geht schon an den Strand, um die göttliche Luft mit Pfeifenqualm zu verpesten?

»Stört es dich, wenn ich rauche?«

»Nein, nein, ist schon in Ordnung.«

Antrainierte weibliche Selbstverleugnung. Natürlich störte es mich.

»Weißt du, wann ich meine allererste Pfeife geraucht habe? Heimlich natürlich?«

Ich wollte es eigentlich nicht wissen. Nicht zu diesem Zeitpunkt. Ich wollte über die Schönheit der Natur reden, über die wundervolle Luft, auch ein Kompliment über mein morgenfrisches Aussehen wäre mir nicht unwillkommen gewesen. Doch ich nickte so angeregt wie möglich.

»Es war eine sehr unglückliche Zeit in meinem Leben. Die Internatszeit. Ich habe sie gehaßt. Kinder und sehr junge Menschen können ja besonders unglücklich sein, weil sie mit ihren Gefühlen noch nicht umgehen können.«

»Und jetzt kannst du es?«

»Nein. Gerade zur Zeit habe ich einen Rückfall. Daran bist du schuld.«

»Aber du haßt mich nicht?«

Ich kokettierte wie die Salondame im Boulevardtheater.

»Doch, aber anders. Damals haßte ich die harten Betten und die dünnen Zudecken, den Geruch nach ungewaschenem Fleisch und Furzen im Schlafraum, den Waschraum mit den Blechschüsseln, die älteren Schüler, die uns jungen tyrannisierten und sogar verprügelten, wenn wir ihnen nicht nach Wunsch dienten. Ich haßte die Lehrer, die mich bestraften, wenn ich vor mich hin träumte. Es gab nettere und schlimme, ich haßte sie alle. Und besonders haßte ich das Essen. Es gab nie Pommes frites, immer Pellkartoffeln. Schaurige Gerichte aus absolut hartem Fleisch; Schuhsohlen mit Pampe. Ich war nicht beliebt. Die Lehrer und die meisten Mitschüler haßten mich. Meine Eltern übrigens auch.«

»Jetzt haßt dich dein Papagei. Solltest du etwas falsch machen?« versuchte ich zu scherzen. Er tat mir sehr leid. Aber leid tun ist nicht sexy.

Er lächelte nicht, wahrscheinlich hatte er gar nicht hingehört. Zu tief war er in die Vergangenheit eingetaucht. Er schoß winzige Wolken aus seiner Pfeife in den Morgen.

»Ich weinte auf dem Klo. Ich sehnte mich nach Verständnis, nach Harmonie und Schönheit. Da begann ich heimlich mit dem Pfeiferauchen. Zweimal wurde ich ertappt, wäre beim zweitenmal beinahe vom Internat geflogen. Das hätten meine Eltern mir nie verziehen.«

Mir wurde flau ums Herz. Wollte er mich bewußt rühren? War das die Tour mit den drei Weichmachern? Ich sah kurz zu ihm hin. Er hatte die Löwenaugen zusammengekniffen, als hielte er Tränen zurück. Sonst verriet seine Miene gar nichts. Seine Stimme vibrierte.

»Ich habe später mehrmals versucht, mir das Rauchen abzugewöhnen, aber es steht für meine Träume. Ich konnte es nicht.«

»Rauchen ist immer eine Krücke für Stimmungen und Gefühle«, sagte ich lahm. »Es beruhigt oder regt an, es überbrückt Einsamkeit und fördert die Geselligkeit.«

»Und die Liebe.«

»Wieso?«

»Schwer zu erklären«, murmelte er.

Ich grinste, weil mir ein Witz von Wolfi Piesecke einfiel: Zeichnet der Psychiater für den Patienten ein Quadrat und fragt: Was ist das? Sagt der Patient: Zwei, die's miteinander treiben. Psychiater zeichnet Dreieck, Patient ruft: Klar, zwei die's miteinander machen. Bei einem Kreis: Ach Herrje, die bumsen aber ganz schön. Und ein Rhombus erntet ein: Machen ja 'ne dolle Nummer, die beiden. Sagt der Psychiater besorgt: Herr Krause, es ist erstaunlich, daß Sie jedesmal ein kopulierendes Paar gesehen haben. Sagt Krause: Aber Herr Doktor, wenn Sie so schweinische Sachen malen!

»Worüber amüsierst du dich?« fragte Reginald, zu Recht gekränkt.

»Nicht über dich. Das muß eine schreckliche Zeit für dich gewesen sein.«

Er bückte sich und klopfte die Zauberpfeife auf einem Stein aus. Er nahm meine Hand. Wir gingen wie Hänsel und Gretel an anderen Strandwanderern vorbei. Einigen nickten wir zu, anderen nicht. Ich wurde sehr begehrlich, ein reiner Reflex. Deshalb folgte ich allzu willig, als Reginald mich in die Dünen zog.

»Wir sollten eine kleine Pause machen«, murmelte er.

»Bist du müde?«

»Sährrr« – britischer Tonfall, etwas guttural.

Er umarmte mich überfallartig. Wir stürzten gemeinsam zu Boden. Der Sündenfall. Er lag über mir. Harte Muskeln. Hand auf meiner Brust, unter dem Bikini. Strudel wie beim Tauchen. Gurgeln in den Ohren. Seligkeit und Angstgefühl. Wieder dieser Wunsch zu fliehen, die Unfähigkeit, etwas in der Gegenwart auszukosten. Erst später, in der Erinnerung, wurde es manchmal so schön, wie es gleich hätte sein sollen.

»Hör auf! Reginald, hör auf!«

Er stemmte sich hoch. Wir starrten uns an, mit aufgelösten Mienen, er im Liegestütz, wahrscheinlich war es komisch, doch dafür hatten wir beide keinen Sinn.

Ich würde gern sagen, daß ich an Uta gedacht habe, aber das tat ich nicht. Jedenfalls nicht bewußt. Reginald sah aus, als hätte er eine übermäßige Strapaze hinter sich. Seine Augen waren ganz glasig.

»Warum? Warum aufhören?«

»Ich habe einen Schock«, sagte ich.

Er wälzte sich auf die Seite, lag jetzt zahm neben mir.

»Ich auch, *darling.*«

Ich erhob mich, schwankte ein wenig. War ich wirklich so entwöhnt? Schließlich hatte ich lange keinen Sex gehabt. Trotzdem waren da doch meine Erfahrungen und Erinnerungen. Noch nie war mir der süße Schock so in die Glieder gefahren.

Reginald stand nun neben mir. Wir traten stumm den Rückweg an. Wir berührten uns nicht.

Nach einiger Zeit sagte er: »Du denkst, daß ich dich nur haben will, nicht wahr? Aber es ist nicht nur körperlich.

Nein, das Körperliche ist ein Ausdruck meiner Gefühle. Ich weiß nicht, ob ich das so in Deutsch richtig sage?«

»Ja, doch ...«

Ich war sonderbar enttäuscht. Es hieß immer, Frauen seien gefühlig: »Was denkst du jetzt von mir?« und »Liebst du mich auch wirklich?« Ich wollte es einige Nummern kleiner. Ferienwonne ohne Reue. Hatte ich mich auf etwas eingelassen, das mir über den Kopf wachsen würde?

Es war nichts passiert, nichts im klassischen Sinne, doch ich spürte, daß etwas dahintersteckte, etwas Gefährliches. Ich dachte dabei nicht an Uta. Schließlich wollte ich ihr den Ehemann nicht wegnehmen. In einer glücklichen Ehe war ein kleiner Beiseiteflirt eher anregend als zerrüttend. Es durfte nur nicht ernst werden.

Von nun an bombardierte Reginald mich mit seinen Scheinwerferblicken, wann immer es möglich war. Er hüllte mich ein in Bewunderung und Begehren. Ich fragte mich: War er ein Seelchen oder ein Dämon? Und ich beruhigte mich mit dem Gedanken, daß er ein ganz gewöhnlicher, nun, vielleicht etwas ungewöhnlicher Mann war.

Wilcoxens wollten nach Gibraltar fahren. Mit englischen Pfund läßt sich dort vieles billiger einkaufen, wenn man es durch den Zoll schmuggelt. Sie boten mir an, mich im Wagen mitzunehmen, weil ich Gibraltar noch gar nicht kannte.

Um zehn Uhr wollten wir starten. Zwanzig Minuten vorher war ich fertig angezogen, in meinem roten Kostüm mit Faltenrock. Die Haare hatte ich am Abend vorher gewaschen und hatte mit Lockenwicklern geschlafen, was ich nur bei besonderen Gelegenheiten mache. Sie drükken, aber auf diese altmodische Weise sieht die Frisur nachher aus wie die einer Filmdiva.

Sie hatten gesagt, daß sie klopfen wollten, wenn es soweit sei. Mehrmals stieg ich auf meine Kiste. Nichts zu sehen.

Um halb elf klopfte Reginald und rief: »Ada!«

Ich öffnete. Er nahm mich sofort in die Arme, küßte meine Augen, meinen Mund, meinen Hals. Alter Tabak und After-shave. Ich machte mich los. »Vorsicht, Lippenstift!«

Er zog ein Kleenex aus der Tasche und wischte sich das Rot ab, ganz *cool*.

»Uta ist noch nicht soweit. Ich habe es dir gesagt. Sie schafft es nie.«

»Wie lange wird es wohl noch dauern?«

Er zuckte die Achseln. »Halbe Stunde vielleicht. Oder länger. Komm doch mit zu uns. Wir warten gemeinsam.«

Ich forschte in seiner Miene, ob er ärgerlich oder resigniert wirkte, aber es war ihm nichts anzumerken. Vielleicht war es eine britische Spezialität, gelassen zu erscheinen. War es eine Kunst, eine Gabe oder Erziehung? Nicht von ungefähr haben die Briten schließlich einmal ein Weltreich geschaffen und beherrscht.

Ich hatte gerade überlegt, ob ich ihn hereinbitten müßte, aber das wollte ich gar nicht gern tun. Ich zuckte immer wieder zurück. Aus Angst vor dem Ansturm der Gefühle? Aus Bequemlichkeit? Moralischer Bedenken wegen? Ich wußte es nicht. Der Gedanke, es könne ein Mangel an wirklicher Verliebtheit sein, kam mir nicht.

»Ich muß noch abschließen«, sagte ich.

Er nickte und warf mir einen Blick zu, der ein Spiegelei

hätte braten können. Dann federte er davon an den Strängen des Himmels.

Ich malte mir den Mund neu nach, setzte die Sonnenbrille auf und schloß alle Türen und Gitter zu.

Ich rief »Huhu« bei Wilcoxens. Nicky bellte fürchterlich, hörte aber auf, als er mich sah und roch.

Ich beguckte den Teich. Reginald gestand, daß alle Frösche der ersten Generation ausgewandert seien. Jetzt hatte er zwanzig neue gekauft und ausgesetzt. Von ihnen war nichts zu sehen, doch Reginald war zuversichtlich. Sie säßen unter den Wasserpflanzen, versicherte er. Jedenfalls werde er nicht aufgeben. Irgendeinem Frosch müsse es ja bei ihm gefallen, wenn nicht einem von diesen, dann einem von den nächsten.

Es war nach elf, als Uta zum Vorschein kam. Reginald hatte mehrmals seine Pfeife gestopft und die Asche in kleinen Häufchen ausgeklopft. Ich war umhergegangen, hatte mit dem Papagei und dem Beo geschäkert und es vermieden, in Reginalds Reichweite zu gelangen.

Uta war sehr elegant in schwarzem T-Shirt und rotem Stretchrock. Wir umarmten uns.

»Du hast hoffentlich nicht lange gewartet?« fragte sie mich strahlend.

Ich forschte in ihrem Gesicht nach Spuren stundenlanger Restaurierungsarbeiten, aber sie sah frisch und beinahe natürlich aus, bis auf die Schablonen-Brauen. Vielleicht war gerade das ein Ergebnis der Maquillage? Ich gab mir Mühe, nicht ärgerlich zu wirken, wollte aber auch nicht sagen, ich hätte nicht gewartet.

»Dein Mann hat mich gut unterhalten«, sagte ich.

»Na, fein, das ist sonst nicht seine starke Seite.«

Wir starteten. Ich saß hinten im Wagen. Reginald fuhr etwas zögerlich, wie immer. Kurz vor dem Ziel war er auch ein bißchen unsicher bei der Wahl des Parkplatzes. Zwischen Uta und ihm gab es deshalb einen gespannten Wortwechsel. Dann endlich stiegen wir aus und reihten uns in die sehr lange Schlange vor dem Zoll ein. Außerhalb Gibraltars war Markt, und nun wurden die zurückkehrenden Gibraltesen nach Schmuggelware durchsucht. Es dauerte eine halbe Stunde, bis wir endlich den merkwürdigen Ort Gibraltar betraten. Mit einem klapprigen Bus fuhren wir in die Innenstadt. Uta und Reginald zankten sich. Sie behauptete, mit dem eigenen Wagen wären wir schneller durchgekommen. »Aber nicht wieder hinaus«, behauptete er.

Reginald sagte, zuerst müsse er jetzt etwas trinken. Wir zogen in seinen Lieblingspub in der Hauptstraße. Uta stichelte, dieses sei Reginalds eigentliches Ziel auf Gibraltar. Der Pub war klein und eng und hatte einen winzigen Garten. An einem der wenigen Tischchen fanden wir Plätze. Ansonsten war es sehr voll. Lauter Briten, sagte Uta. An der Theke standen sie Schlange nach Kartoffelsalat und sonderbaren Würstchen und Sandwiches aller Arten, doch immer mit einer dreieckigen Außenhülle aus sehr weichem hellem Brot.

Uta und ich saßen draußen, Reginald stand drinnen an.

Uta sagte: »Das tut er gern. Bei allem, was britisch ist, steht er geradezu fanatisch Schlange.«

Er kam mit drei Bieren und startete gleich wieder nach Würstchen mit Salat. Das drittemal schickte Uta ihn nach Senf, das viertemal nach Selters, dann nach einem Stück Apfelkuchen, schließlich holte er einen Kaffee für mich.

Er zeigte dabei weder Freude noch Verdruß, verzog keine Miene, schwebte ein und aus, aß zwischendurch selber ein bißchen, redete mit keinem der anderen Briten, schien aber dennoch Nestwärme zu tanken, und rauchte zu guter Letzt seine Pfeife, wobei seine Hände leicht zitterten.

Uta kaufte Kleidung ein, die sie gar nicht anprobierte. Ich fand nichts. Was Kleidung anbelangt, bin ich ein Snob, und dieses Kaufhaus schien mir von der billigsten Sorte zu sein. Lieber kaufe ich mir nur ein echtes Lolita-Lempicka-Stück oder einen Armani als einen ganzen Armvoll Kaufhausklamotten.

Uta kaufte noch Ohrclips, Briefpapier, rote Schuhe und ein buntes Paillettenjäckchen, das verdächtig nach Hongkong aussah. Ich fand nichts. Während sie in den kleinen Läden stöberte, wanderten Reginald und ich draußen auf und ab. Er nahm mehrmals meine Hand.

Wir wollten eigentlich noch auf den Affenfelsen, aber für diesen Tag wurde die Zeit zu knapp. Ich sah hinauf. Der Anblick war nicht schön, doch er war entschieden das Schönste, was ich von Gibraltar sah. Aus jedem Blickwinkel erschien es mir sehr häßlich. Eine häßliche Insel, deren Name Klang hat. Uta und Reginald versicherten jedoch, der Blick von oben sei herrlich.

Uta ging in einen Wäscheladen, der wirklich entzückende Sachen hatte, aber ich war komplett ausgestattet für die Nächte. Reginald und ich blieben wieder draußen. Er warf mir den Blick eines romantischen Helden zu.

»Ada, ich liebe dich. Aber wie säährr liebe ich dich?«

Ich war ziemlich verlegen.

»Sehr?«

»Ich liebe dich mehr als Sonne, Mond und Sterne. Du bist alles für mich. Alles. Sag mir etwas.«

»Ja, was denn?«

Ich war verwirrt. Das war doch pure Operettenlyrik. Nie hätte ich geglaubt, daß heutzutage ein Mann so etwas sagen könnte, ohne einen Witz machen zu wollen. Aber Reginald wollte offensichtlich keinen Witz machen.

»Sag, daß du mich liebst«, soufflierte er.

»Ich ... also, ich kann so etwas nicht sagen.«

Er sah furchtbar enttäuscht aus. Also druckste ich: *»I like you.«*

Das alles geschah zwischen hastenden Passanten, neben rollendem Verkehr, in einer total unromantischen Umgebung. Möglicherweise ist es ein großer Unterschied, ob man in der eigenen oder in einer fremden Sprache eine Liebeserklärung macht. Ich hätte sogar *»I love you«* sagen können. *»Love«* war bei mir nicht von Gefühlen besetzt. Es zu sagen kam dem Deklamieren eines Bühnentextes gleich. So war es wohl auch bei Reginald, wenn er »Ich liebe dich« sagte.

Trotzdem hatte ich den Eindruck, daß er mir zu nahe kam. Einerseits. Andererseits schmeichelte es mir ungemein, daß sich da jemand für mich so in romantische Unkosten stürzte.

Ich spähte durch die Tür in den Wäscheladen.

»Uta kauft ein seidenes Nachthemd«, berichtete ich.

»Nur zu. Wir schlafen schon seit zwei Jahren nicht mehr miteinander«, murmelte er. Ich tat, als hätte ich es nicht gehört.

Vor der Rückkehr nach Spanien verschwand Uta in der Toilette eines Cafés. Reginald und ich warteten auf der

Straße. Wir schwiegen beide. Ich war mißmutig, und er schien mir auch nicht besser gestimmt zu sein.

Als Uta zurückkam, sah sie rund aus wie im fünften Monat. Sie hatte alle gerade erstandenen Sachen übereinandergezogen, um sie so durch den Zoll zu bringen. Es funktionierte wirklich.

Am Auto stak ein Strafzettel hinter dem Scheibenwischer. Wir hatten die Parkzeit überzogen. Reginald erspähte den Parkwächter und drückte ihm einen Schein in die Hand. Damit war die Sache auf einfache Art bereinigt.

Pieseckes mußten zurück nach Berlin und luden mich auf einen Abschiedsdrink ein. Ich nahm mir vor, nicht zuviel zu trinken. Bei Wolfi wußte man nie. Nach den ersten Gläsern Sekt vertraute er mir an, bei Wilcoxens nebenan sei jede Nacht Remmidemmi. Reni nickte.

»Wieso Remmidemmi?« fragte ich, unangenehm berührt.

»Krach«, sagte Reni.

»Ehekrach«, bestätigte Wolfi. »Mit allen Schikanen. Ein Gebrüll wie tote Seelen im Fegefeuer. Ich hab's auch schon klatschen gehört. Dann schreit sie laut. Er brüllt was auf Englisch, na ja, brüllen kann man am besten in seiner Muttersprache, stimmt's?«

»Vielleicht sind es die Papageien?« gab ich lahm zu bedenken.

»Nee! Nee, nee, da sind unsere beiden Freunde heftig am Werk. Da fliegen die Fetzen.«

»Sie sind komisch«, warf Reni ein. »Einmal hat sie morgens gegen vier oder fünf Gitarre gespielt und laut gesungen, deutsche Volkslieder. Manchmal läßt sie die Bee Gees auf Kassette laufen, dann singt der Hund mit. Danach gibt es meistens warme Ohren.«

»Wir wollen keinen Krach«, sagte Wolfi. »Wir machen die Fenster zu und fertig.«

»Aber ich kann das gar nicht glauben«, sagte ich. »Sie machen einen glücklichen Eindruck. Kann ... kann es vielleicht Sex sein? Ich meine: eine Spielart?«

»Nee, niemals. Damit kennen wir uns ja nun ein bißchen aus, was, Täubchen? Was meinst du, Schätzchen, was in manchen Ehen los ist, wenn das Paar die Schlafzimmertür von innen zugemacht hat? Bei Täubchen und mir ist zum Glück alles paletti, was, Täubchen?«

Er kniff sie in den Busen. Sie strahlte.

»Darf ich dich auch mal?« fragte Wolfi mich.

»Untersteh dich!«

»Na, hast es ja nicht nötig. Hältst dir deinen eigenen Busenpfleger, was, Adalein?«

Ich wurde rot. Zuerst dachte ich, er spiele auf Reginald an. Dann fiel mir zum Glück Lothar ein.

»Mein Mann ist Klasse«, sagte ich. Das stimmte immerhin. Nur bei mir nicht. Nicht in meinem Bett.

»Laß ihn man nicht zu lange allein«, warnte Wolfi. »Auf schöne Männer lauern viele Gefahren.«

»Und auf schöne Frauen auch«, gab Reni ihren Senf dazu.

Lothar. Natürlich bleibt eine vergangene Liebe stets in irgendeiner Form erhalten, wird umgemünzt in Haß, in Trauer, manchmal vielleicht sogar in eine wunschlose Form von Liebe.

Zu Hause überlegte ich: Waren Uta und Reginald wirklich unglücklich miteinander? Zuerst hatte ich seine Bemerkungen eher für eine etwas geschmacklose Form der Werbung gehalten. Im Stil von »meine Frau versteht mich nicht«. Der Gedanke, in der Ehe stimme es wirklich nicht, bestürzte mich.

Es war alles andere als das, was ich mir vorgestellt hatte. Ich wollte einen Urlaubsflirt, weiter nichts. Hatte ich etwa eine Lawine losgetreten? Eine Lawine von Verwicklungen, Enttäuschung, Kränkung, übersteigerter Erwartung? Was hatte ich eingerührt? War ich überhaupt der Anlaß? Ich wünschte keine Schwierigkeiten.

Mir wurde so bänglich zumute, wie es einem nachts passieren kann, in der Stunde des Wolfes, wenn sich die Schatten auf die Seele senken. Was sollte ich tun? Ich machte Kopfstand und hoffte auf eine Erleuchtung bei gut durchblutetem Gehirn. Fest stand, daß ich die Beziehung zu Wilcoxens nicht abbrechen wollte.

Am nächsten Morgen hielt ich es durchaus für möglich, daß Pieseckes gesponnen hatten. Konnte ein Ehepaar seine Umgebung so perfekt täuschen? Gut, es hätte einige Ansatzpunkte für einen Verdacht geben können. Reginald hatte nicht sehr nett über Uta gesprochen. Doch das hatte ich eher für Zutraulichkeit und eine etwas plumpe Form der Werbung um meine Gunst gehalten als für ein Zeichen ernsten Zerwürfnisses. Schlechte Ehen wurden nach meiner Erfahrung andererseits streng getarnt, solange sie überhaupt aufrechterhalten werden sollten.

Ich wußte aus meiner eigenen Ehe, wie elegant beide Partner bei Bedarf die Rolle des Glücklichen spielen können. Die Interviews mit dem Künstler, der betont, daß er ohne seine charmante Frau Ada sein Werk niemals hätte schaffen können, ohne diese Ehefrau, die wiederum dankbar von der unbändigen schöpferischen Kraft und der liebenden Zuwendung ihres Gatten schwärmt, sprachen deutlich dafür.

Wie oft ging ich, wenn wir zu Empfängen geladen wurden, etwas früher als Lothar hinein, sah mich um und suchte die richtigen, wichtigen Leute aus. Lothar blieb noch eine Zeitlang bei Asta im Wagen. Schließlich erschien er, und ich sagte zu den ausgewählten Großkopfeten, den VIPs und den dicken Brieftaschen: »Da ist der Bildhauer Lothar Kleiminger. Er hat gerade die große Sonnenuhr vor dem Museum geschaffen. Ich möchte Sie gern mit dem Künstler bekannt machen ...«

Dann trat Lothar hinzu, mit seinem Rauhputzcharme, seinem breiten Naturburschenlächeln, dem Blick wie klares Wasser. Und er legte mir den Arm um die Schulter, und ich schmiegte mich kurz an ihn, sah schwärmerisch zu ihm auf, soweit das bei unserer gleichen Größe möglich war.

»Harmonische Zweisamkeit« nannten die Journalisten das nachher in ihrer Zeitung. So kämpfte ich für ihn, sorgte für den hohen Pegel seines Selbstbewußtseins. Zum Glück auch für den lieblichen Strom des Diridari.

Ich hatte genug von der entsagungsvollen Tour. Genug, mehr als genug von den Demütigungen durch seine Affären, die er klug vor der Öffentlichkeit versteckte. Genug von den potentiellen Käufern, die wie die Heuschrecken einfielen, meinen Kuchen verputzten, meinen Kaffee tranken, sich breitmachten, das Haus mit ihrem Gelächter und Gequatsche füllten und nur zu oft ohne Gegenleistung wieder abzogen. Genug vor allem davon, von den Weibern entweder übersehen oder als geldgierige Hexe eingestuft zu werden.

Erst seit ich mein spanisches Häusli besaß, konnte ich abschalten. Ich hockte mit einerlei Miene in der Runde, wenn sie ihn anhimmelten und seinen Reden lauschten vom aufbauenden Gedanken in der Schöpfung und im Werk des Künstlers.

Ich dachte: Macht doch alle, was ihr wollt. Ich habe mein Häusli, meine Oase, mein heimliches, wundervolles Rumpelstilzchenglück. Niemand wird davon erfahren. Nun, Bettina wohl eines Tages; ich habe die Erbfolge schon amtlich geregelt. Aber sonst niemand. Schon gar nicht Lothars bucklige Verwandtschaft, die sonst bestimmt mit Sack und Pack und Kind und Kegel teils aus Bayern, teils aus Österreich anrücken würde an der Costa del Sol.

Uta und Reginald. Sollten sie eine ähnliche Schmierenkomödie aufführen wie ich und Lothar? Ich schob den Gedanken daran weit fort. Ich wollte es nicht glauben. Es paßte nicht in mein Konzept. Alles war gut, so wie es war.

Es war ein Donnerstag. Ekliges Wetter, wie damals, bei einem tristen Urlaub in Schweden. Der Himmel war voller merkwürdiger Wolken, die wie Mägen, Herzen und Nieren geformt waren. Sie schimmerten wie Perlmutt und wurden durch scharfe dunkle Linien gegen einen Veilchenhimmel abgegrenzt. Ein kalter, kräftiger Wind von Südwesten brachte den rauhen Atlantik näher. Pflanzen duckten sich; Zweige knickten; der Hibiskus bot seine zarten Rosetten zitternd dar; die Blüten des Oleander verfärbten sich bräunlich, seine Blätter krümmten sich mit schwarzen Rändern; die Ringelblumen und der Portulack hielten ihre Blüten fest geschlossen.

Ich stand auf meiner Kiste und blickte auf die leere

Gasse hinaus. Allmählich paßte sich meine Stimmung der Wetterlage an.

Plötzlich ging bei Wilcoxens das Tor auf. Der Wagen wurde hinausgefahren. Uta stieg eilig aus, schloß das Tor und stieg wieder ein, mit gesenktem Kopf. Mich bemerkte sie nicht. Es ging alles sehr schnell. Sie machte einen quietschenden Crashstart und brauste vorbei. Ich sah flüchtig Nicky auf dem Nebensitz.

Mein Herz schlug schneller. Reginald war also allein. Ich war sicher, daß er kommen würde. In der Nacht noch hatte ich mich nach seiner Umarmung gesehnt und meinen Körper stark und beglückend empfunden. Jetzt schreckte ich bei dem Gedanken an den fremden Mann zurück.

So war es immer gewesen, schon bei meiner allerersten Liebe, einem mageren und ziemlich albernen – wie ich heute argwöhne – Jungen vom Lande: Sehnsucht aus der Ferne, und dann, wenn er auftauchte, der Impuls, mich zu verstecken. Manchmal hatte ich es sogar getan, und wenn er mich entdeckte, war es um so peinlicher.

Der erste Mann, der mich nicht fliehen ließ, war Robi gewesen, Bettinas Vater. Er hatte mich mit der Erfahrenheit des sehr viel Älteren entspannt und in Sicherheit gewiegt. Lothar dagegen war mir so hilfsbedürftig erschienen. Offenbar mußte die Selbstschutzbarriere bei mir umdribbelt werden. Oder gewaltsam niedergerissen? Ich ahnte voller Unbehagen, daß es auch diese Möglichkeit für mich geben könnte. Die jahrhundertealte Einübung in Unterwerfung und Hingabe hat jede Frau im Blut.

Ich sprang von meiner Kiste, verzichtete auf meine Yogaübungen, duschte hastig und zog mich an: rotes T-Shirt, weiße Jeans. Ich packte meine Handtasche neu, schloß alles ab und schlich aus dem Haus. An der Bushaltestelle blickte ich mehrmals umher, als ob ich verfolgt würde.

Ich wollte mir in Marbella einen hübschen, entspannten Vormittag machen. Ich würde ein bißchen in der englischen Bücherstube stöbern, mir möglicherweise den bunten Gürtel kaufen, das Brot vom besten Bäcker der Costa nicht vergessen und schließlich an der Plaza de Naranjas eine frische Orangeade trinken.

So oder so ähnlich lief mein Programm in Marbella meistens ab. Als ich diesmal in das kleine Lokal am Orangenplatz trat, saß dort Uta an einem Tisch, zusammen mit einem jungen Mann. Er sah sehr jung und gar nicht übel aus, blond und kaffeebraun wie einer im Werbespot, irgendwie schwedisch mit exotischer Großmutter. Sie unterhielten sich lebhaft. Uta strahlte und lachte.

Ich wollte mich schnell zurückziehen, aber Uta hatte mich entdeckt und winkte mir zu. Vielleicht führte sie mir ihren Begleiter nicht ungern vor? Ich ging also an ihren Tisch und achtete automatisch darauf, meinen flachen Bauch noch mehr einzuziehen.

Er erhob sich und rückte mir andeutungsweise einen Stuhl zurecht, wobei er mit großen Zähnen üppig lächelte. Er wirkte eine Spur unsolide, war aber der Typ, der in freier Wildbahn selten ist.

Uta sagte: »Setz dich doch zu uns. Das ist Sven. Er ist Schwede.«

Wir gaben uns die Hand. Seine war erstaunlich schwielig und hart und paßte gar nicht zu seiner Erscheinung. Uta war nicht verlegen. Sie erklärte auch nicht, wieso sie hier mit dem Reklamespot saß, der noch dazu mehrmals seine Hand auf dem Tisch über ihre deckte und sie mit ziehenden Blicken aus wasserblauen Augen bedachte.

Ich fühlte mich vertrottelt und verladen. Da war ich vor Utas Mann geflohen, vielleicht auch vor meiner unkontrollierbaren Leidenschaft, und hier saß sie, trank *Café cortado*, hielt Händchen und flirtete, was das Zeug hielt.

Sven sprach gut Deutsch. Wir redeten über die schönen neuen Anlagen der Stadt, die Qualitäten des Bürgermeisters, die Sauberkeit der Strände und das Nachtleben, das die Zeitschriften erfanden.

Dann sah Sven auf seine Rolex – oder auf die Imitation einer Rolex, so genau weiß ich das nie, jedenfalls werden auf dem Zigeunermarkt von Puerto Banus alle großen Uhrenmarken in preiswerten Kopien angeboten.

Sven erhob sich. Einsneunzig mindestens.

»*Adiós*, Uta, ich muß los.« Er beugte sich zu Uta hinunter und küßte sie, Wange rechts, Wange links und mitten auf den Mund. Mir schüttelte er wieder markig die Hand. Wir sahen ihm nach.

»Mein Gymnastiklehrer«, erklärte Uta. »Ich mache Stretching.«

Ich prustete los, und sie lachte mit.

»Er sieht gut aus«, stellte ich fest. »Bei dem muß Stretching Spaß machen.«

»Es entspannt und ist gesund. Auch für die Psyche. Solltest du vielleicht auch einmal ausprobieren.«

Ich dachte an meine einsamen Kopfstände.

»Sehen alle Stretching-Lehrer so gut aus?«

»Er ist der einzige, den ich kenne. Eigentlich ist er Kanute. Er macht bei Wettkämpfen mit und trainiert auf den großen Stauseen hinter Valora. Für Olympia, sagt er.

Na ja ... Du, ich muß weiter. Nicky ist allein im Auto.«

Sie zahlte. Auch seinen Saft und die Schmalzkringel.

»Ich habe noch einiges zu erledigen. Sonst hätten wir zusammen zurückfahren können. Wollen wir uns für später verabreden? Mit dem Bus muß die Fahrt doch recht anstrengend sein?«

»Wann fährst du zurück?«

»Nachmittags. So gegen vier.«

Ich dachte an ihre Unpünktlichkeit vor der Fahrt nach Gibraltar.

»So lange möchte ich eigentlich nicht bleiben. Ach, ich nehme wieder den Bus. Die Verbindung ist nicht schlecht.«

Sie schien vorauszusetzen, daß ich Reginald nichts von Sven erzählte. Oder es war ihr egal.

Als ich wieder in meiner kleinen Straße ankam, hatte sich der Wind gelegt. Der Himmel war bedeckt, aber hell. Die Raumschiffe waren verschwunden. Tief atmete ich die klare Meerluft ein. Ich fischte meinen Schlüssel aus der Tasche und steckte ihn ins Schloß. Was dann passierte, war unwirklich und unterlag auch nicht den Kriterien des Gewissens. Jemand schob sich von hinten an mich heran, drängte sich gegen mich. Tabak und After-shave. Ich schloß mechanisch auf.

Reginald schob mich stumm hinein, schloß das Tor, umarmte mich und hob mich hoch. Er legte mich in Zeitlupe auf den Rasen, wie bei einer Artistiknummer im Varieté. Er lag auf mir. Wir küßten uns heftig und zerrten an unseren Sachen herum, wanden uns bei dem Versuch, sie dezent auszuziehen. Wir blieben erbittert stumm, bis wir ein wenig stöhnten und keuchten.

Es war vorbei, ehe es richtig begonnen hatte.

»Das hätten wir nicht tun dürfen, Reginald.«

»Ich weiß, *darling*.«

»Die Falle der Natur, alles ist für den Erhalt der Art programmiert. Aber wir sollten uns besser in der Hand haben.«

»Es war nichts, Ada. Es war schön, aber es war nichts. Ich war viel zu erregt. Weißt du, ich liebe dich zu sehr. Es ist ja viel mehr als dieses körperliche Begehren.«

Schmerzliche Miene. Seele zuhauf. Ich erhob mich, versuchte, so wenig derangiert wie möglich auszusehen und meine Enttäuschung zu verbergen. Ein Präcox. Schlecht war es nicht gewesen. Romantisch auf dem trokkenen Rasen. Nichts war geschehen. Nur beinah war etwas passiert, nun war es vorbei. Ein für allemal.

Reginald ruhte im Gras wie ein verwundeter Landsknecht, ganz aufgeknöpft, mit blanker Brust. Seine Miene war schmerzlich aufgewühlt. Ich meinte auch eine Spur verschleierten Triumphes zu entdecken. Schließlich hatte er mich schon soweit gehabt.

»Wollen wir ein Glas Sekt trinken, Ada?«

»Nein. Geh bitte.«

»Du bist enttäuscht.«

»Ich möchte allein sein, weiter nichts.«

Er erhob sich und brachte seine Kleidung in Ordnung. Wie wenig elegant das alles in der rauhen Wirklichkeit war. Im Film wirkte es ästhetischer, keimfrei, unverschwitzt, mehr wie eine Turnübung oder eine Ballettnummer.

»Wie du willst. Ich danke dir.«

Himmel, das klang wie ein Schlagertext.

Reginald zauberte aus seinen Shorts Tabak und Pfeife hervor und stopfte sie schon, während er ging.

War ich nun eine doppelte Ehebrecherin? Galt Petting schon als Ehebruch? Ich fühlte mich weder besonders glücklich noch besonders mies. Auch nicht schuldbewußt. Dabei zog ich nicht einmal Utas Stretching-Lehrer zur Beruhigung meines Gewissens heran. Es war vorbei. Wieder so ein Schlagerklischee: *»It's over.«*

Ich wollte jetzt Schluß damit machen. Und ich hoffte, daß mir meine Sinnlichkeit nicht wieder einen Streich spielen würde. Ich ging hinein, duschte und legte mich auf das Bett. Eine Umarmung auf dem Rasen, das war doch etwas Kreatürliches. Keine Bettgeschichte, lauter Natur und Chlorophyll. Und Ameisen.

Ich schlief, bis mich ein seltsames Plätschern weckte. Ich sprang auf. Mein Boiler im Bad ließ gerade seine fünfundsiebzig Liter Wasser durch ein kaputtes Ventil ablaufen. Ich schob den Abfalleimer unter, raste zum Schuppen, holte alle leeren Gefäße, die ich auftreiben konnte, rannte zurück, tauschte den vollen Abfalleimer gegen den leeren Putzeimer aus, stürzte nach draußen, schüttete das Wasser auf Beete und Rasen, sauste zurück, wechselte aus, schüttete und so weiter. Fünfundsiebzig Liter sind eine Riesenportion. So bestraft der Himmel seine Geschöpfe für etwas, zu dem er sie vorher durch seine Spezialmischung aus Kopflosigkeit und Lüsternheit selbst angestiftet hat.

Danach war mein Rasen gut feucht. Meine Arme schmerzten, die Muskeln zitterten. An Kopfstand war nicht mehr zu denken.

In der Nacht rüttelte es an meinem Tor. Ich stand auf, nachdem ich den ersten Schreck überwunden hatte, und vergewisserte mich, daß die Rufnummer der Polizei auf meinem Telefontischchen obenauf lag.

Nackt lief ich hinaus und stieg auf meine Kiste. Vor dem Tor erspähte ich eine Frau mit einem Hündchen auf dem Arm, welches ein klägliches Lied vom armen, heimatlosen Nicky zum besten gab. Vielleicht erkannte ich Uta vor allem an seinem Gesang, zusammen mit beider Silhouette vor dem nie ganz dunklen Nachthimmel am Meer.

»Ich komme, ich komme!«

Ich lief ins Haus, zog meine Königinrobe über und eilte zum Tor.

»Uta!« Sie schluchzte. Nicky steigerte sich zu einem erbarmungswürdigen Fortissimo. »Ach, Moment noch, der Schlüssel!«

Wie die meisten Menschen, die unerwartet mit dem Schweißgeruch einer Katastrophe konfrontiert werden, reagierte ich kopflos. Ich rannte zurück, suchte nach dem Schlüsselbund, das am selben Platz wie immer lag. Als ich das Tor aufschloß, zitterten meine Hände vor Aufregung. Oder war es nur die Nachwirkung des Wasserschleppens am Nachmittag?

»Komm rein. Was ist los?«

»Er hat mich ausgesperrt.«

»Reginald?«

»Ja.«

»Absichtlich?«

»Absichtlich. Der Mistkerl.«

»Komm, Uta.«

Ich schenkte ihr einen großen Cognac ein, den sie trank, ohne es zu merken.

»Schlägt dein Mann dich?« fragte sie.

»Natürlich nicht.«

»Reginald hat mich schon wieder geschlagen. Diesmal lasse ich mich wirklich scheiden.«

Im Licht meiner Stehlampe sah sie aus wie eine weinende Diva der dreißiger Jahre. Die Frisur saß makellos, ein erstarrter Wasserfall. Die Augenbrauen wölbten sich dramatisch über tränennassen Augen. Der Mund war mit einem dunklen Stift umrandet und rot ausgemalt. Neben der gebogenen Nase, die ihrem Gesicht den Anflug von Kühnheit und Charakter verlieh, rannen beidseitig einzelne Tränen herunter.

Ich legte ihr den Arm um die Schulter.

»Männer! Hör mir auf mit Männern. Wieso habt ihr euch gestritten? Weswegen?«

»Er hat eine andere.«

Ich erschrak. Was wußte sie?

»So? Bist du sicher? Weißt du denn, wer es ist?«

Sie nickte. »Die Dreiundzwanzigjährige, die jetzt bei Pieseckes wohnt. Ihre Nichte, glaube ich.«

Ich grinste erleichtert. Das war doch wohl schlecht möglich.

»Ach, wie kommst du denn darauf?«

»Als ich gestern nach Hause kam, war er bei ihr. Sagte, sie hätte nicht mit dem Rasensprenger Bescheid gewußt. Ich weiß schon, welchen Rasen er da gesprengt hat.«

Mir kamen leichte Bedenken. Sollte er wirklich? Außer mir? Während ich an meinem Boilerwasser schleppte?

»Aber das mit dem Rasensprenger kann doch stimmen, Uta. Noch einen Cognac?«

Sie nickte. Ich schenkte nach. Nicky hatte es sich seelenruhig auf meinem Sessel gemütlich gemacht. Aus Taktgefühl traute ich mich nicht, ihn dort zu vertreiben. Ausgesperrte Frau, ausgesperrtes Hündchen.

»Ich habe es ihm auf den Kopf zu gesagt«, fuhr Uta fort. »Er leugnet zuerst immer.«

»Wieso immer?«

»In Malaysia hatte er auch eine, davor auch schon in London.«

»Und du nie?«

»In Malaysia auch. Daraufhin. Den Gärtner.« Sie lächelte flüchtig unter Tränen.

»Und warum hat er dich jetzt geschlagen? Weiß er etwas vom Stretching-Lehrer?«

»Ach, der Sven. Das ist gar nichts. Er gibt wirklich Unterricht. Wir sind sechs Frauen. Alle himmeln ihn ein bißchen an. Du hast ihn noch nicht im Trainingsdreß gesehen. Bemerkenswert.«

»Was denn aber sonst?«

»Ich war wütend, sag ich dir. Ich habe seine Lieblingspfeife in den Teich geworfen.«

»Ach du Schreck!«

»Eben. Er war furchtbar sauer. Hat mir eine links und eine rechts gescheuert. Sieht man was?«

»Nein. Hast du nicht versucht zurückzuhauen?«

»Oh, er ist kräftiger, als er aussieht.« Wem sagte sie das? Ich dachte an unsere Artistiknummer auf dem Rasen. »Reginald ist ein Ungeheuer. Niemand glaubt es mir, aber es ist so. Ich lasse mich scheiden. Diesmal tue ich es wirklich.«

»Uta, Schätzchen, das würde ich mir überlegen. Bist du finanziell abgesichert?« Mir gefiel der Gedanke nicht, Reginald könne plötzlich geschieden sein. Frei.

»Es reicht gut für uns beide, aber einzeln wird es finster. Ich habe etwas Vermögen. Meine Mama würde mich vielleicht aufnehmen, aber wie lange? Sie ist alt. Und wir sind viele Erben. Einen Job werde ich nicht mehr leicht finden, in meinem Alter. Dolmetscherin für Englisch und ein bißchen Spanisch und Französisch, das ist nichts. Die Jungen können alle sowieso mehrere Sprachen. Und noch allerhand mehr.«

Ich konnte nicht widersprechen.

»Du kannst hier schlafen. Ruh dich erst einmal aus, dann sehen wir weiter.«

»Ich kann nicht schlafen. Ich gehe jetzt rüber und werfe ihm einen Stein ins Fenster.«

»Ihr habt Gitter davor. Das nützt doch nichts.«

»Aber er ärgert sich.«

»Es sind auch deine Fenster.«

»Mir egal. Ich lasse mich scheiden.«

Sie wurde allmählich sehr blaß. Ich machte mir Sorgen um sie. Außerdem nagte etwas an meiner Seelenruhe: die Dreiundzwanzigjährige bei Pieseckes. Betrog er uns beide? Uta und Ada? Hatte ich schon wieder gegen eine Junge verloren?

»Warte einen Augenblick, ich komme mit«, sagte ich.

Das Haus war hell erleuchtet. Reginald spielte laut Musik. Wahrscheinlich war es Sibelius. Uta ging mit kleinen Schritten auf und ab. Offenbar hielt sie vergebens nach einem Stein Ausschau, der sich zum Scheibeneinschmeißen eignete. Nicky schnüffelte auf der Straße herum. Sonst war dies seine Schlafenszeit. Er genoß das Abenteuer und schnappte sogar halbherzig nach einem Nachtfalter, der im Lampenlicht der Eingangstür aufschimmerte.

Ich klopfte, rüttelte am Tor, rief laut. Vergebens. Dann fiel mir das Telefon ein.

»Warte hier. Sag mir eure Telefonnummer.«

»O Gott. Jetzt fällt sie mir nicht ein!«

Das kannte ich auch schon. Erste Altersschwäche. Das Gehirn weigert sich, die gewünschte Verbindung zum Erinnerungsfundus herzustellen.

»Macht nichts. Sei leise, ja? Und nicht werfen, bitte!«

Ich lief zurück, schaute ins Telefonbuch, fand die Nummer, wählte. Er ließ es mehrere Minuten lang klingeln. Dann endlich: *»Hello!«*

»Reginald, hier ist Ada.«

»O *darling*, lieb, daß du anrufst. Uta ist durchgedreht. Verschwunden.«

»Sie steht draußen bei dir. Laß sie rein. Und sei nett zu ihr, mir zuliebe, ja?«

»Sag mir was, *darling*.«

»I like you«, flötete ich geübt. Kein Problem, *»I like you«* zu sagen.

»Also, dir zuliebe. Gute Nacht, Ada.«

»Gute Nacht. Sei nett zu ihr.«

Zwei Minuten später schlich ich noch einmal zu Wilcoxens Haus. Von Uta und Nicky war nichts zu sehen. Die Lampe über dem Eingang war ausgeschaltet. Das Haus lag ruhig und dunkel im schwachen Mondlicht da. Nur in der Küche schien Licht zu brennen. Wahrscheinlich rauchte Reginald noch eine Beruhigungspfeife.

Eine Grille zirpte sehr laut. Das Meer schickte sein eintöniges Rauschen zu mir herüber. Rosen und Nelken dufteten schwer. Ich entspannte mich. Es waren zum Glück nicht meine Sorgen. Ich hatte Lothar, das reichte.

Als ich am nächsten Vormittag vom Strand zurückkam, stak in meinem Briefkasten ein Kuvert. Darin waren zwei echte Muscheln, wie die Werbeembleme von »Shell« geformt, oben durchbohrt und mit einem roten Schleifchen zusammengebunden, dazwischen passend zugeschnittene Seiten aus Papier. Ein Minibüchlein mit dem Text: »Liebe Ada, wir würden uns freuen, dich heute nachmittag gegen vier Uhr bei uns zu sehen! Küßchen U. und R.«

Ich wusch sofort meine Haare. Während sie trockneten, dachte ich im Lotossitz über Liebe und Ehe und das ganze Theater zwischen Mann und Frau nach. Das Ergebnis meiner Meditation war absolut mager, aber zutreffend: Mann und Frau passen nur physisch zueinander, sonst gar nicht. Frau will hingebungsvoll Mann verstehen, um seine hingebungsvolle Liebe zu gewinnen. Mann versenkt sich körperlich in Frau, und sonst gar nichts. Amen.

Ich zog mein Himmelblaues von Féraud an, dazu blau gerahmte Sonnenbrille, schwarzer Gürtel, schwarze Schuhe. Und ich schnitt die schönste rosa Rosenknospe in meinem Garten ab, für Uta.

Uta und Reginald empfingen mich fröhlich und nur schwach verlegen.

»Wir sind dir sehr dankbar«, war alles, womit Reginald auf die letzte Nacht anspielte.

Wir tranken Sekt und aßen Kekse. Während wir die zweite Flasche leerten, verschwand Reginald mit geheimnisvoller Miene. Es gelang ihm immer, seine jeweilige Stimmung geradezu körperlich verdichtet mitzuteilen. Ich war gespannt.

Er kehrte zurück, in einen Schottenrock gekleidet, mit einem karierten Käppi auf dem Kopf. In den Händen trug er, auf seine seltsame Art – wie damals die Dattelpalme –, einen Dudelsack. Sehr ernst und feierlich schwebte er damit einige Male auf und ab. Dies seien die Farben seines Clans, erklärte er, und dieser Dudelsack ein Familienerbstück. Er könne ihn leider nicht spielen, aber der Besitz sei ihm kostbar.

Ich hütete mich zu lachen. Uta sah aus, als ob sie gleich weinen wollte. Bei dieser Gelegenheit erfuhr ich also, daß der *»very British«* Reginald ein Schotte war. Er fühle schottisch, sagte er. Geizig sei er nicht, obwohl das den Schotten nachgesagt werde, er wisse es wohl.

»Ich achte aufs Geld, das schon. Uta auch. Sie gibt es gern aus.«

Sie lächelten sich an. Waffenstillstand. Der süße kleine Pausen-Snack.

»Zeig Ada doch mal deine Mützen, *darling*!«

Ich dachte an den Standardsatz: »Möchten Sie meine Briefmarkensammlung sehen?« und mußte lachen. Er schnappte sofort ein.

»Ich gehöre nicht zu den Leuten, die etwas besitzen, um es vorzeigen zu können.«

»Aber Reginald, ich möchte die Mützen furchtbar gern sehen. Du denkst doch nicht etwa, daß ich darüber gelacht habe? Nein, mir fiel plötzlich ein unanständiger Witz ein. Die Pointe heißt ›Mütze holen‹.«

»Erzähl mal, den Witz.«

»Also, da ist ein dummer Junge auf dem Lande, nein, ich kriege ihn nicht zusammen. Also, zwei liegen im Heu und schicken den Jungen weg . . . nein, so geht er nicht. Tut mir leid, ich kann keine Witze behalten. Aber über diesen hatte ich sehr gelacht.«

Reginald schaute mich bohrend an. Er mißtraute mir. Mißtrauen war ein ausgeprägter Zug seines Wesens. Er hatte mich nicht von ungefähr *I like you* sagen lassen. Doch der Impuls des Sammlers siegte.

Er holte zwei Kartons, in denen Mützen aller Art und aus aller Herren Länder lagen. Eine Dreiwindkappe der Lappen, eine mit bestickten Ohrenklappen von Madeira, eine Bersaglieri-Mütze aus Italien, der schwarze Lackhut der spanischen Zivilgarde, die kleine runde Kappe für den jüdischen Gottesdienst, eine Rentierjäger-Pelzmütze, ein indianischer Feder-Kopfputz, ein Cowboy-Hut und eine Matrosenmütze, marineblau und rund mit langen Flatterbändern, von der MS Bremen, dazu als Prachtstück das steife rote Ausgehexemplar eines russischen Fliegeroffiziers, vorn prächtig mit Hammer und Sichel verziert und in den Nacken gerückt zu tragen, und so weiter.

Wir wurden sehr albern, setzten uns gegenseitig die Mützen auf, gingen ins Schlafzimmer, wo ein großer Spiegel war. Die beiden Betten standen einträchtig nebeneinander, bedeckt mit einer cremefarbenen Häkeldecke, auf der Nicky lag.

Wir umarmten uns und lachten und gerieten ein wenig außer uns. Wenn nicht alles täuschte, waren wir alle drei nahe daran, zu Nicky auf die Häkeldecke zu sinken.

Aber mein Fluchtinstinkt funktionierte. Ich verließ das Schlafzimmer. Sie folgten mir. Reginald machte ein Foto von Uta und mir mit unseren Lieblingskappen, dann fotografierte ich die beiden. Er legte Uta den Arm um die Schulter. Sie strahlten sich an. Ein glückliches Paar.

Die Sonne sank schon. Ich sagte, ich müsse nach Hause, weil ich ein Telefongespräch erwarte. Wir verabschiedeten uns lange und herzlich. Reginald begleitete mich wieder in Tanzstundenmanier. Uta winkte. Ich winkte zurück.

Er sagte: »Uta und ich schlafen schon seit zwei Jahren nicht mehr miteinander.«

»Das sagtest du schon.«

»Wir sind wie Bruder und Schwester. Einander nahe. Sie lügt, wenn sie sagt, daß ich sie schlage.«

Ich war unangenehm berührt. Daß er nach diesem harmonischen Nachmittag davon sprach, fand ich taktlos.

»Warum erzählst du mir das?«

»Ich will mich scheiden lassen und dich heiraten.«

»Wir sind beide beschwipst.«

»Ich nicht. Nein, gar nicht. Willst du?«

»Nein, Reginald, sei nicht böse. Ich will das nicht. Gar nicht.«

»Und später?«

Ich schüttelte den Kopf, den Tränen nahe. Was für ein Tag.

Er wollte meinen Schlüssel nehmen, aber ich schloß selbst auf und ging sofort hinein.

»Ich bin etwas durcheinander. Gute Nacht, Reginald.«

»Gute Nacht, *darling.*«

Der Anruf, den ich nur vorgeschützt hatte, wurde Wirklichkeit. Bettina sagte: »Mami, ich war heute wieder zur Untersuchung in der Klinik. Die Ärztin ist sicher, daß unser Baby in vier bis sechs Tagen kommen wird.«

»Oh, ich buche nachher gleich einen Flug.«

»Ist nicht nötig, Mami, du kannst ja doch nicht helfen.«

»Ich kann moralische Unterstützung geben. Außerdem

will ich da sein, wenn mein Enkelkind geboren wird. Als du geboren wurdest, war ich ganz allein. Da hätte ich mir meine Mutti an meiner Seite gewünscht. Aber sie war schon schwer krank damals.«

»Und Robi?« Sie nennt ihren Vater Robi.

»Robert konnte nicht. Es war schließlich Weihnachten. Da mußte er bei seiner Familie sein.«

»Arme Mami. Ich habe zum Glück meinen Hans.«

»Hast du Angst, mein Kind?«

»Wenig. Ich will den Balg endlich aus meinem Bauch raushaben.«

Ich schluckte, obwohl ich wußte, daß diese kaltschnäuzigen Formulierungen nicht Gefühlsarmut bedeuteten, sondern einfach moderne Umgangssprache waren.

»Ich komme auf alle Fälle, Häschen.«

»Wie du willst. Du, Mami?«

»Ja?«

»Ich freue mich natürlich doll, daß du kommst!«

Meine Augen wurden feucht. Mutter und Tochter, die wunderbarste Beziehung, die ich mir vorstellen kann.

»Halt dich wacker, Bettinchen.«

»Versprochen.«

»Grüße an Hans und an Klein-Sascha-Nepomuk.«

»Danke. Wird bestellt. Tschüs.«

Ich buchte für den Dienstag.

Vorher wollte ich noch eine kleine Party geben. Man kann nicht immer nur Hammer, muß auch manchmal Amboß sein. Ich plante für den Samstag. Als ich die Wilcoxens einlud – wir trafen uns beim Müll –, zögerten sie und lachten, sagten aber zu. Uta verriet, der Samstag sei Reginalds Geburtstag.

»Lädst du die Kleine bei Pieseckes ein?« fragte Uta leise.

»Ach nö. Sie paßt doch sicher nicht zu uns. Im Alter und auch sonst nicht.«

Wir lächelten uns verschwörerisch an.

Uta und Reginald fuhren für zwei Tage in die Berge. Nach Jerez, wo es in der Nähe eine Winzergenossenschaft gibt, die Sherry in jeder beliebigen Menge in jedes erdenkliche Gefäß abfüllt. Auch Glasflaschen mit Strohhüllen kann man dort billig kaufen. Alles ist billig, der trockene Fino, der liebliche Amontillado und auch der süße Oloroso.

Sie fragten, ob ich mitfahren wolle, aber ich blieb zu Hause, um die Party vorzubereiten. Das bedauerte ich bald. Im Haus hinter meinem hatte sich ein alter Mann mit seiner uralten Mutter eingemietet, wie schon im Jahr davor. Damals hatte ich ihre Unterhaltungen im Garten, wo sie sich den Tag über aufhielten, vor Freunden parodiert. Das war sicher nicht nett, aber lustig und entspannend gewesen. Aber diesmal war es gar nicht mehr lustig.

Beide waren schwerhörig. Die Mutter war entweder fast taub oder wurde von ihrem Sohn Kurtchen dafür gehalten, legte es vielleicht sogar darauf an. So brüllte er jedes Sätzchen bis zu fünfzehnmal, während sie vorwiegend einen einzigen Ton, einem Tierlaut nicht unähnlich, hervorstieß. Außer wenn sie mit durchdringender Greisinnenstimme den Morgen pries: »O du liebe, liebe Sonne. Wie schööön, wie schööön, wie schööön, wie schööön« und so weiter.

Sie quengelte viel, gab sich anspruchsvoll, forderte seine ständige Aufmerksamkeit. Sie schrie »Aua!« oder »Das tut weh!«, während er sie eincremte, fütterte, brüllend unterhielt – »Ist das nicht gemüüütlich? ... Ist das nicht gemüüütlich? ... ich sage: Das ist hier doch gemüüütlich?« –, ihren Rollstuhl in den Schatten schob und ihr vor allem ihren geliebten Malaga einschenkte. Er trank in Massen Wein und Cognac. Kurz: zwei Alkoholiker.

Beide waren vertieft in ihr lebenserhaltendes Spiel: Hilfsbedürfnis gegen Hingabe. Die so häufig gelebte Verbindung bei Paaren, die sonst unter umgekehrten Vorzeichen funktioniert: aufopferndes Weib, fordernder Mann. Doch sie wußten es nicht, grübelten auch nicht über Ödipus nach.

Kurtchen wurde im Laufe des Tages mit steigendem Alkoholpegel zunehmend verbittert über sein Los als Lebensgefährte und Krankenpfleger einer debilen, nervtötenden und dennoch geliebten Alten. Seine Verbitterung richtete sich gegen mich, als ich nachmittags meinen Mut zusammennahm und fragte: »Geht's wohl bitte ein bißchen leiser?«

Er trat dicht an die Hecke des Nachbargrundstücks heran. Zum erstenmal sah ich ihn. Er sah gar nicht schrekkenerregend aus, sondern braungebrannt und sehnig in der Badehose.

»Verpiß dich, du Sankt-Pauli-Type, verpiß dich mit deinem verrotteten Gestank«, schrie er. »Ich sitze in der Scheiße, hast du schon mal in der Scheiße gesessen? Kapitalistenschweineweib. Hat sich für Dreifümmzig 'n Haus geleistet. Hau doch ab hier, sing zu Hause das Deutschlandlied.«

Ich schlich zitternd ins Haus. Der Hausvermieter, den ich anrief, lachte schallend über meinen Bericht. »Das Mütterchen stirbt sowieso in den nächsten Tagen. Nach

Germany kriegt er die Ururoma nicht wieder zurück. Sie reisen mit der Bahn, wußten Sie das?«

»Das ist aber sehr zynisch, was Sie da sagen, Herr Kroneberg.«

»Es ist die Realität. Das weiß er auch. Entweder nimmt er sie in der Kiste mit zurück, oder sie kommt hier auf den *cementerio*, wird eingemauert in eine von den komischen Schubladen. Gott, sterben müssen wir alle. Was heißt da zynisch, Frau Ada. Und ihm wäre doch was abgehakt.«

Psychologische Überlegungen waren sicher nicht Kronebergs Sache. Er vermietete seine Häuser und sorgte dafür, daß Töpfe, Bestecke und Betten in Ordnung waren. Basta. Ich ging in mein Häuserl und weinte.

Ganz zu Anfang meiner Zeit an der Costa del Sol war mir etwas Merkwürdiges passiert, das mir nun, nach Kronebergs rüden Sprüchen, wieder einfiel. Ich hatte am Strand eine ältere Dame kennengelernt, die mich zu einem »kleinen Fest«, wie sie sagte, einlud.

Ich zog mich hübsch an und spazierte am Strand entlang hin, die hochhackigen Schuhe in der Hand. Sie hatte eine nette kleine Villa in Marbesa. Zwölf Leute gingen schließlich zu Tisch, die anderen alle viel älter als ich.

Die Tafel war schön gedeckt, mit Efeuranken und Blumen garniert. In der Mitte stand ein dunkelblaues Deckelgefäß mit goldenen Henkeln und einem goldenen Reif um den Deckelrand, in dem ich Suppe oder Salat vermutete.

Ein spanisches Dienstmädchen trug Tomatensuppe mit Fleischklößchen auf. Dazu tranken wir Rotwein. Ich saß neben einem einsilbigen alten Mann, der mir als ein Baron Irgendwer-Bekanntes vorgestellt worden war, mit verwandtschaftlichen Verbindungen zum norwegischen Königshaus.

Nach dem ersten Gang erhob sich die Dame des Hauses – sie hieß Alice Lohgrün, »wie Lohengrin, sagte mein Mann immer, so kann man es sich leicht merken« – und klopfte an ihr Glas.

Unsere Tafelrunde finde aus ganz bestimmtem Anlaß statt, sagte sie. Dies sei nämlich eine Gedenkfeier für ihren geliebten Mann Richard Lohgrün. Auf seinen letzten Wunsch hin habe sie ihn aus Deutschland in das Land seines Herzens zurückgebracht: nach Spanien. Einfach im Flugzeug, Charterflug, als Vase deklariert, auf ihrem Schoß. Nun weile er mitten unter uns, in dieser Urne hier auf dem Tisch.

Richard müsse in Spanien zwar noch ein wenig auf seinen endgültigen Platz warten. Doch sie finde es schön, ihn noch in nächster Nähe zu haben. Dort auf der Kommode sei sonst sein festlich geschmückter Platz. Nun sei er also noch einmal der Mittelpunkt einer Gesellschaft, wie früher so häufig und so selbstverständlich.

»Wir wollen nun unser Glas heben, liebe Freunde, auf Richard, meinen geliebten Mann. Lieber Richard, auf dein ewiges Wohl!«

Wir tranken alle mit betretenen Mienen. Keiner lachte. Alle taten so, als sei es ganz normal, mit einer Urne zu speisen. Ich überlegte, ob sie alle Bescheid gewußt hatten, aber das konnte ich nicht glauben. Oder war ich hier in eine exklusive private Nervenklinik geraten?

Das Hauptgericht – Lachs mit grünen Spargeln – wollte mein Magen partout nicht annehmen. Ich versuchte an Richard vorbeizuschauen, aber es gelang mir nicht. Die blaue Vase zog meine Blicke magisch an. Er *war* Mittelpunkt, wie seine Gattin es gesagt hatte.

Mein Nachbar klatschte eine Bahn Meerrettichsahne neben das rosige Lachsfleisch auf seinem Teller und ergänzte das Stilleben mit den grünen Spargeln liebevoll zur eßbaren Trikolore. Ich erhob mich hastig, hörte Frau Lohgrün noch rufen »Zweite Tür links, meine Liebe!«, stürzte nach draußen und übergab mich im Garten auf den Rasen. Dann verließ ich das Grundstück, zog meine Hochhackigen wieder aus und trabte am Strand entlang nach Hause.

Wenn ich die Geschichte später erzählte, sah ich peinlich berührte Mienen. Man glaubte mir nicht. Fortan behielt ich das Erlebnis dann für mich.

Dabei hatte die Geschichte noch eine Fortsetzung. Ich traf eines Tages Frau Lohgrün am Strand und konnte nicht mehr zurück. Sie hatte mir meinen unrühmlichen Abgang offenbar verziehen und berichtete, ihr Gatte habe inzwischen einen Platz auf dem *cementerio* bekommen.

»Allerdings paßte die schöne blaue Urne nicht hinein, stellen Sie sich das vor. Ich habe ihn in eine sehr hübsche Keksdose umgefüllt. Unten war die Asche etwas angebackt. Ich habe sie, so gut es ging, mit einem Teelöffel gelockert, aber alles habe ich nicht rausgekriegt. Hätten sie das für möglich gehalten?«

Ich schüttelte den Kopf und atmete tief und möglichst gleichmäßig.

»Deshalb steht nun die alte Urne weiterhin auf der Kommode. Täglich frische Blumen. Ein Teil von Richard. Bei Königen wurden früher die Herzen extra begraben, wußten Sie das?«

Ich schüttelte nochmals den Kopf.

»Besuchen Sie mich doch mal, Fräulein ... Ich habe jetzt einen netten jungen Untermieter. Wir können dann ein Gläschen trinken.«

»Danke. Sehr gern. Ja, ich muß weiter.«

Von da an machte ich eine Zeitlang meine Strandspaziergänge in die andere Richtung, obwohl ich dann auf die Begegnungen mit Angelo verzichten mußte. Ich habe Frau Lohgrün bisher nicht wiedergesehen.

Frau Lohgrüns Mann war Maler gewesen. Künstlerwitwen treiben häufig einen Totenkult mit ihren Männern und deren Werk. Ich glaube jedoch nicht, daß ich mit Lothars Asche reisen würde. Nein, ich würde bestimmt nicht mit Lothars Asche reisen. Aber sonst? Schwer zu sagen.

Bei meinen Partyvorbereitungen ließ ich laut meine Spanischkassette tönen. So lernte mein Unterbewußtsein, und außerdem hörte ich Kurtchen und seine Mutter kaum durch.

Ich lud Aina und Max Köster ein, Queen Liz mit Begleitung, Pat und Ron und natürlich Angelo und Inés, die selbstverständlich absagten. Mit Wilcoxens würden wir also neun Personen sein. Mehr als zehn kann ich sowieso nicht am Tisch bewirten, und ein kaltes Buffet mochte ich nicht machen.

Ich wollte eine blaue Tischdecke über die beiden zusammengerückten Gartentische legen, deshalb kaufte ich Stoff in der passenden Größe und säumte ihn. Blau wie das Meer. Nach Utas Papierfröschen mußte ich mir doch irgend etwas Originelles einfallen lassen. So kramte ich die auf vielen Strandspaziergängen gesammelten Muscheln hervor, winzige flache mit den roten Rändern, kleine rosa schimmernde, leuchtend gelbe und strahlend weiße. Schnecken spitz wie Stichwaffen. Große gedrechselte Wunderwerke, die man ans Ohr hält, um das Rauschen des Meeres zu hören, und die flachen Schalen, in denen zuweilen Muschelgerichte überbacken werden. Auf letztere schrieb ich die Vornamen der Gäste. Ich wollte sie statt Tischkarten hinter die Teller stellen. Die anderen sollten malerisch auf dem handgesäumten Meeresblau verteilt werden.

Am Freitag rief Angelo an und teilte mir mit, am Rio Verde sei ein Wasserrohr geplatzt. Es werde kein Wasser geben. Sofort legte ich einen Wasservorrat in Eimern, Schüsseln und Töpfen an. Hoffentlich wollten die Gäste nicht alle aufs Klo. Hoffentlich reichte die Reserve danach für den Abwasch. Für alle Fälle holte ich noch zwei große Flaschen *Agua sin gas*. Ich kochte, briet und machte schon *Mousse au chocolat*.

Nachts wachte ich mit bänglichem Gefühl auf. Waren die eingelegten Zwiebeln nicht zu süßlich geraten? War die Suppe fad, der Lachs zu fett, das Lammfleisch trocken und sehnig trotz liebevollen Marinierens?

Duschen würde ich am Partytag nicht können. Rohrbrüche am Rio Verde werden nicht an einem einzigen Tag repariert, und ganz gewiß nicht an einem einzigen Wochenende. Ich faltete die Hände und wandte mich an den lieben Gott. Laß es diesmal bloß gutgehen, lieber Gott. Dann will ich fürs erste keine Party mehr machen. Aber hier muß ich durch. Laß die Mousse au chocolat gerade richtig sein, nicht zu fest und nicht zu pampig. Behüte Bettina und ihr Baby und auch Lothar, und laß es schön werden morgen. Amen.

Ich bete immer, wenn es brenzlig wird, und auch sonst sehr oft. Es gibt mir viel und ist in der Wirkung nicht zu vergleichen mit Meditation und Kopfstand. Es ist viel tiefer. Tröstlicher, stärker. Aber natürlich kann man den lieben Gott nicht ständig strapazieren. Man muß auch schon bereit sein, selber etwas zu tun. Zum Beispiel: kopfstehen.

4

Sechs Uhr abends. *Son las seis de la tarde.* Möwen segeln über meinen Garten hinweg, scharf wie weiße Scherenschnitte gegen den tiefblauen Himmel abgesetzt. Vormittags nieselte es noch. Nun hat ein Sturm die Regenwolken vertrieben und Kurtchen samt Mutter in ihre Wohnung geweht. Niemand wird mich ankeifen. Ich traue mich aufrecht und festen Schrittes hinters Haus, wo ich einige Efeuranken als Zierde für die Anrichte hole. Herrin im eigenen Garten. Wie sonderbar, daß man durch einen unangenehmen Nachbarn, der doch nur ein Gastspiel gibt, regelrecht leiden kann.

Ich decke den Tisch im Zimmer. Gäste mögen es nicht, wenn die Haare flattern, die Servietten fortwehen und die Kerzen ausgehen. Frauen meiner Generation wollen nicht frösteln. Vielen jungen Menschen scheint es einfach egal zu sein, wie sie gerade aussehen. Sie strotzen vor Selbstbewußtsein. Sie würden niemals lange Spaziergänge auf hohen Absätzen machen, wozu wir noch vor gar nicht so langer Zeit bereit waren, um einem der Herrlichen, Anspruchsvollen zu gefallen, der auf bequemen Tretern nebenherstapfte. Wir werden den Gedanken nicht los, daß überall ein Paris den Apfel zu vergeben hat. Frösteln ist unvorteilhaft.

Um acht Uhr steige ich auf meine Kiste und halte Ausschau nach Gästen. Ich trage mein fessellanges Geblümtes und die gelben Ohrclips. Auch die Schuhe habe ich wieder fast tadellos hinbekommen. Der Sturm hat sich gelegt. Die Luft ist reingefegt, aromatisch, voller Pinienduft von den Bergen her. Es ist frisch, aber nicht kalt. Wir könnten sehr gut draußen sitzen, doch ich will und kann nicht alles umrangieren.

Ich bin nervös und habe ein etwas ungutes Vorgefühl. Pat und Ron kommen als erste. Sie reißt mich an sich und küßt mich auf beide Ohren, lacht laut, ruft, ich sähe wunderbar aus. Ron stellt sich auf die Zehenspitzen und schmatzt mir Küsse auf die Schläfen und sagt, ich sähe wunderbar aus. Ich versichere ihnen, sie sähen auch wunderbar aus. Wie bei Schauspielern – jedenfalls habe ich das gelesen – ist mit dem Beginn der Vorstellung mein Lampenfieber verschwunden. Und auch das ungute Vorgefühl hat sich verabschiedet.

Ich schenke den ersten Cava ein und drücke Ron die Flasche in die Hand mit der Bitte, sich um die nächsten Gäste zu kümmern. Wir stehen in der Pergola.

Jetzt kommen sie auf einen Schlag: Queen mit einem neuen Begleiter, wieder einem Spanier, Aina und Max Köster, die den Riesen von der *venta* mitbringen. Er sagt, er sei gerade erst angekommen zu einem Blitzurlaub und gleichzeitig einer kleinen Konferenz mit seinem Bruder Max. Er heiße Arved. Arved Köster. Arved sei ein lettischer Name. Ihre Mutter stamme aus Lettland, aber das wisse ich wohl?

»Wenn ich nicht bleiben darf, gehe ich natürlich sofort wieder.«

Ich versichere, daß er selbstverständlich willkommen ist, und spüre ein Kribbeln in meinem Körper. Ich mag ihn nicht, er ist so übermäßig vorhanden, viel zu stark, zu kräftig. Graue Augen zu dunkelbrauner Haut. Viele Falten, auf der Stirn, um die Augen, von der Nase zum breiten Mund. Haare wie ein Tier, zu viele, zu tief im Dreieck in die Stirn gewachsen, unvorteilhaft. Aber ich lächle, eine ideale Gastgeberin. Sein Händedruck ist fest und neutral.

Ron schenkt Cava ein und öffnet bereits die nächste Flasche. Ich husche nach drinnen und schreibe auf die besonders schöne Muschel vom Bücherbord »Arved«. Aus einer Laune heraus gebe ich nun dem Hereingeschneiten den Platz zu meiner Linken und plaziere Reginald dafür ans Tischende.

Wir warten auf Uta und Reginald. Statt dessen kommt überraschend und mit Unschuldsmiene ein ungebetener Gast.

»*Hi*, ich bin die Daniela, Wolfi Piesecke's Nichte, und ich wollte Sie fragen, ob Sie vielleicht diese Ableger von Kakteen haben wollen. Machen ganz große rote Blüten. Ach, ist hier 'ne Fiesta? Geil. Ich will natürlich nicht stören ...«

Ich bedanke mich für die kleinen Kakteen und biete ihr einen Sekt an. Ron öffnet eine weitere Flasche. Ich werde das kleine Luder auf keinen Fall hierbehalten, habe ja auch gar keinen Sitzplatz mehr für sie. Aber im Augenblick stört sie nicht. Wir stehen und warten. Ron öffnet weitere Flaschen. Ich rufe bei Wilcoxens an.

Eine Zeitlang geschieht gar nichts. Dann meldet sich Reginald.

»Hello.«

»Reginald, wir warten auf euch. Habt ihr es vergessen?«

»Nein, nein.« Belegte Stimme, nichts von *›darling‹*.

»Ja, was ist denn?«

»Uta macht Schwierigkeiten«, flüstert er.

»Kannst du sie mir geben?«

»Warte. Ich glaube, nein.«

Ich warte. Dann meldet sich Uta.

»Ich kann nicht kommen. Tut mir sehr leid.«

Tränen in der Stimme.

»Uta. Was ist los? Bist du krank?«

»Ich bin am Ende. Ich mache Schluß.«

»Uta, komm. Bitte, komm doch!«

Lange Pause. Dann sagt sie, ja, sie werde kommen. »Sind die anderen schon alle da?«

Beinahe hätte ich gelacht. Die anderen sind schon ziemlich betrunken. Warten bereits zu lange.

»Ja. Alle sind da.« Ich nehme nicht an, daß sie sich über Daniela freuen wird. Die muß ich loswerden.

»Fangt doch schon an. Bitte.«

»Bist du dann nicht gekränkt?«

»Nein, nein. Fangt schon an. Bis gleich.« Sie legt auf.

Es ist wirklich besser, anzufangen. Ich bitte die Gäste ins Haus und sage, die Wilcoxens kämen etwas später. Daniela darf vorläufig auf Utas Platz sitzen. Strahlt wie 'n Primelpott, würde ihr Onkel Wolfi sagen. Die Suppe serviere ich am Tisch. Danach müssen sich alle selbst bedienen. Meine Tischdekoration wird bewundert.

Gleich springt Ron auf und bringt einen Toast aus: »Ada, *darling*!« Briten bringen immerzu Toasts auf irgend jemanden aus. Alle erheben sich und toasten mit. Die Stimmung ist hervorragend.

Ich löffle die kalte Avocadosuppe und fühle mich gut. Als ich Arved ansehe, macht er gerade ein grimmiges Gesicht. Deshalb sage ich: »Wenn sie Ihnen nicht schmeckt, lassen Sie die Suppe bitte ruhig stehen. Ich bin ganz bestimmt nicht beleidigt. Avocados sind nicht jedermanns Geschmack.«

»Sie ist wunderbar. Und ich möchte nicht, daß Sie mich für jedermann halten.«

Er läßt den Löffel los und legt seine Hand auf meinen Handrücken, ganz leicht, flüchtig. Er lächelt nicht. Ich werde rot. Mir ist neulich schon aufgefallen, daß ich in diesem Sommer so empfänglich für Erotik und Sex bin wie seit meiner Pubertät nicht mehr. Sonst hatte ich immer Aufgaben. Alle Kraft strömte in den Lebenskampf und die Anstrengungen, dafür gerüstet zu sein, als Ehefrau und Mutter nicht zu versagen, als Geschäftsfrau klasse zu sein.

Jetzt heißt es: Neues Spiel, neues Glück. Die Liebe hat bunte Flügel. Dieser Sommer gibt mir eine neue Freiheit. Meine Mutter würde sie »Damenwahl« nennen.

Es dauert noch fast eine Stunde, bis Uta und Reginald endlich eintreffen. Zum Glück ist Daniela mit Ron gemeinsam verschwunden. Ich habe nachgesehen. Sie sitzen auf der Bank hinter dem Haus, und die Kleine redet in Englisch auf ihn ein mit Händen und Füßen.

Uta ist sehr blaß und sieht in ihrem weißen Kleid wie ein geschminkter Geist aus. Reginalds Sonnenbräune hat sich auf einen fahlen Gelbton reduziert. Beide lächeln tapfer und nicken und lassen sich umarmen von den lustigen Leuten, die ihnen übertrieben laut und aufdringlich erscheinen müssen.

Ich bringe den Wilcoxens eilig die Suppe. Uta bricht nach den ersten Löffeln in Tränen aus. Alle fragen, was denn los sei?! Reginald kommt zu mir und sagt: »Ach, ist das peinlich.« Uta schüttelt mehrmals den Kopf und tupft mit der Serviette an ihren Augen herum. Ich schlage den anderen vor, die Nachspeise draußen in der Pergola oder in der Laube hinter dem Haus zu essen. Dann lege ich eine Kassette ein und beschalle ungeniert die Gegend mit Erroll Garner. Mit meinen Leuten bin ich stark. Kurtchen muckst sich nicht. Endlich bin ich ihm gewachsen.

Ach, ich wünsche mir sehr, daß Uta wieder glücklich ist. Ich gehe zu ihr und lege ihr die Hand auf die Schulter.

»Was ist los, Uta, mein Schatz?«

Sie schüttelt den Kopf. Dann sagt sie: »Reginald hat mir erzählt, daß ihr gevögelt habt.«

Sie sagt tatsächlich gevögelt. Niemand sonst sagt das mehr. Obwohl mir selber bis heute das andere Wort, das sich im Englischen so leicht sagt, nicht über die Lippen will. Bumsen, ja. Aber schön klingt das nicht. Wir haben kein schönes Wort dafür.

Ich ziehe mich ganz in mich zurück, lehne es ab, mich auf Utas Beschuldigung einzulassen. Reginald sitzt krumm am Tisch auf seinem Platz und stößt winzige Rauchwolken aus seiner Pfeife.

Er stöhnt. »Ich habe das nie behauptet.«

Uta sagt: »Es stimmt aber doch. Er hat damit angegeben, weil er wütend war. Denk bloß nicht, du wärst die einzige, Ada. Er treibt es mit jeder, auch mit dem Twen von Pieseckes, mit Shirley hat er was gehabt, hinter Pat ist er her wie der Teufel hinter der armen Seele, wahrscheinlich hat er da auch schon mal ran gedurft. Er ist ein Schwein. Nur bei mir kann er nicht. Höchstens morgens um fünf will er, wo er weiß, daß ich da noch schlafe, dann setzt er sich raus und raucht und nimmt übel.«

Reginald klopft ein kleines schwarzes Häufchen aus seiner Pfeife auf den Salatteller. Er schüttelt fortwährend den Kopf und wird zur Gebetsmühle: »Kein Wort ist wahr, kein Wort ist wahr.«

Ich bin ratlos. Daß ich erschüttert wäre, könnte ich nicht sagen. »Ratlos« trifft meine Seelenlage am besten. Vor allem fühle ich mich wirklich zu Unrecht beschuldigt. Schließlich habe ich kein Verhältnis mit Reginald. Ich habe es jedenfalls nicht als solches empfunden.

»Stimmt überhaupt nicht«, sage ich mit Nachdruck.

Reginald erhebt sich und schwebt steif nach draußen, mit abgezirkelten kleinen Schritten. Er ist beleidigt, soviel ist klar.

Pat kommt herein. Ich weiß nicht, ob er sie geschickt hat oder ob sie aus eigenem Antrieb kommt. Mir ist es angenehm. Ich fühle mich ein bißchen entlastet. Wir setzen uns beide zu Uta, die erklärt, Reginald habe sie vor die Brust gestoßen, regelrecht geboxt, so daß sie gegen den Schrank geflogen sei. Hier, die blauen Flecken ... Sie zieht die Bluse hoch und läßt uns ihren nackten Rücken sehen. Sie schluchzt, ihr Fleisch bebt leicht.

Wir streicheln sie beide. Weil sie mir so leid tut, schenke ich ihr einen großen Cognac ein. Ich weiß nie, wie ich mich in ungewöhnlichen Situationen richtig verhalten müßte. Pat offenbar auch nicht. Sie empfiehlt ihr dauernd, sich nichts draus zu machen. *»Forget it, darling, forget it.«*

Ich sage, daß ich schnell mal nach meinen übrigen Gästen sehen muß. Sie tanzen auf dem Rasen, haben uns nicht vermißt. Sogar die Gartenfackeln haben sie angezündet. Reginald tanzt eng mit der Queen. Der schwarze Riese lehnt im Gartensessel, als solle er porträtiert werden. Ich finde, daß sein Gesichtsausdruck unzufrieden wirkt und daß ich als Gastgeberin wohl verpflichtet bin, mich um ihn zu kümmern. Außerdem habe ich plötzlich Lust dazu.

Uta und Reginald – unglückliche Paare sind mühsam. Immer wollen sie anderen die Schuld geben oder sie jeweils auf ihre Seite ziehen. Dabei ahne ich zu diesem Zeitpunkt noch nicht einmal, welches Ausmaß an Mauligkeit Reginald bald auffahren wird, wie er seinen Schmollmund schürzen, seine Löwenaugen drohend zusammenkneifen wird. Ein Partykiller, wenn die anderen überhaupt noch zu killen wären in ihrer ausgelassenen Stimmung. Er schneidet mich. Na, wenn schon!

Ich tanze mit dem schwarzen Riesen. Es ist nichts, wir halten uns beide an das Reglement, er berührt mich überhaupt nicht, bewegt sich hart und rhythmisch, und ich komme allmählich in Fahrt. Wie oft beim Tanzen fallen alle trüben Regungen von mir ab. Es wirkt besser als Meditation. Ich denke auch nicht daran, daß ich sehr bald eine Großmutter sein werde. Ich denke nicht daran, daß die ungewohnt schwache Periode neulich vielleicht schon der Beginn der Menopause war, das Aus für immer.

Dies hier ist wunderbare Gegenwart. Ich genieße sie ganz kreatürlich. Arved und ich tanzen nun einen Blues. Er hält mich auf Distanz an beiden Händen, als wäre es ein Ringelreihen. Manchmal breiten wir die Arme aus, und unsere Körper nähern sich einander, berühren sich aber nicht. Obwohl ich glücklich bin, fühle ich einen inneren Widerstand gegen den Mann. Ob er für mich ebenso empfindet? Seine Schultern und sein Brustkorb sind kräftig, sein graues Seidenhemd klebt durchgeschwitzt auf den Muskeln. Er kann es sich leisten, Jeans zu tragen. Sie sitzen flach auf den Hüften und spannen leicht über den Schenkeln. Hübsch. Sicher ist er ein Macho. Einer, der die Frau fragt: »Na, was haben wir denn heute wieder Schönes gekocht?« Kinder, Küche, Kirche.

Zu meiner Überraschung sagt er: »Ich gehe morgen mit Aina und Max in ein Konzert. Es ist in der Kirche von Marbella. Kommen Sie mit?«

Also. Da bin ich platt.

»Was für ein Konzert ist es denn?«

»Ein Kammerorchester der Kölner Philharmoniker spielt Vivaldi, Brahms, Mozart. Sachen, die auch Banausen wie ich verstehen.« Er lächelt, und ich mag ihn auf einmal.

»Sehr gern. Danke.«

»Fein. Um neun geht's los. Frühestens. Ich hole Sie um zwanzig vor ab. Ist das recht?«

»Abgemacht.«

Die Kassette ist abgespielt. Ich gehe eine neue auflegen. Drinnen unterhalten Uta und Pat sich lebhaft. Uta weint nicht mehr. Gott sei Dank. Ich lächle ihnen zu wie eine Krankenschwester auf der Privatstation, während ich das restliche Geschirr abräume, um es in der Küche in den

Kunststoffwannen mit Wasser einzuweichen, die ich wegen des Rohrbruchs am Rio Verde vorsorglich bereitgestellt habe. Versuchsweise drehe ich den Wasserhahn auf, und siehe: das Wasser läuft wieder!

Das erscheint mir wie eine Fügung, beinahe wie ein symbolisches Ereignis. Es läuft wieder. Alles läuft plötzlich, das spüre ich in den Knochen.

Wirklich scheint Uta sich gefangen zu haben. Ich frage sie beschwörend. »Du glaubst mir doch, nicht wahr? Dein Mann hat renommiert, alle Männer tun das gern, meiner auch. Was meinst du, wie die Sex-Artikel in den Zeitschriften zustande kommen, in denen bärenstarke Liebhaber ihre Partnerinnen – reine Phantasiegeschöpfe, ständig willig und verfügbar – zu dreiunddreißig Orgasmen und mehr bringen? All dieser Quatsch?«

Uta lächelt sogar und geht nach draußen. Pat und ich nicken uns zu. Na, wie haben wir das wieder gemacht?

Als ich hinaustrete, tanzt Uta mit dem schwarzen Riesen. Eng. Das ist mir nun auch wieder nicht recht. Er wird sie doch wohl nicht ebenfalls zum Konzert einladen? Ich trinke noch ein Glas Wein, und allmählich stellt sich angenehme Wurstigkeit ein, für mich ist das Fest gelaufen, die Kleine von Pieseckes hat sich verdrückt, wahrscheinlich findet sie uns langweilig und uralt.

Dann stelle ich fest, daß auch Reginald verschwunden ist. Entweder wollte er damit seiner Mißstimmung Ausdruck verleihen, oder er ist hinter Daniela Schmetterling hergeflattert. Ich habe es so satt. Sie sollen alle nach Hause gehen.

Sie gehen nicht. Sie denken gar nicht daran. Ron und ich hüpfen irgend etwas Südamerikanisches. Dann, plötzlich, als habe ein höherer Wille das Kommando gegeben, brechen sie alle auf. Sie lachen und lärmen auf der Straße. Ron schwenkt eine meiner Gartenfackeln, formt Kringel und Kreise aus Licht, bis das Feuer wie eine kleine Sternschnuppe zu Boden fällt.

The party is over. Ich gehe zum Abwaschen in die Küche. Ein Segen, daß es wieder Wasser gibt. Es ist beinahe drei Uhr morgens. *Son las tres de la mañana.*

Der nächste Tag ist mild und wolkig. Regen liegt in der Luft. Ich ruhe mich aus, widme mich meinen Blumen und meiner Schönheit.

Der Konzertbesuch soll wundervoll werden. An diesem Vorsatz ändert auch eine gewisse Bänglichkeit nichts, die ich der Unternehmung insgesamt entgegenbringe und vor allem bei dem Gedanken an den schwarzen Riesen empfinde.

Ich kann das Gefühl nicht genau bestimmen. Es hat damit zu tun, daß der Mann, so groß und kräftig, an körperliche Gewalt denken läßt. Er sieht übermäßig männlich aus, auch in seinem Gesicht sind keine Anzeichen einer femininen Komponente zu entdecken.

Ich weiß nichts von ihm. Ist er etwa dumm? Ungebildet? Vielleicht ganz einseitig orientiert? Nun, letzteres ist im Grunde jeder. Generalisten sind ekelhaft: Hochstapler, Angeber. Aber für mich hat Bildung immer mit Kultur und Kunst zu tun.

Naturwissenschaften, technische Erkenntnisse, wirtschaftliche Zusammenhänge – alles wunderbar, erstrebenswert, bewundernswert. Leute, denen das Weltall übersichtlich und plausibel erscheint wie die Registratur in ihrem Büro, haben meine neidische Anerkennung. Ich wüßte gern Bescheid auf diesen Gebieten, vor allem möchte ich die Börsenberichte verstehen, denn sonst bin ich in Diridari-Dingen ja nicht dumm.

Aber wirklich wichtig finde ich es, mit guten Leuten über André Massons Symbolismus, die lichtvollen Porträts von Velázquez oder Allen Jones' Absturzorgien aus Farbe und Sinnlichkeit reden zu können. Wer Botho Strauß für einen Kapellmeister und »Schlußchor« für ein Musikstück hält, wer Kenneth McMillan oder Maurice Béjart in der Politik sucht – und das alles ist mir schon widerfahren –, der fordert meinen Hochmut heraus, den Hochmut einer Viertelgebildeten, aber wer ist das heutzutage nicht? Bestenfalls? Man muß nicht alles kennen, aber man muß jedenfalls davon gehört haben.

In der Nacht nach dem Konzert liege ich um drei immer noch wach und überdenke den vergangenen Abend und stelle fest, daß meine Maßstäbe ins Wanken geraten sind.

Wir waren eine halbe Stunde vor dem angekündigten Konzertbeginn in der Kirche von Marbella. Kösters hatten mich abgeholt. Die Männer hatten vorn im Auto gesessen, Aina und ich hinten. Ich hatte mich seriös in Schwarz gekleidet. Aina war in Schwarz-Weiß. Max trug einen dunklen Blazer zur hellen Hose, Arved, der Riese, ein schwarzes T-Shirt und darüber eine schwarze Seidenjacke zu schwarzen Hosen. Er sah wie ein Künstler aus mit seinen verwuschelten Haaren, die silberne Strähnen hatten und bis tief in die Stirn reichten.

Die Kirche war schon fast voll, als wir ankamen, aber wir fanden gute Plätze nebeneinander. Ich saß neben Aina. Ein Pfarrer predigte. Zuerst dachten wir, er führe die

Musiker ein, doch es war ein Gottesdienst. Viele junge Menschen waren da, auch Paare mit kleinen Kindern. Zum Schluß, nachdem die Gemeinde gesungen und gebetet hatte, nahmen viele Leute das Abendmahl. Alle gaben sich vorher die Hände, auch uns wurden feierlich Hände gereicht. Einige küßten sich. Die Frömmigkeit verdichtete sich, drang in mich ein, ergriff mich, lastete weich und schwer auf mir.

Der Orgelklang verstärkte das Gefühl, in diesem bebenden Licht, unter dem Goldglanz des Altars, inmitten der Gläubigen erleuchtet und gestärkt zu werden.

Dann war es vorüber. Wir strebten mit den anderen dem Ausgang zu. Draußen warteten Leute. Doch es gab abermals einen Gottesdienst, bevor wir endlich zum Konzert hineingingen. Diesmal saß ich zwischen Aina und Arved, dem Riesen.

Ich war skeptisch: Was würde es schon sein? Eine reisende Musikertruppe, die sich auf Schlösser und Kirchen spezialisiert hatte, mochte darauf trainiert sein, Geschmacksrichtungen von Operette bis Blasmusik zu bedienen. Das Programm war entgegenkommend, gefällig aufbereitet und auch für untrainierte Besucherohren faßlich. Und doch wurde es ganz anders, wurde so, wie ich es mir gewünscht hatte.

Sie begannen mit Vivaldi. Die Musiker waren sehr gut, besonders der Cellist, ein junger Russe wohl, war wundervoll.

Bei Johann Sebastian Bachs Konzert für Flöte und Orchester in e-Moll nahm der schwarze Riese zart meine Fingerspitzen, und ich ließ sie ihm, wir saßen mit angewinkelten Armen, die Hände freischwebend, als wollten wir Menuett tanzen, und blickten starr geradeaus, zwei feierlich steife schwarze Figuren, und ich ließ die Musik in mich hineinrauschen, er vermutlich auch. Ich überlegte kurz, war Aina wohl denken mochte, falls sie es bemerkte. Dann vergaß ich es gänzlich.

Als das Konzert nach mehreren Zugaben beendet war, schoben wir uns mit den anderen in gebändigter Eile nach draußen. Arved war hinter mir, und als sich einmal die Menschen vor mir stauten und er weitergeschoben wurde, ruhte ich eine Sekunde lang oder zwei an ihm, seine Wärme bedeckte meinen Rücken. Dann standen wir draußen.

Unterwegs fragten Aina und Max, ob ich noch auf einen Drink mit zu ihnen käme, aber ich sagte, lieber nicht, ich sei müde. Sie setzten mich vor meinem Haus ab. Max stieg aus und öffnete das Tor. Der schwarze Riese und Aina blieben sitzen. Wir winkten uns zu. Ich sagte zu Max, es sei ein herrlicher Abend gewesen, und das stimmte wahrhaftig. Tausend Dank dafür, und gute Nacht.

Jetzt kann ich nicht schlafen. Ich bin hochgestimmt, erregt. Glücklich? Ja, glücklich. Keine Ahnung, warum.

Lothar holt mich in München vom Flughafen ab. Er trägt weiße, saubere Lederjeans und ein kamelfarbenes T-Shirt, dazu passende Wildlederslipper. Ein ungewohntes Outfit, das mich angenehm überrascht, aber auch sehr erstaunt.

Die Art, wie er mich umarmt und flüchtig küßt, ist nett und kameradschaftlich und ebenfalls etwas anders als sonst. Er wirkt lockerer, heiter aufgedreht, beinahe überspannt, würde ich sagen.

»Wo ist Asta?«

»Zu Hause geblieben. Sie hatte Dreckpfoten.«

Während der Fahrt stellen wir beide fest, daß wir nun also Großeltern werden. »Wir sind auf dem allerbesten Wege dazu«, sage ich. Er nickt mehrmals.

»Gibt's sonst was Neues?« frage ich.

»Krenek ist ein Arschloch.«

»Das ist ja nichts Neues.«

Er lacht nicht, sieht mich von der Seite an. Nach einer Pause mümmelt er: »Weißt du, der Arsch hat mich im Stich gelassen. Es ist so: Ich habe Bronzo verkauft. Das Angebot, das man nicht abschlagen kann, du weißt doch, wie bei der Mafia.«

»Aber ... Lothar ... hör mal ...«

»Ein Ehepaar aus Grünwald hat das Modell auf der Ausstellung in Kiel gesehen und rief mich ganz aufgeregt an. Sie wollten das Original für ihren Park haben. Schicksal irgendwie, und sie kamen und wollten halt unseren Bronzo, so verwittert und ›gereift‹, wie sie sagten, mit dem blanken Hintern und der blanken Schnauze, diesen leicht antiken Touch. 85 000 *cash* und die Transportkosten, mehr hättest sogar du nicht rausgeholt.«

»Lothar! Bronzos Hintern und Schnauze habe ich blankgestreichelt, du weißt das doch. Wieso sagst du *cash*? Das habe ich noch nie von dir gehört ...«

Nur nicht losheulen. Es wird ein derber Scherz sein. Er ist dazu imstande.

»Deshalb ist der Krenek ja ein Arschloch. Er sollte schnell den neuen Guß machen. Du solltest schon einen neuen Bronzo vorfinden. Schließlich hängst du an dem guten Stück.«

»Es ist nicht dasselbe.«

»Von meinem Standpunkt aus doch. Mein Werk.«

»Ich muß das erst verkraften«, sage ich niedergeschlagen. Er hat bisher noch nie selbständig etwas verkauft. »Es ist immerhin eine Überraschung.«

Er nickt wieder mehrmals, schweigt ziemlich lange. Dann redet er schnell drauflos:

»Nicht die einzige. Es ist nämlich so, daß ich nicht nur Großvater werde, sondern auch Vater. Adeline, ich will dich nicht kränken, das kannst du mir glauben, aber ich hab' eine Frau kennengelernt, die – also, diesmal ist es ernst. Sie erwartet ein Kind von mir. Ich habe die Scheidung eingereicht.«

Es schmerzt sehr. Alles tut weh. Meine Seele verläßt mich und verweigert die Rückkehr. Ich zittere. Ich räuspere mich mehrmals. Er ist so alt wie ich!

»Wollt ihr heiraten?«

»Das steht noch nicht fest. Melanie möchte eigentlich nicht. Sie ist eine sehr selbständige Frau. Eine Klassefrau.«

Mir fällt plötzlich der Refrain eines Wiener Liedes ein: »Einer hat allweil das Bummerl«, und das bedeutet: Er ist der Prügelknabe. Jahrelang habe ich nicht an das Lied gedacht. Robi sang es manchmal. Ich fand es sehr ulkig. Immerhin, die Seele ist zurückgekehrt. Ich atme möglichst gleichmäßig.

»Wohnt sie bei ... uns?«

»Nein, nein, sie lebt in München, schöne Wohnung, die wird sie auch behalten. Sie ist Restaurateurin im Museum.«

Ich kann es mir nicht verkneifen: »Wie alt?«

»Einunddreißig.«

Alarm! Bronzo verkauft. Neue Geliebte, und diesmal eine erwachsene Frau, jung, aber erwachsen. Eine wirkliche Rivalin. Sie bekommt ein Kind von ihm. Bettina ist nicht sein Fleisch und Blut. Ich leide und denke doch zugleich ganz banal an die neue Konstellation im Hinblick auf die Auswertung und Aufteilung des Vermögens. Vom spanischen Häusli weiß er ja nichts.

»Wirst du uns miteinander bekannt machen?«

»Wenn du es möchtest und wenn sie es möchte – warum nicht? Wir sind erwachsene Menschen. Ich hoffe doch, daß wir beide Freunde bleiben. Und Melanie ist wie ich der Meinung, daß du finanziell bestens abgesichert sein mußt. Schließlich hast du hart an meinem Erfolg gearbeitet. Jetzt läuft der Laden allerdings allein. Ich kann mich vor Bestellungen kaum retten. Ich bin tatsächlich ›in‹, und wenn man erst einmal ›in‹ ist, verlieren sogar die unsichersten Beamten ihre Hemmungen. Ob Springbrunnen, ob Parkanlage, mit einem Lothar Kleiminger liegen sie immer richtig.«

Zweierlei ist verblüffend: In wie kurzer Zeit ein vermeintlich festes Gebäude sich als Kartenhaus entpuppen und wie man die Fassung bewahren kann, wenn es zusammenklappt.

Lothar riecht sogar anders als sonst: Etwas nach Schweiß und altem Handtuch, wie immer, wenn ich nicht aufpasse, aber außerdem nach Nelken und Moschus, wie ein bekränzter Stier.

Er lächelt mich an, als ob er meinen Gedanken erraten hätte.

»Weißt du, daß du irgendwie toll aussiehst, Weibi? So ›neu‹, irgendwie verändert, also, wenn Melanie nicht wäre, könnt' ich mich glatt in dich verlieben.«

Ich hüte mich, zu sagen: Mir geht es genauso. Ich

bemühe mich um Heiterkeit in der Stimme: »Übernimm dich nicht, Herrli.«

Es ist scheußlich, verstoßen zu werden. Asta weiß nichts davon und kommt mir zu Hause mit der üblichen kurzlebigen Wiedersehensfreude entgegen. Ich streichle sie und sage, was ich eine Zeitlang jeden Morgen zu ihr sagte: »Guten Morgen, gnäd'ge Frau, Ihre Augen sind so blau.« Und dann bekam sie zwei Kekse. Ich sehe ihr an, daß sie sich dunkel daran erinnert und möglicherweise die Kekse vermißt.

Bumpi, der Faun, hockt da und grinst. Aber Bronzos Platz ist leer, ein Fleck kahler Erde, noch nicht zugewachsen, ein Grab ohne Hügel. Der Garten sieht gepflegt aus. Lothar erklärt beiläufig, er habe den Beppi angeheuert, einen rüstigen Rentner aus dem Dorf, der hier regelrecht sendungsbewußt das Regiment übernommen habe.

Auf meinem Nachttisch liegt ein Brief von einer Anwaltskanzlei. Ich weiß schon, was es ist. Später. Ich bin also entbehrlich, ja, überflüssig. Nein, nicht ganz. Ich habe meine Tochter. Bettina bekommt ein Baby. Ich werde ein Enkelkind haben. Das ist doch etwas. Es überstrahlt alles.

Lothar begleitet mich in die Klinik. »Schließlich ist sie auch meine Tochter«, sagt er.

»Weiß Bettina schon ...?«

»Nein, natürlich nicht. In ihrem Zustand ...«

Unser Schwiegersohn empfängt uns am Eingang der Klinik. »Kriegt keinen Schreck, wenn ihr Betti seht«, sagt er. »Es ist alles in Ordnung, sie sieht nur etwas komisch aus, das kommt von den Preßwehen. Tut einfach so, als sähe sie ganz normal aus.«

Wir gratulieren ihm. Er ist offensichtlich stolz, und ich fand ihn noch nie so nett wie jetzt. Er war bei der Entbindung anwesend. Ich glaube nicht, daß ich mir das damals gewünscht hätte, den Vater dabeizuhaben, obwohl ich sehr, sehr einsam war. Aber diese totale Nähe, noch dazu bei einem Ereignis, das eine Frau in diesem ungeahnten Maße aufbricht, das sie ganz und gar zum Weib, zur Kreatur macht, bar aller äußerlichen Hilfsmittel und der üblichen Portion Selbstkontrolle, hätte mich wohl eher geängstigt.

Bettina sieht aufgedunsen aus. Sie hat ein blaues Auge und geplatzte Äderchen auf den Wangen. Während wir den ersten Ansturm der Rührung überstehen, lächelt sie vorsichtig. Ich hauche einen Kuß auf ihre weniger lädierte Wange, Lothar tut dasselbe und sagt: »Ach, Weibi, mein schönes Weibi . . .«

»Da ist er«, sagt Bettina.

Mein Enkel liegt in einem Babykorb: Er ist winzig, viel winziger, als ich die winzigsten Babys in Erinnerung habe. Ich schlucke mehrmals. Dieser Winzling beansprucht seinen Platz im ungeheuren, unfaßbaren Weltgetriebe.

»Sie machen hier *Rooming-in*«, erklärt Bettina. »Jedenfalls tagsüber darf man sein Baby bei sich behalten.«

Hans, Lothar und ich stehen um den Babykorb herum. Wir sehen von Sascha einen blanken, hübsch gewölbten Hinterkopf, auf dem die Saugglocke einen zusätzlichen blauroten Hügel aufgeworfen hat, sowie ein Stückchen schiefgedrückter Wange samt gleichfalls schiefgedrücktem Näschen. Es ist eine schwere Entbindung gewesen, erfahren wir von Hans, der nun seine Helfer- und Heldenrolle näher erläutert. »Nahe am Kaiserschnitt!«

Sascha ist nur dünn zugedeckt, und er liegt auf dem Bauch.

»Hoffentlich erstickt er nicht«, gebe ich zu bedenken.

»Die Babys hier liegen auf dem Bauch, *damit* sie nicht ersticken, Mutti«, sagt Bettina mit einem tapferen Anflug von Kompetenz.

»Ich mußte dich damals alle zwei Stunden von einer Seite auf die andere drehen, das weiß ich noch genau. Eine Nachbarin hatte es ständig vergessen, deshalb lag ihr Kleiner meistens in seiner Lieblingsstellung, der königlichen Rückenlage. Er bekam einen platten Hinterkopf. Wir nannten ihn deswegen ›Camembert‹, aber es hat sich später verwachsen.«

Du lieber Himmel, was rede ich bloß? Ich bin so bewegt. Ich kämpfe mit den Tränen.

»Hier denkt man, die Babys könnten an Erbrochenem ersticken. Gefällt er dir, unser Sascha?«

»Er ist ein Wunder. Die Sonne hat einen Freudensprung gemacht, da bin ich sicher.«

Lothar fotografiert Saschas Hinterkopf. »Er hat ein dünnes Hälschen, ist das in Ordnung?« fragt er.

»Er wiegt drei Kilo«, meldet Hans, »aber er ist der schlanke Typ, mein Vater war so lang und schlank.«

»Er hat Füße wie ein Yeti, aber Hände wie ein künftiger Pianist«, stellt Lothar fest. Es ist schrecklich, wieviel Unsinn gerührte Menschen von sich geben.

Die Schwester betritt den Raum, unseren Strauß aus Vergißmeinnicht und Akelei hat sie in einer hinfällig wirkenden Blumenvase verstaut.

»Wann bekommt er denn etwas zu trinken?« erkundige ich mich.

»Fürs erste gar nicht. Allenfalls ein wenig Tee. Es dauert eben seine Zeit, bis bei Erstgebärenden die Milch einschießt.«

»Er wird verhungern! Er ist so dünn!«

Die Schwester wirft mir einen hochglanzgestärkten Blick zu, den Blick für lästige Verwandte, speziell für nervtötende Großmütter, nehme ich an. »Die Natur hat es schon so eingerichtet, daß Säuglinge nicht gleich verhungern.«

Ich möchte sie ohrfeigen, beschließe aber, ihr statt dessen nachher eine ansehnliche Summe zuzustecken, für Kaffee im Schwesternzimmer, werde ich sagen.

Wir betrachten Sascha, seine erschütternde kleine Kerbe, dort, wo eigentlich ein speckiges Babyhälschen sein sollte. In diesem Augenblick hebt er seinen Kopf an, legt ihn in den Nacken und dreht ihn auf die andere Seite, so daß die kleine Nase nun am anderen Flügel gedrückt wird.

»Er ist willensstark«, vermutet Lothar, »willensstark und erfinderisch.«

»Das können sie alle«, sagt Schwester Hildegard.

Sascha lutscht laut an seiner kleinen Faust und schnauft durch die gedrückte Nase. Ob ich ihn hochnehmen darf? Ich frage lieber gar nicht. Schwester Hildegard mahnt, Mutter und Kind seien durch die schwere Entbindung erschöpft und brauchten nun ihre Ruhe.

Lothar und ich hauchen Bettina Küßchen ins verwüstete Gesicht und gehen. Hans erwartet noch seine Mutter. Draußen atme ich tief die schwüle Luft ein. Wann in meinem Leben habe ich mich so unendlich, so überreich beschenkt gefühlt? Für dieses Glück habe ich nicht einmal arbeiten müssen. Ich habe einen Enkel. Sascha. Und kein Wort mehr von Nepomuk.

Dies war vielleicht das letztemal, daß Lothar und ich als Paar gehandelt haben. Wenn schon. Ich lasse mich von ihm an der Kirche absetzen. Natürlich kann man überall beten. Doch diesen Dank möchte ich stilvoll abstatten.

Am nächsten Tag kann Bettina noch immer nicht stillen, aber einer anderen Schwester haben Mutter und Kind leid getan. Sie hat Sascha schon ein bißchen Tee und sogar etwas Milch eingeflößt. Trotzdem kommt er mir beinahe noch dünner vor.

Heute darf ich ihn halten. Meine Hände sind riesengroß und ungeschickt. Ich lächle Sascha an. Er macht Fratzen, ganz offensichtlich versucht er etwas mit seinen Gesichtszügen auszudrücken. Dann lächelt er. Nein, ich lasse mir das nicht ausreden. Er hat mich angelächelt.

Lothar ist nicht mitgekommen. Ich glaube zu wissen, wo er ist, oder zumindest, mit wem er zusammen ist.

Hans berichtet, seine Mutter hätte gestern gesagt, sie habe bei allen vier Kindern so viel Milch gehabt, daß sie abpumpen und davon abgeben konnte. Betti sei darüber böse geworden. Warum bloß? Warum, mein Schatz? Er streichelt ihre Hand und ihr Gesicht, das heute nicht mehr geschwollen ist, aber nun eine grüngelbe Tönung angenommen hat.

Eigentlich dürfen junge Mütter bereits kurz nach der Geburt aufstehen, doch Bettina braucht eine längere Schonfrist. Ich bin sehr besorgt. Zu Hause sitze ich auf dem Bettrand und weine. Ich bin allein. Sogar Asta ist fort.

Am dritten Tag, wie in allen Märchen, hat sich das Blatt

gewendet. Ich komme in das Klinikzimmer. Bettina wikkelt ihr Kind gerade. Sie sieht wieder hell und hübsch aus. Um die noch etwas füllige Taille hat sie den roten Morgenrock schon optimistisch eng gegürtet. Das schönste Baby der Welt strampelt, fuchtelt mit den Ärmchen und blubbert vor sich hin. Schwester Hildegard hat Bettina zwar erwischt, als sie Sascha etwas Milch aus der Flasche gab. »Sie werden auf Ihrer Milch sitzenbleiben«, hat sie gesagt. »Säuglinge, die Flasche bekommen haben, sind zu bequem für Brustnahrung geworden.« Schwester Allwissend hat sich, zum Glück für uns, geirrt. Entspannt legt Bettina ihren Sohn an die Brust. Er schmatzt und schluckt. Die Fäuste gegen das warme Fleisch gedrückt, erobert er Nahrung, Kraft, Geborgenheit und seine Mama.

Die andere junge Frau im Zimmer hat auch einen Sohn bekommen. Beide Mütter wissen genau, was sie wann von ihrem Baby erwarten sollen. Sie sind gerüstet nach der Lektüre etlicher Sachbücher: »Das normale Kind – Vom 1. bis 6. Monat« etwa. Aus Büchern erfahren sie jetzt schon, was ihr Kind in welchem Alter können sollte. Nun beobachten sie: Müßte Baby schon sitzen können, lächeln, »Mama« sagen, eigenhändig Breichen essen, mit dem Brummkreisel spielen?

Ich biete Bettina meine Hilfe an für die erste Zeit bei sich zu Hause. Sie sagt, nein, das kriege ich schon in den Griff. Hans werde Urlaub nehmen, seine Mutter fährt zurück nach Berlin, Hans und sie hätten schon alles besprochen, danke, Mutti, ganz lieb, aber nicht nötig.

Ich bin nicht sehr patent und hätte sicher keine gute Figur gemacht, deshalb fühle ich mich wider Willen erleichtert, aber trotzdem auch gekränkt. Überflüssig.

Der Brief vom Anwalt kündigt mir, wie erwartet, die Scheidung an. Ich sollte eigentlich zu demselben Anwalt gehen, aber das tue ich nicht. Es steht finanziell zuviel auf dem Spiel. Ich bin glücklich über meinen Enkel, und doch habe ich zunehmend Fluchtgedanken. Es tut weh, so endgültig verlassen zu werden. Bisher, merke ich, war der Gedanke an Scheidung für mich immer noch ein Spiel. Jetzt ist daraus Ernst geworden.

Ich werde hier Wohnrecht behalten. Das Haus läßt sich aufteilen, wenn man nur will. Das werdende Kind von Lothar muß ich verkraften. Aber jetzt will ich einen Bronzo wiederhaben. Ich telefoniere mit Krenek. Natürlich, sagt er, und wir einigen uns über den Preis. Der Guß ist das teuerste an einer Plastik.

Noch liegt die »Leiche« im Keller, eine hohle, in Stücke zersägte Gipsfigur, unansehnlich und doch Träger des schöpferischen Funkens. Daß Lothar einen neuen Bären gießen lassen will, geschieht gewiß nicht mir zuliebe, auch nicht aus sentimentalen Gründen. Wenn er eine Plastik geschaffen hat, ist sie für ihn erledigt. Doch der Bär ist zu seinem Markenzeichen geworden. Mit dem Modell der Plastik wird auf Ausstellungen geworben. In jeder Vernissage hing bisher das Poster mit dem Foto von Bronzo im Butterblumenfeld, das ich fotografiert habe.

Meine Fotos sind gut, obwohl ich nie eine Ausbildung gehabt habe. Eine Galerie bot mir vor Jahren schon an, eine Vernissage mit meinen Fotos zu machen. Aber erstens war ich damals zu stark mit Lothars Karriere beschäftigt, zum anderen ertrug ich Lothars heiteren Hohn nicht, den er meiner »Knipserei einer fleißigen Hausfrau« entgegenbrachte. Mein Œuvre war außerdem zu spärlich, und irgendwie hing alles wohl auch mit meinem unterentwickelten Selbstbewußtsein zusammen. Es war vor der Yogazeit. Inzwischen tut es mir leid, daß ich es nicht gemacht habe. Es war eine Chance, und sie ist vorbei.

Morgens wird die zersägte Plastik abgeholt. Ich bin oft genug bei Krenek gewesen, um ungefähr das Rezept für den Guß zu kennen: Die Stücke werden zusammengesetzt und mit einem Mantel aus Ton umgeben. Den Ton bedeckt eine Wachsschicht. Darüber wird nochmals Ton aufgetragen. Stifte fixieren den Zwischenraum. Durch einen Schornstein fließt später, wie warme Sülzmasse in eine Pastete, die heiße, flüssige Bronze und verdrängt so das schmelzende Wachs, das durch eine Öffnung abfließt.

Nach der Zeit des Erstarrens werden Mantel und Futter weggeschlagen, und die Politur, auch sie ein diffiziler und variabler Akt, gibt den letzten Schliff. Der Künstler hat sein Werk fremden Händen anvertraut, es einem Handwerker ausgeliefert, das ist nicht unproblematisch. Aber Lothar weiß, daß Krenek, das »Arschloch«, der »Wucherer«, ein As ist.

Bettina verläßt die Klinik mit Sascha, den sie mit viel Sinn für Gerechtigkeit in ein Jäckchen von Oma Ada und Höschen und Schuhchen von Oma Gerlinde gekleidet hat. Er liegt in einer Art Einkaufstasche und nuckelt laut an seiner Faust. Hans trägt ihn. Oma Gerlinde ist schon wieder nach Berlin zurückgekehrt, wo sie als Archivarin arbeitet. Ich fotografiere den Auszug des kleinen Königs und bin schon wieder sehr gerührt.

Bettinas Bluse ist vorn naß von ihrer Milch. Alles ist jetzt in Ordnung, und sie sieht wieder hübsch und schlank aus. Wir umarmen uns. Meine Tochter. Meine Tochter und mein Enkel. Lieber Himmel! Also, wenn ich jetzt nicht glücklich bin, habe ich kein Talent zum Glücklichsein. Auf Wiedersehen, ruf mich an! Übernimm dich nicht. Die Putzfrau muß täglich kommen, hörst du? Auf Wiedersehen, Hans, gib gut auf die beiden acht. Schätzchen, lach deine Oma doch mal an ... dududu ... nein? ... Er schläft, guck mal, er schläft ... Babys drücken das Niveau einer Unterhaltung unweigerlich auf ihr Niveau. Ich denke, daß Sascha mein ganzes Glück ist.

Zwei Tage später kommt ein Fernsehteam, das mit Lothar einen Beitrag für eine Kultursendung machen will. Auf seinen Wunsch mime ich noch einmal die glückliche Gattin des Künstlers, bin Heimstatistin im Dirndlkleid. Sie kommen zu sechst, die Reporterin, ein Kameramann, ein Tonmann, ein Beleuchter, ein Kabelschlepper und ein Volontär. Es dauert fast zwei Stunden, bis sie ihre Kabel von den Steckdosen aus verlegt, die Scheinwerfer und die Kamera plaziert und die vorgesehenen Gänge mit der Handkamera festgelegt haben. Lothar und ich werden mit winzigen Knopf-Mikrofonen bestückt. Ich habe mich selbst geschminkt. Sein Gesicht wird von der Reporterin eigenhändig bräunlich abgepudert.

Lothar sieht geradezu urig aus, mit aufgeknöpftem kariertem Hemd zu Lederhosen. Es ist nicht zu leugnen, daß sein Bäuchlein weg ist, wahrscheinlich als Folge beflügelnder Liebe. Er dampft geradezu Charisma und Sex aus. Das nächstemal kann Melanie das hier durchziehen.

Lothar ist sehr geduldig. Jeder Gang durch das Atelier wird vorher genau festgelegt, der Stuhl, auf dem er später, beim eigentlichen Interview, sitzen wird, ist sorgfältig ausgeleuchtet worden, der Volontär muß als Lichtdouble herhalten.

Der Künstler erläutert der Frau, die so resch und forsch und selbstbewußt auftritt, wie ich immer gern sein wollte, einmal mehr seine Werke und Intentionen, das kann er inzwischen sicher im Schlaf. Dann werde ich nach meinem Lieblingswerk gefragt, und ich verkneife mir artig jeden Hinweis auf den fehlenden Bronzo. Lothar hatte zu Anfang erklärt, die Plastik werde überholt, und ich sage, daß Bumpi draußen mein Liebling ist. Sie lächelt nachsichtig, na ja, ein Faun, recht vordergründig, aber für eine einfache Ehefrau ganz hübsch.

Asta zeigt sich wieder von der besten Seite. Hunde haben tatsächlich eine starke schauspielerische Begabung, wie Kinder auch, und Asta spielt zeitweise beinahe ihr Herrli an die Wand. Ein Star. »Guten Morgen, gnäd'ge Frau, Ihre Augen sind so blau.«

Und auch ich, in aller Bescheidenheit gesagt, bin gar nicht übel. Ich bin schließlich daran interessiert, daß der Fischer nicht wie im Märchen irgendwann im Pißpott landet: »Miene Fru, de Ilsebill, will nich so, as ick woll will«.

Nachher sitzen wir alle um den Tisch herum. Ich serviere Pizza, und Lothar schenkt Wein und Schnaps ein. Stunden sind vergangen. Die Sendung wird etwa zwölf Minuten lang sein.

»Ein herrliches Anwesen habt ihr«, schwärmt die Fernsehtante. Heutzutage sind sie immer alle gleich per du.

Sie wendet sich kameradschaftlich an mich. »Sicher gar nicht so einfach, mit einem Künstler verheiratet zu sein, denke ich mir. Oder?«

»Ach«, sage ich, »ich erhole mich von Zeit zu Zeit. Morgen fahre ich zum Beispiel nach Spanien.«

»Toll. Und wohin da?«

»An die Costa del Sol.«

Lothar sagt: »Meine Frau besitzt dort ein Haus.«

Ich falle beinahe vom Hocker. Er weiß es! Wahrscheinlich hat er es die ganze Zeit über gewußt.

»Ein Häuschen«, sage ich, »groß genug für eine erschöpfte Künstlerfrau, aber zu klein für die Mischpoke.«

Alle lachen. Ich auch. Der Entschluß steht fest: Morgen reise ich, wenn ich noch einen Flug kriege. Ich freue mich auf mein Häusli. Der Sommer ist noch lange nicht zu Ende.

5

Wenn wir während der Schulzeit in der Turnstunde Baseball gespielt hatten, war es manchmal geschehen, daß ich, just hoffnungsvoll zum Lauf um das Feld gestartet, unterwegs »gekillt« wurde und ausscheiden mußte. Die Partie hatte noch gar nicht richtig begonnen, und ich war draußen. Noch immer kommt bei dem Gedanken daran ein Nachhall jener Enttäuschung auf, die mich dann packte. Ja, dieses »Draußensein«, das »Totsein« vor der Zeit hat für mich gleichnishafte Bedeutung erlangt.

Das Gefühl stellte sich ein, als ich meine Villa Ada wieder betrat. Alles zu Ende: Uta würde enttäuscht von mir sein, Reginald sich abgewandt, der schwarze Riese sein Gastspiel hier längst beendet haben. Und Angelo war sicherlich weiter auf der Flucht – ein Heiliger. Der heilige Angelo.

Die Natur jedoch gab immer Halt und Trost, darauf konnte ich mich verlassen. Sie vergalt mir meine geringen Bemühungen überreichlich. Ich tauche gern ein in diese Verbundenheit und glaube, daß der Mensch so seinem Schöpfer am nächsten ist. Ich bin auch gern allein, doch zuweilen braucht man Menschen.

Ich rufe bei Bettina an und achte genau auf den Klang ihrer Stimme. Selbst wenn sie beteuert, es gehe ihr gut, verrät ihre Stimme mir manchmal das Gegenteil. Diesmal klingt sie fröhlich.

»Robi hat mich besucht. Er war gerade geschäftlich in Japan, als Sascha geboren wurde. Stell dir vor, er hat unserem Baby fünftausend Mark geschenkt. Und mir zweitausend.«

»Na fein. Schließlich ist er der leibliche Vater und Großvater. Und es trifft ja keinen Armen.«

Ich gönne ihnen das Geld. Aber es kränkt mich, daß Robert sich auf so simple Weise bei Bettina beliebt machen kann. So war es schon immer. Manchmal hatte ich ihn allerdings auch selbst angerufen: »Häuptling Poking Fire« – das war einmal ein Kosewort für ihn –, »solltest du nicht etwas zu Bettinas Reiterferien beisteuern?« Es war die einfachste Form der Vaterliebe, die sich immerhin gelegentlich abrufen ließ.

Er hatte ihr nie den Kopf gehalten, wenn sie sich übergab, war nicht mit ihr beim Zahnarzt gewesen, hatte nicht die Schrecken kleiner Unfälle und schlimmerer Verletzungen miterlebt, nicht niedergeschlagen langwierige Schularbeiten überwacht, war nicht vor Lehrerinnen gekrochen, um sie milde zu stimmen angesichts dieser allen Ermahnungen unzugänglichen schwachen Schülerin. Bettinas erste überwältigende Verliebtheit und dann der Sturz in die tiefe Enttäuschung des Verlassenwerdens und meine Hilflosigkeit und mein Mitleid, das alles hatte Robert nicht kennengelernt.

Er war wohl auch für seine ehelichen Kinder kein besonders präsenter Vater. Bettina kannte ihn als spendablen Traummann, der vor Weihnachten mit ihr ins Kino ging, als sie noch klein war, und sie später einmal zum Essen in ein elegantes Restaurant ausgeführt und einmal persönlich zum Reitunterricht angemeldet hatte. Er schenkte ihr Geld, und sie bewunderte ihn.

»Wie geht's dir, mein Schatz?«

»Ganz gut, Hans hilft mir, so gut er kann. Sascha ist gesund, hat aber oft furchtbares Bauchkneifen. Das ist normal in dem Alter, aber er schreit so fürchterlich, das nervt. Besonders nachts.«

»Kriegst du denn überhaupt genug Schlaf, mein Kind?«

»Ja, ja. Mach dir keine Sorgen, Mamilein.«

Ich möchte ihr gern noch etwas sagen, das ihr Kraft gibt. Wie immer habe ich das Gefühl, nicht genug zu tun. Wir reden noch ein bißchen, dann legen wir auf. Ich sage mir, daß es keinen Grund zur Beunruhigung gibt. Nächstesmal werde ich dem Kleinen das Schaukelpferd schenken.

Ich zeige nicht, daß ich wieder da bin. Noch möchte ich das Spiel nicht wiederaufnehmen. Keine Begegnungen, keine Abhängigkeiten und Erschütterungen, kein Sex.

Trotzdem beunruhigt mich allein die Nähe von Wilcoxens. Die sind da. Ich spüre es. Uta ist da, Reginald ist da, Angelo ist sicher auch da, doch das stört mich nicht. Bei ihm bin ich die Jägerin und er ist der Gejagte. Aber Uta und Reginald sind unkalkulierbar. Sie bestimmen den Kurs, und ich reagiere auf sie. Ich weiß auch nicht, ob sie spielen oder es ernst meinen mit dem Ehezirkus, den sie vorführen.

Ich habe ein Aquarell mitgebracht, das ich schon früher ersteigert hatte und sehr mag: »Schwarzer Mond«, expressionistisch, melancholisch, düster und poetisch, von Vorahnung geprägt. Der Künstler ist sehr jung im Zweiten Weltkrieg gefallen. Eine Mauer teilt die Fläche in zwei Stimmungen auf, die Geborgenheit drinnen und die bedrohliche Nacht draußen. Als ein Teil der Mauer erscheint der Schatten eines Mannes. Als ich das Bild einpackte, dachte ich an Uta und Reginald. Es ist sehr gut möglich, daß ich es ihnen schenken werde.

Im Haus hinter meinem singt laut die Putzfrau. Kurtchen und seine Mutter scheinen abgereist zu sein. Sicher lebt sie noch, wird ihm zuliebe durchhalten.

Jetzt beginnt die *dama de noche* die ersten Duftwellen zu verströmen. Es ist ein Wunder, daß diese unscheinbaren grünlichen Blütenstände so intensiv lieblich duften. So ein Parfüm würde das reine Aphrodisiakum sein. Ein ganz leichter Unterton von Verwelken und Verwesen, und darüber diese betörende Süße. Wunderbar. Ich schwelge. Ich strecke mich auf der Liege aus, schaue hoch zu den Sternen und genieße es, daß ich mich so sehr darüber freuen kann.

Der Duft der *dama de noche* kündet den Herbst an, der

hier an der Costa del Sol als wunderschöner verlängerter Sommer auftritt. Eine leise Melancholie liegt abends über dem Land. Morgens ist sie vergessen. Die Sonne strahlt, das Meer ist warm, der Sand beißt heiß in nackte Füße. Der *dama*-Duft wird von Küchengerüchen abgelöst: Knoblauch, gebratener Fisch. Rosen allemal dazwischen.

Pedro und sein Sklave Rafael haben wieder zu wenig gewässert. Der Rasen ist braun gesprenkelt, und einige Büsche sind nahezu vertrocknet. Ich sammle welke Blüten und verdorrte Blätter und Zweige ab. Ich denke an Uta und Reginald, doch ich will sie nicht sehen, scheue davor zurück, mich erneut auf ihre unvorhersehbaren Handlungen und Reaktionen und auf meine unkontrollierbaren Gefühle einzulassen.

Plötzlich sind sie da. Sie bummern ans Tor, ich lasse sie herein, sie umarmen und küssen mich, beinahe gleichzeitig, und meine Reserve ist dahin, Schnee in der Sonne, total veränderte Stimmung, als sei trübselige Dämmerung schlagartig durch hundert blitzende Kristalleuchter erhellt.

Sie wirken heiter und gelöst. Ein glückliches Paar. Reginald legt noch einmal die Arme um mich.

»*Hello*, Ada!«

Uta hat eine Flasche Rotwein mitgebracht, um deren Hals herum viele Origami-Schwäne fliegen. Sie sagen, daß sie mich sehr vermißt haben, und ich beteuere, bei mir sei es dasselbe gewesen. Aber stimmt das denn? In Stroppenau habe ich eigentlich gar nicht an sie gedacht. Räumliche Entfernung, andere Prioritäten. Sie sind am selben Ort geblieben, mehr kann ich dazu nicht erfahren. Jedenfalls freuen wir uns jetzt alle drei. Ist das nichts?

Ich schaue Reginald verstohlen an. Trotzdem fängt er meinen Blick auf, erwidert ihn. Der gelbe Blitz verfehlt seine Wirkung. Ich denke: *Ach, der?!* Und dann kränkt es mich doch, in seinem Blick die gleiche Reaktion zu entdecken: *Ach, die?!*

Seine Stimme, gewiß, sie schmeichelt sich in meine Ohren. Wir lehnen in der Pergola auf den weiß-blauen Polstern. Ich bringe Wein und Brot, das ich mit Tomatensaft und Olivenöl getränkt habe. Allmählich weicht das Großmuttergefühl aus mir. Ich bin wieder Ada, Frau und unzerstörbares Kind.

Spontan hole ich das Bild »Schwarzer Mond« und drükke es Uta in die Hand.

»Hab' ich euch mitgebracht. Für euch beide.«

Ich schenke gern. Das ist seltsam: Meist rechne ich mit dem Pfennig, spare die Putzfrau ein und fahre Bus statt Taxi, maloche im Garten, streiche die Wände und weiße die Mauern selber und verlege sogar Fliesen auf der Terrasse. Aber mit Geschenken bin ich großzügig, kann mich kaum zurückhalten, um die Freude zu sehen. Vielleicht will ich mir damit Wohlwollen, ja Liebe erkaufen. Ein Streich des Unterbewußtseins.

Uta nickt, eher höflich als strahlend. Ich nehme das Gemälde noch einmal in die Hand und trete zwei Schritte damit zurück.

»›Schwarzer Mond‹«, sage ich. Gern hätte ich etwas passend Poetisches deklamiert, aber schon schleicht sich die Enttäuschung ein. Sie freuen sich ja gar nicht?

Reginald fragt wahrhaftig: »Schwarz? Ja, hast du denn schon jemals einen schwarzen Mond gesehen?«

»Das Bild gibt eine Stimmung wieder. Es wendet sich an

das Unbewußte. Im Traum kann man den schwarzen Mond sehen. Und schaut mal, wie wunderbar die Aufteilung ist, Wärme hier und Unbehaustsein dort. Und wie die Farben aufgetragen sind, die Fläche wirft in sich Schatten, seht mal, hier . . .«

Die Interpretation von Kunstwerken will ich mir eigentlich abgewöhnen. Viele Jahre lang habe ich das trainiert, als Verkaufsgespräch sozusagen. Die leeren Mienen von Beamten und Geldleuten haben mich dabei kaum gestört. Diesmal ist es anders.

Ich fürchte, daß ich in Gestalt meines Verehrers Reginald, der möglicherweise, wenn nicht sogar höchstwahrscheinlich, der letzte Verehrer meines Lebens ist, einen waschechten Banausen vor mir habe. Und Banausen kann ich eigentlich nicht leiden.

»Gefällt es euch nicht?« frage ich mit letzter Hoffnung. Ich trenne mich ungern von Vorlieben und guten Gefühlen.

Reginald hat wieder sein bockiges Gesicht.

»Es ist ungewöhnlich«, erklärt er, und deutlich schwingt im Unterton das Wörtchen »Scheiße« mit.

Uta schlägt sich auf meine Seite:

»Er mag britische Pferdemaler, den ›Mann mit dem Goldhelm‹ und Hummel-Figuren. Mir gefällt es.«

»Dir gefällt es, weil dir alles gefällt, was mir nicht gefällt.« Reginald zieht unbritisch heftig die Pfeife aus der Hemdtasche, stopft sie, pafft wild.

»Was macht der Teich?« Ich versuche, tief atmend, mein seelisches Gleichgewicht wieder herzustellen.

»Die Frösche sind abgehauen«, sagt Uta. »Denen stinkt es bei uns. Ich glaube, Reginald pinkelt heimlich ins Wasser.« Ihre Augen blitzen. »Er hat bis zum vierzehnten Jahr ins Bett gepinkelt. Seine Mom war zu streng. Im Internat gab es deshalb viele Strafen und keine Freunde. Das kann man doch ruhig erzählen, Darling.«

Es klingt haßerfüllt. Ich bin ein wenig schockiert.

Er sagt dumpf: »Meine Mutter war eine wunderbare, stolze und schöne Frau. Sie liebte mich, hatte aber wenig Zeit, sich um Kinder zu kümmern, weil sie sozial stark engagiert war. Für viele Menschen war sie eine Wohltäterin. Sie wurde verehrt und bekam Artikel in den Zeitungen, die ihren Einsatz würdigten.«

»Für dich war sie jedenfalls keine Wohltäterin. Weißt du, Ada, daß unser Regi heimlich Schals und Deckchen häkelt, wie seine Mom? Wir stiften sie immer für den Wohltätigkeitsbasar in Fuengirola. Alle denken natürlich, ich hätte sie gemacht, dabei kann ich gar nicht häkeln.«

»Ja, Schwäne aus Papier sind alles, was du kannst. Du schaffst es doch nicht einmal, regelmäßig Gitarre zu üben.«

Er klopft die Pfeife aus und fixiert den »Schwarzen Mond«.

»Weißt du, Ada, das Bild, ich weiß die *Geste* zu würdigen, und dafür danke ich dir sehr.«

Mir ist zum Heulen zumute. Genau in diesem Augenblick überkommt mich auch noch eine Hitzewelle, die erste einer Serie, die in der nächsten Zeit folgen wird. Sie rauscht durch meinen Körper, läßt feuchte Achseln zurück, brandet ins Gesicht, ich fühle deutlich, daß ich rot werde, die Haarwurzeln stellen sich steif auf.

Dann ist es vorbei. Meine Knie sind weich, die Augen feucht, der ganze Körper fühlt sich an wie zu heiß gebadet. Roh und überempfindlich. Bald werde ich mich nicht mehr über die monatliche Schweinerei beklagen müssen. Nie mehr. Nie mehr, das wird jetzt in meinem Leben ein fester Posten werden. Ich nehme mir vor, gegen jede Falte zu kämpfen. Und ich will mir Östrogen besorgen. Hätte ich längst tun müssen.

Altersflecken, pfui Teufel! Weiche Knochen, Witwenbuckel und Hängebusen, o Gott, o Gott!

Aus dem Stand werde ich wütend.

»Als nette Geste war das Bild zu teuer. Ihr müßt es wirklich nicht nehmen.«

Uta sagt: »Aber ich nehme es sehr gern. Es wird über dem Sideboard hängen, anstelle dieser malayischen Tuschearbeit. Und wenn du unbedingt den künstlichen Kamin willst, Darling, dann stell ich ihn neben dein Bett.«

»Du bist herrschsüchtig«, murmelt Reginald.

»Das hättest du gern, nicht? Er hat mich geheiratet, weil ich stark bin. Seine erste Frau hat in dieser Hinsicht versagt.«

Ich bin verlegen. Sie ziehen mich in ihren Kampf hinein. Das will ich nicht.

»Du bist doch stark, Uta.«

»Ich bin aber keine Mutti. Und schon gar nicht Reginalds Mom.«

Er erhebt sich und läßt sich von den Strängen des Himmels zum Tor tragen. Ich laufe ihm nach.

»Reginald, es war doch nur Spaß!«

Er schüttelt den Kopf. Weltuntergangsmiene. Dann steckt er mir blitzschnell einen Zettel in die Hand. Er geht. Ich lasse das Papierchen wie eine Taschenspielerin in meinen Shorts verschwinden. Warum? Ja, warum tue ich das?

Uta sagt: »Laß dich bloß nicht von ihm täuschen. Er tut wie ein unschuldiger Knabe, aber er ist ganz schön ausgekocht. Du kannst dir nicht vorstellen, was er sich alles ausdenkt, um mich zu reizen. Wenn er seine Affären hat, tut er wunder wie verliebt, aber es steckt nur sein Drang nach Selbstbestätigung dahinter, nichts weiter.«

Soll das eine Warnung an mich sein?

»Das Casanova-Syndrom?« frage ich.

»Er sucht die unnahbare Frau, das ist echt daran. Seine Mutter eben. Aber wenn er die Frau hat, will er sie nicht mehr.«

»Ein verbreitetes Übel.«

»Nicht lustig. Auch nicht für mich. Mir reicht's.«

»Ach, Uta, alles war doch so schön.«

»Natürlich. Vielleicht können wir es retten. Ich bin leider nicht gut drauf. Werde immer magerer, vor allem im Gesicht. Ich muß mir Östrogenpillen besorgen.«

Warum sage ich nicht: Du, ich auch? Warum ist meine Generation so verklemmt und zugeknöpft? Oder bin nur ich so? Liegt es an meiner Erziehung? Ich kann »bumsen« und »Scheiße« sagen, liege barbusig am Strand, erzähle manchmal einen schweinischen Witz, bin ein Vulkan im Bett und kenne Cunnilingus und ein bißchen Fellatio aus eigener Erfahrung. Aber wenn es mir ans seelische Leibchen geht, kriege ich den Mund nicht auf. Ich bringe auch das Wort nicht über die Lippen, das Dichter kaltblütig verwenden, das an Hauswände geschmiert steht und das jedes Schulkind kennt.

Uta und ich unterhalten uns statt dessen über Zimmerpflanzen, Gartenpflege, ein Lokal, in dem die Absolventinnen einer Flamenco-Schule auftreten, Richard Gere, Video-Recorder und die Kunst, bei einer Paella die Flüssigkeit für den Reis richtig zu dosieren.

Als sie geht, zwischen Tor und Angel, sagt Uta: »Übrigens, er ist nicht besonders im Bett. Alle Briten sind lausige Liebhaber.«

Wir küssen uns. Kaum habe ich das Tor hinter ihr geschlossen, lese ich Reginalds Botschaft. Ein schlichter Befehl:

»Morgen 11 Uhr, Einfahrt Don Carlos. Love R.«

Ich bin unangenehm berührt. Wofür hält er mich? Keinesfalls werde ich hingehen. Mache ich den Eindruck, als hätte ich's so nötig?

Nun, ich habe es nötig. Mit zwanzig kann man theoretisch jeden haben, den Achtzehnjährigen so gut wie den Siebzigjährigen. Mit den Jahren schrumpft das Feld. Mit Fünfzig ist es dünn. Ich mag mich nicht trennen von den gelben Blicken. Das Spiel ist so belebend. Trotzdem mißfällt mir diese Eindeutigkeit eines Rendezvous.

Es gibt diese Beschreibungen in Opernführern: Dumpfe Hörnerklänge kündigen das nahende Verhängnis an. Mein Gemüt hatte bisher keinerlei Hörnerklang vernommen, aber nun wurde er lauter. Daß ich am nächsten Morgen um 11 Uhr in Fuengirola herumlief, statt am Treffpunkt Don Carlos zu erscheinen, war schon der Beginn einer grauen Strähne. Nachmittags erfuhr ich von dem sehr gesetzt auftretenden Angelo, daß Wolfi Piesecke tot war. Er hatte einen Herzanfall erlitten, ausgerechnet bei der Kosmetikerin. Mit einer Packung aus Kamille und Liposomen auf dem Gesicht. In der Klinik sei er schon tot angekommen. Frau Piesecke habe es ihm mitgeteilt, sagte Angelo. Sie habe ihn gebeten, mich zu benachrichtigen.

Ich war so bestürzt, daß mir die Tränen kamen. Angelo

nahm mich in die Arme. Bevor er mich wieder losließ, streifte seine rechte Hand zwischen meinem Busen und meiner Taille hinunter, als wolle er einen Schnelltest des Fettpolsters und der Straffheit der Haut machen.

»Ich hätte ihm gegönnt, daß er bei seiner Lieblingsbeschäftigung gestorben wäre, aber vielleicht war die Kosmetikerin ja auch gar nicht nur mit seinem Teint beschäftigt«, sagte Angelo ungewohnt frivol. Wider Willen mußte ich lachen. Es ist furchtbar, daß selbst echte Gefühle oft so unecht auftreten. Wir haben alle keine Übung darin, sie ganz natürlich auszuleben. Wir unterspielen. Wir sind cool. Wir sind hilflos, wenn es ernst wird.

Von Reginald hörte ich weder an diesem Tage noch am nächsten etwas. Ich bereute nun, daß ich nicht zum Treffpunkt gegangen war.

Die Septembertage leuchteten. Sie entfalteten meine Seele, wenn diese überschwengliche Formulierung ausnahmsweise erlaubt ist.

Die *dama de noche* hatte ausgeblüht und ihre winzigen Blüten auf den Rasen geworfen. Die Rosen setzten zur dritten Blüte des Jahres an. Die Sonne ging bei leicht dunstigem Himmel in einer Farbenorgie unter, ließ einzelne Wolken rot und lila erglühen. Nachts wurde es kühler. Manchmal wehte ein kräftiger Wind, dann grollte das Meer. Ich öffnete weit das Fenster im Schlafzimmer. Die Gitter schützten mich. Ich liebe es, bei Meeresrauschen einzuschlafen, ein Embryogefühl: Geborgenheit.

Morgens fingen die gelben Vorhänge das Sonnenlicht ein und gaben es an mich weiter. Ich machte meine Yoga-Übungen und versuchte, was mir unter Anleitung meiner Yoga-Lehrerin früher zweimal gelungen ist: das Bewußtsein zu bündeln und langsam, bei den Zehen beginnend, aus dem Körper herauszuziehen, bis er leer und schwerelos ist und der Geist zwischen Farben und Klängen schwebt. Ein Zustand, wie ihn Menschen beschreiben, die beinahe gestorben waren. Sagen Sie nicht, diese Erlebnisse hätten auf Hypnose beruht, nein, das glaube ich nicht. Aber allein konnte ich es bisher trotzdem nie schaffen.

Aina und Max Köster luden mich zum Paella-Essen ein. Alle würden kommen. Es sei ein Abschiedsessen, weil sie wieder für einige Zeit nach Dortmund fahren wollten.

Als ich auf meine Kiste kletterte, sah ich, wie Uta und Reginald gerade in ihr Auto stiegen. Sie lachten und wirkten glücklich. Uta sah mich und winkte. Er schaute weg. Obwohl ich Uta sehr gern hatte, gab es mir einen Stich.

In der Apotheke kaufte ich für Aina Köster ein hübsches Glas und ließ es mit Badeöl-Perlen in verschiedenen Farben und Formen füllen. Den Preis jeder einzelnen Perle sagte die Señorita dem Apotheker an, der ihn geduldig in seinen Computer tippte.

Ich freute mich nicht besonders auf das Essen, aber es war immerhin eine Abwechslung. Außerdem war es mir wichtig, dabeizusein, dazuzugehören. Allmählich war das Leben an der Costa etwas fad geworden. Ich las viel, doch früher hatte ich das mehr genossen. Das Glück stiller Lesestunden erreichte mich nicht mehr, und Handarbeiten machten mir nun gar keinen Spaß. Yoga wurde öde. Kopfstand wirkte nicht. Der Garten erfreute mich weniger als sonst.

Bettina war am Telefon heiter und fern. Sie ließ Sascha in den Hörer schniefen, was mich rührte und mit omahaftem Stolz erfüllte. Ich wollte nach Hause. Ich wäre so gern nach Hause gefahren zu Mann und Hund. Aber sie wollten mich ja nicht. Ich war deprimiert und überlegte, ob es eine typische Stimmung der Wechseljahre sein könne.

Abends sah ich im Fernsehen einen Werbespot für Damenbinden: Eine aufgekratzte Rothaarige wies die Binde vor und pries sie anschaulich an: Zwei Binden lagen nebeneinander, tintenähnliche Flüssigkeit tropfte auf beide, eine gepflegte Frauenhand mit langen, roten Nägeln drückte sie nacheinander platt, und siehe: Das gepriesene Modell hatte alles aufgesogen, während das der Konkurrenz klitschnaß war.

Mir war klar, daß sämtliche Binden- und Tamponreklamen der Welt sich nicht mehr an mich richteten. Ich brauchte keine mehr anzuschaffen. Der Rest würde reichen. Wie traurig. Es munterte mich überhaupt nicht auf, zu wissen, daß Niedergeschlagenheit zum Erscheinungsbild der Wechseljahre gehört.

Am nächsten Vormittag ging ich wieder zur Apotheke. Der Chef, der mir den Preis der Badepillen berechnet hatte, war da. Ich druckste etwas herum. Er lauschte freundlich meiner Erklärung auf spanisch, ich hätte meine Östrogenpillen in Deutschland vergessen und fühlte mich nun sehr schlecht. Er nickte und fragte anstandshalber, ob ich sie gut vertrüge, und ich versicherte, ich vertrüge sie ausgezeichnet – *muy bien!* –, und er verkaufte mir eine große Packung zu einem durchaus erschwinglichen Preis.

Ich eilte zur Villa zurück und nahm mit Herzklopfen meine erste Östro-Pille ein, der Beginn einer energischen Kampagne gegen das Altern, innerlich und äußerlich, an Leib und Seele.

Ich fühlte mich sofort besser und erschrak nur wenig, als am Tor gerüttelt wurde. Nach einem Blick in den Spiegel, Anschoppen der Haare und Auflegen von Lippenstift ließ ich Reginald ein. Er wirkte schon wieder völlig verbockt. Dabei sah er nett aus in einem Designer-Hemd, dunkelblau mit geblümtem Kragen, weißen Shorts und dunkelblauen Sandalen. Aus der Hemdtasche guckte der Kopf der unvermeidlichen Pfeife hervor.

Er legte mir die Hände auf die Schultern und erklärte spröde, er wolle nicht stören.

»Aber du störst mich gar nicht, Reginald. Im Gegenteil. Komm, setzen wir uns in die Pergola. Einen Whisky?«

»Ich soll nur fragen, ob du dich an einem Gemeinschaftsgeschenk für Kösters beteiligen willst. Uta hat eine Gartenlampe mit Solarbetrieb gesehen und meint, darüber würden sie sich freuen.«

»Natürlich mache ich mit. Ich habe mir schon den Kopf zerbrochen, was ich denn bloß mitnehmen könnte.«

Das stimmte überhaupt nicht, doch ich wollte Reginald günstig stimmen.

»Wie geht es Uta?«

»Sie hat mal wieder Kopfschmerzen. Hängt ihre Jahre an die große Glocke. Nicht leicht für mich, das kannst du mir glauben.«

»Männer haben auch Wechseljahre, wußtest du das? Der Hormonmangel soll sich im Gehirn niederschlagen. Aber sie nennen's *Midlife crisis* oder auch den ›zweiten Frühling‹.«

»›Zweiter Frühling‹, so ein Unsinn. Ich habe keinen ›zweiten Frühling‹. Aber du hast mich hintergangen, hast meine Gefühle verletzt. Ich wollte dir so viel geben . . .«

»Du hast mir einen Zettel in die Hand gedrückt. Ich bin nicht gekommen. Was hat das mit Hintergehen zu tun?«

Meine Stimme kickste ein bißchen. Ich war wütend.

»Du hast mir Liebe vorgespielt, Ada; ich wollte dich sogar heiraten.«

Er schob schmollend die Lippen vor und kniff die Augen zu Schlitzen zusammen, als hielte er Tränen zurück. Ich war wütend, sah aber auch die Komik der Situation. In dieser Mischung aus Ärger und Belustigung sagte ich: »Was redest du da? Du bist schon zum zweitenmal verheiratet. Ich habe noch einen Ehemann. Wir kennen uns ja kaum. Hör zu, Reginald, das ist doch nicht dein Ernst. Ich bin total überfordert. Was erwartest du eigentlich von mir? Ich mag dich sehr, aber ich dachte, dies sei eine Sache zwischen zwei erwachsenen Menschen. Ein Flirt ...«

Das hätte ich nicht sagen sollen. Doch ich konnte mich nicht bremsen. Meine Stimme klang laut und schrill, meine Augen wurden feucht. Rote Hitze stieg mir zu Kopf.

Reginald riß seine Pfeife aus der Hemdtasche und richtete sie wie einen Revolver auf mich.

»Ich hätte nie gedacht, daß du mich so beleidigen würdest. Ich hätte es wissen sollen. Du liebst mich gar nicht. Alles war Mache. Koketterie. Deutsche Frauen sind unaufrichtig. Eine Schottin würde niemals in dieser Weise mit den ehrlichen Gefühlen eines Mannes spielen.«

»Nun aber halblang. Was hat denn das mit Deutschland zu tun? Du willst mir doch wohl nicht weismachen, daß alles Schottische rein und klar wie ein Bergquell ist?«

Es war soweit. Wir wurden beide unsachlich und entfernten uns, wie alle Streitenden, weit vom Ausgangspunkt der Kontroverse. Reginald sprang auf und stieß gegen den Tisch. Die kleine Vase hielt stand, weil ich ihren Boden mit Steinen ausgelegt hatte, aber der Handschmeichler, eine Arbeit von Lothar, die zwei komplizierte Gebilde zu einer Kugel vereint, rollte auf die Fliesen und teilte sich. Es wirkte dramatisch und eine Spur symbolisch. Reginald klopfte die Pfeife aus, wir bückten uns beide nach der Plastik. Er wirkte wie ein gescholtener Knabe. Er rührte mich. Ich dachte an Utas Bericht, doch wollte ich keine wie auch immer geartete Mom für ihn sein.

Als ich nun doch Whisky und Wasser holte und ihn bat, sich den Drink selbst zu mischen, tat er es. Ich nahm auch einen. Den Friedenstrunk. Dann saßen wir schweigend da. Er rauchte. Nach einer Weile erhob er sich und schwebte zum Tor.

Ich sagte: »Laß uns noch einmal von vorn anfangen, Reginald.«

Er schüttelte den Kopf. »Alles, was ich dir gesagt habe, war wahr. Alles.«

»Das weiß ich«, log ich.

Ich öffnete das Tor. Er riß mich in die Arme und küßte mich heftig. Zwei Meter entfernt stand Uta.

»Hallo, Uta!« rief ich.

»Ich will gerade zum Strand.«

Dabei war sie wie für einen feinen Besuch angezogen. Sie wandte sich ab und schlug den Weg zum Wasser ein. Reginald nickte fortgesetzt wie eine Pagodenfigur. »Typisch. Das ist wieder typisch. Typisch.«

Ich zog mich in meine Festung zurück. Hatte ich nicht selber genug Probleme?

Ich machte meine Übungen und betrachtete mich danach im Spiegel, schaute mich im Profil an. War da eine Andeutung von Buckel zu sehen? Scheidungsbuckel gewissermaßen? Die Osteoporose – marschierte sie schon? Nein, die Verletzungen waren allenfalls seelisch.

Ich hatte gelesen, daß ein Viertel aller Ehen nach fünfundzwanzigjähriger Dauer geschieden werden. Der Kerl wollte dann die Alte nicht mehr. Er nahm sich eine Junge, ein Weibchen, das noch gebären konnte – wenn auch nicht unbedingt sollte, denn meist war ja schon Nachwuchs aus der ersten Ehe da. Nicht so leider bei Lothar und mir. Ich hatte Bettina. Die Neue bekam jetzt das Kind von ihm. Es war schmerzhaft, aber ich mußte damit leben.

Attraktivität und Fruchtbarkeit, wenn das die Kombination des weiblichen Sex-Appeals war, und alle Anzeichen sprachen dafür, so nahm ich nicht mehr am Rennen teil. Es war wie damals in der Schule beim Schlagballspielen.

Doch war es wirklich so?

Ich fand einen Brief im Kasten: die Aufforderung, in München zum Sühnetermin zu erscheinen. Die Post war wieder sehr lange unterwegs gewesen. Der Termin wäre für mich nicht mehr zu schaffen, selbst wenn ich gewollt hätte.

Ich rief in Stroppenau an. Schließlich waren Lothar und ich nicht verfeindet. Zivilisierte Menschen konnten miteinander reden, und mit wem sonst sollte ich über dieses Problem sprechen? Bettina hatte mit ihrem Baby und ihrer Ehe genug um die Ohren. Ich hatte niemanden, das wurde mir jetzt erst richtig klar. Ich ließ es lange klingeln. Niemand war zu Hause.

Abends rief Reginald an.

»Ist Uta bei dir?«

»Nein, Reginald, gar nicht hiergewesen.«

»Sie ist verschwunden.«

»Was? Seit wann?«

»Sie war einmal kurz hier, seit – äh – seit sie uns beide zusammen gesehen hat. Dann ist sie wieder fortgelaufen, ohne mit mir zu reden. Die Schublade mit den Tabletten ist leer.«

»O Gott!«

»Das besagt an sich gar nichts. Sie macht manchmal solche Sachen, um mich zu erschrecken.«

»Vielleicht ist sie bei Kösters?«

»Da habe ich schon gefragt.«

»Soll ich hinkommen und suchen helfen?«

»Nein. Sie würde ausrasten, wenn sie heimkäme und dich hier fände. Sie gibt sicher dir die Schuld. Ich will sie am Strand suchen.«

»Sagst du mir Bescheid, falls sie auftaucht?«

»Natürlich. Es ist furchtbar, *darling*. Ich liebe dich.«

Er hängte ein. Ich hatte offenbar wieder das Bummerl. Im Krimi würde sich nun herausstellen, daß der Ehemann seine Gattin ermordet hatte, um für seine Geliebte frei zu sein. Oder daß die Geliebte ...

Ich verbannte die Gedanken. Ich war nicht Reginalds Geliebte. Das hatte ich ihm vorhin deutlich zu verstehen gegeben, bevor wir uns zum Abschied küßten. Ach, das Leben war kompliziert. »Ich liebe dich«, das klang nicht nach Resignation, nein, er war eigensinnig und so verbohrt, wie er aussah, wenn er nicht auf Charme geschaltet hatte.

Wenigstens erreichte ich nun Lothar am Telefon. Er ließ mich zuerst gar nicht zu Wort kommen.

»Krenek hat mich sitzenlassen. Ausgerechnet mit dem großen Mobile. Irgendwann begehe ich noch einen Mord, wundere dich dann nicht, es ist nur eine Frage der Zeit.«

»Wie geht's dir denn sonst?«

Hoffte ich, er würde sagen, mit Melanie sei Schluß?

»Na ja, recht ordentlich. Viel zu tun. Es ist jetzt mehr Routine dabei. Es macht weniger Spaß, aber sie wollen das Gewohnte, Erprobte, verstehst du? Immer noch ein Gleichnis des ewigen Kreislaufs, noch eine Auferstehungsidee, noch ein Mobile. Was andere schon haben, kann nicht falsch sein. Bei den Preisen ... na, mir soll's recht sein.«

»Ich habe einen Brief von deinem Anwalt«, sagte ich schnell. »Ich werde den Termin nicht schaffen.«

»Mir eilt es nicht, Weibi. Melanie legt sowieso keinen Wert auf eine Ehe. Mit der Aufteilung wird es schwierig. Eigentlich ist es nicht schlecht, so wie es ist, oder?«

»Na ja ...«

»Also, den Blödsinn da mit der Versöhnung und so hat der Anwalt eingerührt. Die wollen ja verdienen, die machen Action. Ich habe da keine Ahnung. Deiner hat mir auch geschrieben.«

»Aber deiner hat angefangen.«

»Es wird uns ein Vermögen kosten. Lassen wir's noch ein bißchen reifen, gell?«

Wut stieg in mir hoch. Oder war es nur eine Hitzewallung?

»Ich werde also meinen Anwalt entsprechend verständigen.«

»Tu das. Servus!«

Eine andere Frau trug sein Kind aus. Ich war sehr einsam. Der bewölkte Himmel paßte zu meiner Stimmung. Es regnete, sanft zuerst, dann zunehmend heftig. Der Strom fiel aus. Ich suchte Kerzen und Streichhölzer, fand sie aber nicht.

Weinend ging ich zu Bett. Ich erwachte, als draußen ein Auto mit quietschenden Bremsen hielt. Ich lief hinaus und kletterte auf meine Kiste. Es goß in Strömen. Vor meinem Haus stand ein Teich aus Regenwasser. Der Wagen hielt vor Wilcoxens Grundstück. *Policía* mit Blaulicht. Ein Polizist kam aus Wilcoxens Tor, dann erschien Reginald und stieg hinten ein. Die Türen des Wagens klappten zu. Heftiger Start, Wasserfontänen zu beiden Seiten.

Ich schleppte mich ins Haus, durchnäßt und unglücklich. Noch gab es keinen Strom, doch ich fand Kerzen und Streichhölzer. Ich zog mich nackt aus und schlüpfte ins Bett.

Am nächsten Morgen hatte ich ein schlechtes Gewissen, weil ich so vorzüglich geschlafen hatte. Und ich fühlte mich gut, obwohl ich ungute Ahnungen hatte. Ich verdrängte erst einmal den Gedanken an den Polizeiwagen.

Es war ein Hibiskusjahr. Die beiden Bäume in meinem Garten explodierten förmlich, die Blüten öffneten sich, fielen ab und machten einem neuen Schauer in Rosa Platz, Rosetten mit fleischlich wirkenden Höhlen, aus denen rot und wollüstig die Staubgefäße ragten, gesprenkelt mit gelbem Blütenstaub. Lockungen für Wespen und dicke schwarze Käfer. Soviel ich auch sammelte, stets lagen welke Blüten auf dem Boden, gerollt und schnell matschig, während sich am Baum die neue Pracht entfaltete, kurzlebige Schönheiten, die nur einen Tag lang hielten.

Ich machte sauber, harkte Blüten und Blätter zusammen, die nach dem Sturm und den Regengüssen besonders reichlich unten lagen, wischte den Seesand von Stühlen und Tischen, legte Polster auf. Es machte mich glücklich, so herumzuwirtschaften. Sonnenschein und ein freundlicher Wind hatten die Feuchtigkeit vertrieben. Ein paar Schnecken waren auf ihrem Weg nach Irgendwo verendet und wurden nun von den Räumkommandos der winzigen Ameisen beseitigt.

Mittags ging ich zum *supermercado*. Auch ein disziplinierter Esser muß manchmal Lebensmittel einkaufen, wenn er nicht verhungern will. Dort traf ich Aina Köster. Mich wunderte nicht sehr, daß sie angespannt wirkte. Frauen, die eine größere Party planen, sehen immer so aus. Später, am festlichen Abend, sagen sie dann, es habe gar keine Mühe gemacht. Ihre Männer lassen durchblicken, daß sie mitgewirkt, ja, die Hauptlast bei den Vorbereitungen getragen haben, was die Frau, je nach Beschaffenheit der Ehe, freundlich bestätigt oder höhnisch dementiert. Die anderen Frauen lachen. Sie wissen Bescheid.

Aina und ich machten hastiges *social kissing*.

»Was sagst du zu Uta?« fragte sie.

»Was ist denn mit ihr?« Mir wurde sehr unbehaglich zumute.

»Sie ist am Strand in das Unwetter geraten und ohnmächtig geworden. Hat da rumgelegen, bis die Polizei sie fand.«

»Waas?!«

»Wer geht denn auch bei dem Wetter an den Strand?«

»Gar nicht ihre Art, würde ich meinen.«

Max trat hinzu. Wir küßten uns sorgfältig. Max gehört zu den beruhigenden männlichen Exemplaren, die zwar keine Hormone aktivieren, dafür aber von einer kameradschaftlichen Aura umgeben sind, Marke Bruderherz oder Kamerad Schnürschuh.

Er sagte: »Was in diesem Negerkral geklatscht wird, geht auf keine Kuhhaut. Wenn ein Floh niest, wird gleich 'ne Epidemie draus gemacht. Wir haben die Geschichte von dem Schwaben mit der italienischen Frau gehört. Keine Ahnung, was dran stimmt.«

»Uta ist von der *policía* gefunden worden. Sie haben sie ins Krankenhaus gebracht. Unterkühlung oder so. Was meinst du, Ada ... ist sie manchmal sehr betrunken?«

»Nicht mehr als wir alle«, sagte ich vorsichtig. Ich wollte das alles gar nicht hören. Ich hatte einen netten, belebenden Flirt gesucht, dabei einen leidenschaftlichen Mann nicht eben total entmutigt, hatte diese späte Beunruhigung auskosten wollen. Aber ich wollte keine Schwierigkeiten, Unannehmlichkeiten, kein schlechtes Gewissen. Hatte es Uta so sehr gekränkt, daß Reginald mich besucht und dann geküßt hatte? Ein Abschiedskuß, lieber Himmel! War ich der Grund für einen – mein Gott! – Selbstmordversuch? Oder gar Selbstmord?!

Ich erwartete den Schock. Nichts. Eher schlechtlaunig als unglücklich stellte ich Überlegungen an.

»Es ist hoffentlich nichts Ernstes passiert«, sagte ich.

Man muß sich so akzeptieren, wie man ist. Ich bin kein besonders edler Charakter.

Max grinste. »Das wollen wir hoffen. Schließlich will Aina ihre Party nicht absagen müssen.«

Sie stieß ihn mit dem Ellenbogen in die Seite und lachte.

»Max' Bruder kommt für eine Woche. Ihm scheint's hier zu gefallen.«

»Kommt seine Frau auch?«

Sicher war er verheiratet. Alle normalen Männer in dem Alter sind verheiratet, haben ihr Frauchen für Herd, Besen und Bett. Oft sogar noch eine Zweitfrau. Oder sie sind, wie Lothar, im Übergangsstadium.

»Ach«, sagte Aina. »Ich möchte nicht klatschen.«

»Kann man ruhig erzählen. Seine Frau ist Alkoholikerin«, erklärte Max. »Die beiden Kinder sind erwachsen. Er lebt allein. Nun ja, was man so allein nennt. Das ist schließlich keine Schande bei einem gesunden Mann. Doch er wird sich nicht scheiden lassen.«

»Die Ella war früher sehr nett. Eine Ostfriesin. Frisch wie eine Butterblume. Irgend etwas hat sie nicht verkraftet. Vor Arved hatte sie schon eine große Liebe, einen mit Sportwagen und Gut. Von dem redete sie viel. Sie hat schon zwei Selbstmordversuche unternommen, aber immer so, daß man sie retten konnte. Eigentlich gehörte sie in eine Anstalt, aber Arved hat ihr eine Wohnung gekauft. Die Kinder hängen sehr an ihr. Ist ja natürlich.«

»Wir müssen weiter. Sag uns Bescheid, wenn du Näheres hörst. Du bist doch ziemlich eng mit den Wilcoxens?« Aina lächelte anzüglich. Mein Flirt mit Reginald war wohl nicht verborgen geblieben.

»Was man so eng nennt.« Ich wurde rot. Diese Übergangszeit machte labil. Zu Hause nahm ich gleich drei Östrogenpillen auf einmal ein. Der Tag hatte so herrlich begonnen, aber Vögel, die morgens singen, holt abends die Katz'.

Weil ich zu unruhig war für etwas anderes, ging ich mit meiner Abfalltüte zum Müll. Links und rechts und gegenüber den Containern parkten Autos von Strandgängern. Ein Grüppchen von Leuten stand zusammen. Die halbe Kolonie schwatzte miteinander. Natürlich hatte es mit Wilcoxens zu tun. Sogar Angelo, der eigentlich einem anderen Müllabschnitt zugehörte, lehnte ungemein dekorativ neben seinem Mountain-bike, mit dem er neuerdings umherfuhr, angetan mit gelbem T-Shirt und lila Radlerhosen sowie lila Handschuhen ohne Finger.

Ich grüßte, und mir schlug eine eisige Welle entgegen, als die vereinigte Kolonie zurückgrüßte. Hoffentlich spielte ich nicht die Schurkenrolle in dem Stück. Nun gehört es ja zum psychologischen ABC, daß der neue in einer Gesellschaft, und sei sie noch so locker und brüchig, immer auf Ablehnung stößt. Ich warf Angelo einen Blick Marke »hilfloses Weib« zu und versenkte meine Tüte in den Müllbehälter. Der Himmel war sehr blau. Angelos gelbes T-Shirt hielt malerisch dagegen, das Lila setzte schrille Akzente.

»Ist etwas passiert?« wandte ich mich an ihn.

Mitteilungsdrang siegte über Reserve. Sie redeten alle durcheinander. Wenn ich die Quintessenz der Informationen nahm, so war Kösters Darstellung recht wahrscheinlich.

Uta war bei dem Unwetter am Strand herumgeirrt und bewußtlos geworden. Hierfür gab es verschiedene Erklärungen, angefangen von einer plötzlichen Kreislaufstörung bis hin zu einem Ehedrama, in dem, wie mir bedeutungsvolle Blicke signalisierten, eine gewisse Dritte eine unselige Rolle spielte. Uta war ohnmächtig von einer Welle erfaßt worden. Amen.

»Beim letzten Sturm wurde eine tote Kuh an den Strand getrieben«, bemerkte der Schwabe. Die strafenden Blicke für soviel Taktlosigkeit schien er für einen Ausdruck von Unglauben zu halten, denn er fuhr fort: »Hab' ich selber gesehen, wie sie von einem Räumfahrzeug abgeholt wurde, ganz aufgeschwemmt war sie schon. Und auf dem Meer dümpelte ein Mercedes, Ehrenwort. Die Frau Wilcox hat Glück, wenn sie noch lebt.«

Ich erschrak. Sie hatte alle Tabletten mitgenommen. Wenn es wirklich ein Selbstmord war? Uta tot. Reginald Witwer. Ada Kleiminger die böse Hexe. Das würde sich für immer wie Mehltau auf mein Leben legen.

»Ist der Engländer zu Hause?« fragte jemand und schaute mich an.

»Ich habe ihn nicht gesehen. Könnten Sie nicht ... ich meine, ob Sie vielleicht nachsehen könnten? Vielleicht können wir irgendwie helfen?« wandte ich mich an Angelo, der wieder zum Küssen aussah. Dunkelbraun gebrannt, vor lauter Ernst und Eifer noch knabenhafter als sonst. Alle unterstützten meinen Vorschlag. Er nickte. »Gut. Ich kümmere mich darum.«

Er schob sein Rad an, schwang sich in den Sattel und strampelte los, als wolle er die Rallye Sevilla–Cordoba gewinnen. Beinahe hätte er wie der Rattenfänger von Hameln unseren kleinen Trupp hinter sich hergezogen, aber wir besannen uns auf schickliches Benehmen.

Ich verabschiedete mich und kehrte bänglichen Herzens zur Villa Ada zurück.

Gleich schrieb ich einen Zettel: »Sagt mir Bescheid, wenn ich helfen kann! Love für euch beide. A.« und steckte ihn bei Wilcoxens in den Briefkasten.

Abends patrouillierte ich mehrmals an ihrem Haus vorbei. Alles blieb dunkel. Aber dann, gegen zehn Uhr, hörte ich ein Auto. Ich stieg auf meine Kiste. Ein Taxi fuhr bei Wilcoxens vor. Uta, Reginald und Nicky stiegen aus. Nikky blickte in meine Richtung. Ich fürchtete schon, er könne bellen oder winseln. Gesehen werden wollte ich nicht.

Uta trug ihr gelbes Kostüm und sah aus wie immer, soweit ich das im Schummern erkennen konnte, denn Straßenlaternen haben wir bis heute nicht. Beide wirkten gelöst, als kämen sie von einem Ausflug zurück. Nicky wieselte umher, pinkelte an den Zaun, nahm schnuppernd seine Straße wieder in Besitz. Und Uta rief mit ihrer normalen, vertrauten Stimme, deren Klang mich in diesem Augenblick mit Freude und maßloser Erleichterung erfüllte: *»Come here, good boy!«*

Dann verschwanden sie hinter ihrem Tor, ohne einen Blick in meine Richtung geworfen zu haben. Ich war nicht nur erleichtert, nein, ich war glücklich. Jetzt erst merkte ich, wie sehr ich mich geängstigt hatte. Da war dieser Haken hinter dem Brustbein gewesen, dumpf schmerzhaft. Keiner weiß, wo die Seele sitzt, aber bei mir ist sie dort verankert, sendet Schmerzwellen aus, leidet bei Kummer und zuviel Alkohol.

Ich war also glücklich. Am nächsten Morgen hüpfte ein fremdes Vogelpärchen in meinem Garten umher, Vögel mit weißen Kehlen und wippenden Schwänzen. Sie stießen kurze, scheppernde Laute aus. Irgendwo in der Hecke flötete eine Drossel. Spatzen flitzten unter dem Bambusdach der Pergola hindurch wie verwegene Flieger unter dem Eiffelturm. Mit dunkelroter Gloriole zog die Sonne auf.

Von Wilcoxens sah ich nichts. Mein Zettel war aber aus ihrem Briefkasten verschwunden. Ich klopfte vergebens, rief an, doch niemand hob ab. Das war etwas merkwürdig. Nun, sie würden schon ihre Gründe haben.

Die hatten sie auch, wie sich bald herausstellte. Zur Party bei Kösters erschien ich in Hochform, als Traum in Pink und Silber, mit den nagelneuen Sandaletten, die ich eigens für diesen Aufzug in Fuengirola erworben hatte. Die Haare fielen in weichen Wellen bis auf die Schultern herab, und die glitzernden Schnüre der Ohrclips streiften den Hals, wenn ich den Kopf leicht neigte. Ich war braungebrannt und guter Laune.

Arved Köster war da. Sein Anblick traf mich wieder wie ein Schlag in den Magen. Beim Konzert in Marbella war er ja eigentlich recht nett gewesen. Er hatte jedoch etwas an sich, das mich an einen Boxer denken ließ, der nach einem K.-o.-Sieg in der dritten Runde die Arme hochwirft, sich einmal tänzelnd um sich selbst dreht und den glänzenden Mantel mit den blanken Seidenaufschlägen anlegt; alles Posen, die nicht zu einem passen wollen, der den Gegner gerade halbtot auf die Matte gelegt hat.

Ich hatte vor Jahren bei einem Fest in München mit einem Kerl getanzt, der mir plötzlich den Arm umdrehte, bis ich auf der Tanzfläche vor ihm kniete. Für die anderen hatte es wahrscheinlich wie eine verspielte, kokette Tanzeinlage ausgesehen, aber ich hatte mich gedemütigt gefühlt, nach echter Frauenart jedoch keinen Aufstand machen wollen.

Es waren schon etliche Leute bei Kösters. Wir tranken Sekt, Arved schenkte ein. Er trug eine rote Hose in Karottenform, ungemein kleidsam. Er hatte sich offenbar nur morgens rasiert, sein Gesicht zeigte im Bartgebiet einen dunklen Schimmer. Seeräuberaroma aus Dortmund. Mich hatte er kühl freundlich begrüßt. Später fixierte er mich. Als ich hinschaute, wandte er mit düsterer Miene seinen Blick ab.

Ich fragte Aina, wo die Wilcoxens blieben. Ich hätte mich schon auf sie gefreut. Sie seien ja wie vom Erdboden verschluckt gewesen.

Sie zuckte die Achseln. »Sie kommen nicht.«

»Oh. Geht es Uta noch nicht wieder gut?«

Aina war verlegen. Ihr Haar bewegte sich sacht im Abendwind. Ich meinte Ablehnung zu spüren, fühlte mich plötzlich unbehaglich.

Die kleine dicke Perle Carmen reichte Tortillawürfel und Oliven herum. Schließlich fielen wir über das kalte Buffet her. Die meisten Gäste hatten mittags eigens gefastet und amüsierten sich nun über ihren Bärenhunger.

Kösters hatten keine Tischkarten aufgestellt. Die Leute, die sich schon vorher gekannt hatten, setzten sich auch jetzt zusammen. Es gab eigentlich mehrere kleine Partys. Ich bemerkte allerdings, daß ich zu keinem Grüppchen Kontakt hatte. Aber Arved setzte sich zu mir.

»Was machst du so? Wenn du nicht feierst.«

»Ich mache Fotos«, sagte ich. »Vielleicht werde ich in Marbella einen kleinen Laden mit Antiquitäten aufmachen und da auch Poster und meine eigenen Fotos verkaufen.« Ich war selber erstaunt. Der Gedanke war mir gerade eben erst gekommen.

»Jeder macht Fotos, da müssen deine schon etwas ganz Besonderes sein.«

»Ich hatte schon Ausstellungen.«

Das stimmte nicht ganz, war aber auch nicht direkt gelogen. Immerhin hatten schon zwei Fotos von mir zwischen anderen in einer Münchner Galerie gehangen, einmal waren sie auch in einer Bank als Ergänzung zu Plastiken von Lothar gezeigt worden. »Vorher habe ich Werke meines Mannes verkauft. Er ist Bildhauer.«

»Ich weiß.«

»Wir leben in Scheidung.«

»Du wirkst gar nicht so, als ob du auf dem kaufmännischen Sektor etwas loshättest.«

»Ich kann gut rechnen, und ich kann Leute überzeugen.«

Er sah mich an, als mache er eine Bestandsaufnahme.

»Leute überzeugen. Ja, das kann ich mir vorstellen.«

Er hatte das Hemd oben nicht zugeknöpft. Auf der Brust sah ich dunklen Flaum, vielleicht in Form der Lilie, die kleidsamste Spielart männlicher Körperbehaarung, gebändigtes Relikt aus Primatenzeiten. Sein Mund, inmitten des brünetten Bartschimmers, der aus jedem Softie einen Strauchdieb macht, war hell und scharf konturiert, als sei er mit Lipliner umrandet worden. Nicht zu volle Lippen, nicht zuviel bereitwilliges Lächeln von der Art, die meine Mutter »Er zeigt zuviel Zähne« genannt und als unseriös eingestuft hatte.

Ich war ganz froh, daß wir beiden »Singles« dieser Party uns miteinander unterhielten. Mir schien es, als würde in verschiedenen Gruppen über uns gesprochen. Sie redeten leise und sahen zu uns hin. Wenn ich mich beim Gang zum Buffet und zurück mit einem kleinen Zuruf an sie wandte – »Die *boquerones* sind Klasse«, »Haben Sie die *chuletas de cordero* probiert? Köstlich mit der Aioli« – kam kein Echo zurück. Aber vielleicht bildete ich mir das alles auch nur ein.

Am nächsten Tag ging ich früh zum Müll. Auf dem Rückweg sah ich Uta. Sie kam mir entgegen. Sie wirkte frisch und lebhaft, ging schnell, trug einen Pappkarton, in dem wahrscheinlich Gartenabfälle oder Papier waren.

Ich beschleunigte meinen Schritt und winkte und lachte. Sie machte kehrt und lief zu ihrem Grundstück zurück. Da sie aufschließen mußte, hatte ich sie beinahe erreicht. »Uta, Uta!« – aber sie schlüpfte hinein, das Tor fiel zu, es knallte ins Schloß.

Ich klopfte, rief: »Was ist los? Uta!!« Doch ich spürte förmlich durch das Tor die Kälte, die Ablehnung. Ich wußte, daß etwas Trauriges passiert war. Es ließ sich doch alles erklären. Sie brauchte nicht eifersüchtig zu sein. Reginald hatte mich weiter getrieben, als ich wollte. Diese Bitten: »Sag mir etwas«, die peitschenden Blicke, die Küsse, die Berührungen. Aber es bedeutete alles nicht viel. Das mußte er ihr selber sagen.

Ich wollte anrufen, wählte ihre Nummer.

»Digame!«

»Uta, ich möchte mit dir reden. Mich entschuldigen.«

Sie legte auf. Reginald würde mir helfen. Von Max Köster erfuhr ich, er sei nach London gereist. Seiner Mutter ginge es schlecht. Mutters Tod in Sicht. Ungetreuer Rechtsanwalt in Aktion, raffinierte Pflegerin am Ball, die alte Dame nicht mehr zurechnungsfähig, da könne ein Erbe sich leicht in Luft auflösen, wenn man nicht aufpasse, bedeutete mir Max.

Ich lebte wie eine Verurteilte. Der Sommer hatte so

strahlend begonnen und endete nun in Sack und Asche. Ich sah Uta einmal von fern am Strand. Als sie mich erblickte, entwich sie zur Straße hin. Wenn ich sie anrief, legte sie auf. Ich schrieb ihr einen Brief, den ich in ihren Kasten steckte. »Wenn dich etwas an meinem Verhalten gekränkt hat, bitte ich um Verzeihung.« Den Brief fand ich am nächsten Tag ungeöffnet in meinem Briefkasten wieder.

Merkwürdig war, daß auch alle anderen Aktivitäten aufgehört hatten. Niemand lud mich ein, niemand forderte mich auf, mit zum Essen ins Restaurant zu gehen. Selbst beim Müll hatten alle es eilig. Ich wollte es nicht wahrhaben, aber es hatte den Anschein, als schnitten sie mich.

Sehnlichst erwartete ich Reginald. Er würde alles erklären. Er hatte es angerührt und mußte es nun wieder einrenken. Es sollte sein wie zu Anfang. Das hatte er mir versprochen. »Das ist eine Sache zwischen uns beiden. Sie geht niemanden etwas an, niemand wird davon erfahren, wir werden niemanden kränken. Geheimsache. *Darling*, ich mag dich so sehr. Ich kann ohne dich nicht mehr leben.« Jeder hört solche Worte gern. Oder?

6

Mir fällt auf, daß ich schon seit einer Woche keinen Kopfstand mehr gemacht habe. Wann war ich zuletzt am Alten Turm? Früher bin ich die Strecke täglich gelaufen. Das

Alter kommt schleichend. Heute noch kannst du ein Gymnastikprogramm, die langen Bäder im Meer, kalte Duschen danach, nackte Beine bei Wind und Wetter problemlos durchziehen. Doch unauffällig lockerst du die Zügel, mogelst hier, bist für jenes gerade nicht aufgelegt, es wird weniger; du denkst, du könntest jederzeit wieder damit beginnen. Doch du tust es nicht.

Irgendwann, wenn du es dann doch versuchst, kannst du es nicht mehr. Es bekommt dir nicht. Es erschöpft dich, macht dir Schmerzen, gefährdet deine Gesundheit. Du findest nichts dabei. Es gibt ja noch so vieles, das du tun kannst.

Du beobachtest alte Menschen, wie sie gehen, lachen, trinken. Alkohol wird in größeren Mengen unbekömmlicher. Früher war er jedenfalls leichter zu verkraften. Diese alten Leute, die fröhlich wirken, geben dir Zuversicht. Einerseits. Andererseits betrachtest du deine Oberlippe im Spiegel, ganz aus der Nähe: Sind da schon diese Strahlenfältchen zu sehen wie bei der Lady gestern im Supermarkt? Wird dein Haar dünner? Fällt es aus? Eine Frau im Bus neulich hatte schüttere Dauerwellen, die Kopfhaut schimmerte durch. Lieber Gott, das wird doch dir nicht zustoßen?

Ab fünfzig lassen die Knie nach, hat Wolfi Piesecke gesagt. Aber nachlassende Knie sind nicht einmal das Schlimmste. Sex. Keiner möchte auf Sex verzichten, glaube ich. Für die Verklärten ist er nur die Traube, die zu hoch hängt. Ach, Scheiße.

Ich gehe am Strand entlang. Es ist bewölkt. Schwere, dunkelblaue Wolken lasten über dem Meer, über Marbella und Puerto Banus. Von Gibraltar oder dem Rif-Atlas ist nichts zu sehen. Nur direkt über mir ist noch ein Sonnenloch, schon leicht übersponnen von Dunst. Morgens hat es ein paar Tropfen geregnet. Es donnert manchmal in der Ferne. Die Luft atmet sich wie versprühtes Wasser.

Ein Pärchen macht Petting im Sand. Er liegt auf dem Rücken. Sie sitzt auf ihm, trägt eine goldene Badehose, die an den Hüften tief ausgeschnitten ist und die Taille bis fast unter die nackte Brust bedeckt. Als ich vorbeigehe, beugt sie sich gerade tief zu ihm hinunter. Aus meiner Perspektive sehe ich seine dunkelbraunen Beine mit angewinkelten Zehen und ihren Hintern, die nackten Backen und den goldenen Streifen dazwischen.

Ich drehe mich kurz darauf noch einmal um. Er kramt ein rosa Handtuch aus dem Sand neben sich. Sie sind jung. Ich bin nicht mehr wirklich jung.

Meine Periode hat noch einmal eingesetzt, die Wallungen haben nachgelassen. Ich will den Erwartungen nicht entsprechen, die alten Leuten von ihrer Umgebung geradezu aufgezwungen werden. Wer aus der Reihe tanzt, wird oft als lächerlich empfunden. Großmütter kommen in den Köpfen der Jüngeren immer noch aus dem Märchenbuch.

Das Meer ist ruhig, träge, nicht blank wie an makellos schönen Tagen, sondern wie Spülwasser. Es wirkt warm, ist aber in Wirklichkeit schon beinahe zu kalt zum Baden. Auch das ist so ein Punkt. Ich bade nicht mehr, wenn die Pulse weh tun. Wenn ich fröstele, nehme ich lieber eine heiße Dusche. Ich beruhige mich selbst: morgen werde ich im Meer schwimmen.

Da tritt aus dem Don Carlos ein gestählter junger Mann

mit tadelloser Figur. Er schreitet majestätisch bis an den Meeressaum, macht zwei Rumpfbeugen, mit durchgedrückten Knien natürlich, und stürzt sich dann wirkungsvoll in die Flut, schwimmt mit langen, kraftvollen Stößen. Jaaa, das ist es. Doch er kehrt ziemlich bald um. Leichte Schadenfreude regt sich: auch bei Athleten wird nur mit Wasser gekocht.

Ich bin trotz meiner vorübergehenden Erheiterung niedergeschlagen, nahe daran, mich auf der Bank hinter meinem Haus niederzulassen und ein neues Stricktuch anzufangen. Utas ablehnende Haltung setzt mir sehr zu. Heute wandere ich trotzig dicht am Meer entlang bis zum Alten Turm. Er ist rund und nicht hoch, aus groben Steinen gemauert, mit winzigen Öffnungen zum Meer hin. Ich stelle mir vor, daß früher räuberische Küstenbewohner von hier aus trügerische Lichtsignale an Schiffe gegeben haben. Dann lauerten sie den Seefahrern auf, wenn sie an Land kamen, raubten sie aus, schlugen sie tot, vergewaltigten Frauen und Knaben, nahmen sie mit, was weiß ich?

Heute kommt jedoch nur Angelo aus dem Buschwerk dahinter hervorgeschlendert und zieht gerade den Reißverschluß seiner Shorts zu. Er hat gepinkelt. Männer können überall und mühelos im Stehen urinieren. Es ist ihnen auch nicht sehr peinlich, wenn man sie dabei sieht. Frauen dagegen müssen nach allen Seiten sichern, bevor sie sich hinhocken. Eine Prozedur, die ihnen einmal mehr beweist, daß weder Natur noch Erziehung sie als freie, kühne Menschen vorgesehen haben.

Angelo erblickt mich und ist nun doch eine Spur verlegen. »*Hola*«, ruft er, »heut ischt's kalt« und setzt sich in Trab. Ich laufe einfach nebenher.

»Haben Sie etwas Neues von Wilcoxens gehört, Señor?«

»Nein, gar nichts.«

»Reginald soll in England sein?«

»Es hat hier wohl Knatsch gegeben, mehr weiß ich auch nicht.«

»Ich denke, seine Mutter soll im Sterben liegen?«

»Eins oder das andere. Oder beides.«

Er lacht albern. Vielleicht war die Verlegenheit vorhin gar nicht auf das Pinkeln zurückzuführen? Vielleicht wollte er nur nicht mit mir reden? Mein Atem geht schwer. Ich bleibe zurück.

Irgend etwas stimmt nicht. Ich fange schlechte Schwingungen auf. Zu Hause lege ich mir eine Patience: die leichte Harfe. Sie geht nicht auf.

Ich rufe bei Bettina an, aber niemand ist zu Hause. Die Sehnsucht nach meinem Enkelkind, das ich gar nicht wirklich kenne, überfällt mich machtvoll. Ich beschließe spontan, nach München zu fliegen, zu Hause in Stroppenau nach dem Rechten zu sehen und mich Sascha als seine Oma zu präsentieren.

Sofort starte ich nach Marbella, wo ich eine winzige spanische Tracht kaufe, ein Malbuch mit Kreiden – bei Kindern soll man eventuelle künstlerische Talente fördern – und einen Brummkreisel mit Teddybären und Fröschen drauf.

Außerdem kaufe ich mehrere Bilderbücher, für Bettina Ohrclips und Sandalen, beide mit bunten Glassteinen bestückt, außerdem einen Pyjama, rote Herzchen auf weißer Baumwolle, und die passende Schlafmütze mit roter Bommel an der Spitze.

Für mich finde ich ein lila Cape, das an den Rändern mit winzigen Fellschwänzen besetzt ist.

Schon bei der Rückfahrt im Bus fühle ich mich besser. Ärmer, aber glücklicher. Ich buche einen Flug und rufe bei Lothar an. Er findet es gut, daß ich komme, wir müßten alles in Ruhe besprechen. »Wir werden uns doch einigen, Weibi!«

Mir läuft ein Schauer über die Haut. Ich liebe ihn nicht mehr, aber »Weibi« ist ein Erinnerungsauslöser, ein Blitzlicht, das vergangene Wünsche und Sehnsüchte und Anstrengungen erhellt, die sonst schon im dunkeln liegen.

Ich bleibe eine Woche in Deutschland. Bettina sieht jünger aus, als ich sie in Erinnerung hatte. Sascha ist ein Traum von einem Baby, mit einem kahlen Kugelkopf und strahlend blauen Augen. Er steckt Mittelfinger und Ringfinger gleichzeitig zum Nuckeln in den Mund. Er greift nach allem und liebt es, wenn man ihm etwas vorsingt. Er guckt gespannt zur Lampe, wenn ich das Licht an- und ausschalte. Er ist süß. Ich liebe ihn.

Als Bettina so klein war, konnte ich das nicht so genießen. Ich war ängstlich und aufgeregt. Jetzt bin ich die Oma, die kommt, spielt und geht.

Ich halte das warme Menschlein, das nach Milch, Apfel, Windel und Puder riecht, im Arm. Es rülpst und starrt mir ohne Wimpernschlag in die Augen, dann spuckt er mir gelbe Soße auf die Bluse. Bettina jammert belustigt und wischt und schimpft spaßhaft mit Sascha und sagt zu ihm: »Du stinkst, mein Sohn!«

Sie nimmt ihn mir ab und trägt ihn zur Wickelkommode. Ich gucke zu, wie er ausgepackt und wieder eingepackt wird, betrachte den kleinen dicken Po mit den

Speckfalten, den winzigen Penis. Ich habe noch nie mit Bewußtsein einen nackten Babyjungen gesehen. Die Puppen früher hatten kein Geschlechtsteil. Heute soll es welche damit geben.

Sascha greift nach der Puderdose. Er strampelt heftig und scheint völlig mit der Schöpfung im Einklang zu sein.

Bettina war als Baby oft wund. Sie weinte viel. Ich beuge mich hinunter und küsse Sascha auf das Bäuchlein. Er strampelt noch heftiger und kickst vergnügt. Bettina und ich lächeln uns an. Es ist ein Augenblick reinen Glücks.

Lothar ist freundlicher zu mir als früher. Er wirkt besorgt. Ich kenne ihn: Die Lage ist zu ernst für ihn geworden. Er will alles, nur keine Verantwortung. Er hat eine Klassefrau geschwängert, er wird Vater, er kann sich nicht in sein Künstler-Schneckenhaus zurückziehen.

»Melanie ist sehr tüchtig«, sagt er. »Sie erwartet auch von mir eine Menge. Ins Krankenhaus zur Geburt gehe ich aber nicht mit. Das habe ich zur Bedingung gemacht.«

»Zur Bedingung – für was?«

Er zögert. Dann lacht er. »Daß sie mich kriegt. Schließlich laufen Prachtexemplare wie ich nicht in Massen rum, oder?«

Er hat sich einen Vollbart stehen lassen, eine gut gestutzte Kinnkrause, keinen Weihnachtsmann-Rauschebart. Um die Augen herum sieht er müde aus. Und der Bart verdeckt auch nicht den schlaffen Zug um den Mund.

»Melanie und ich werden nicht zusammen wohnen«, sagt er. »Sie kann nicht herziehen, will doch ihren Beruf nicht aufgeben. Ich kann nicht in der Stadt leben, das weißt du ja. Ich brauche das Atelier und alles, was ich mir hier aufgebaut habe.«

Ich schaue ihn an. Er fügt hinzu: »Was wir uns hier aufgebaut haben. Du vor allem, das weiß ich. Du kannst ruhig hierbleiben. Wir können im Grunde alles so lassen. Wenn du nicht magst, dann lassen wir uns eben nicht scheiden. Melanie ist es egal. Sie heiratet sowieso nicht. Sie sagt, es tötet die Liebe. Und du könntest dich vielleicht wieder ein bißchen um das Geschäftliche kümmern. Krenek macht mich fertig. Melanie ist mit ihrem eigenen Kram ausgefüllt. Und dann kommt ja der Junge . . .«

»Es wird ein Junge?«

Ein kleiner Stich in meinem Herzen. Immer noch die alten Klischees. Ein Sohn. Der Stammhalter.

»Ich kann mir eben nur vorstellen, daß es ein Junge wird. Mit kleinen Mädchen kann ich nichts anfangen.«

Dafür um so mehr mit großen Mädchen, mein Lieber. Nein, ich sage es nicht. Wozu auch? »Zu Bettina warst du immer sehr, sehr nett«, sage ich. Wird er erwidern, sie sei ja auch nicht seine eigene Tochter? Nein, das tut er nicht.

»Bettina ist eine Ausnahme«, sagt er. Manchmal kann er wirklich besonders nett sein.

Bettina hat sich über den Flamenco-Tänzer-Anzug amüsiert. Baby Sascha ist noch zu klein dafür. Später wird er ihm passen. Und später wird Sascha mich besuchen. Ich werde ihn verwöhnen, ihm alles erklären, was er wissen will, mit ihm spielen.

Ich spüre, daß ich meine Wurzeln in Stroppenau gelokkert habe. Jetzt lebe ich in Spanien. Trotzdem bringe ich die Sache mit Krenek in Ordnung, sehe zwei Tage lang die Papiere durch, gehe mit Asta spazieren, kümmere mich um Garten und Haus.

Der Garten ist mir nicht mehr vertraut. Er wirkt anders,

eine fremde Hand hat ihn verändert. Die märchenhafte Note ist völlig verschwunden.

Für das Haus hat Lothar nun eine Putzfrau eingestellt. Sie kommt täglich, eine ältere Walküre, die sich mir gegenüber aufführt wie ein Köter, in dessen Hoheitsgebiet eine Katze eindringt. Ich lasse mich aber nicht einschüchtern.

»Frau Mattes«, sage ich, »auf den Schränken in der Halle muß dringend Staub gewischt werden. Und denken Sie bitte daran, daß auch die Kleinplastiken einstauben, wenn man nichts dagegen tut.«

Wenn Blicke töten könnten, hätte ich auf der Stelle das Zeitliche gesegnet.

Abends bringt Lothar zwei große Cognacs und setzt sich zu mir vor den Fernseher. Ganz dicht sitzt er neben mir und grinst mich von der Seite an.

»Na, Weibi, geht's gut? Spanien bekommt dir. Irgendwie hast du mehr Klasse als früher.«

»Ich bin einfach älter, das macht was her, Persönlichkeit eben. Du wirkst auch nicht übel.«

»Gibst du mir 'nen Kuß? 'Nen Verzeihungskuß?«

Das ist nun doch ein merkwürdiges Gefühl. Ich weiß nicht, warum ich das ablehnen sollte. Schließlich haben wir jahrelang miteinander geschlafen. Es heißt, daß der Körper nie vergißt. Ich küsse ihn.

Ein neuer, fremder Eindruck: Der Bart ist ungewohnt. Ich hatte noch nie einen Mann mit Bart. Es wird etwas brenzlig. Lothar hat wahrscheinlich schon einige Drinks vorgelegt, und er ist nicht der Typ, der Skrupel hat. Es macht ihm vielleicht Spaß, die »Verflossene« zu verführen. »Ich habe mit meiner Ex geschlafen« – das könnte ihm so passen!

Ich lache und erhebe mich und sage: »Ich werde uns ein paar Rühreier machen, soll ich?«

»Hast du Angst? Daß was passiert?«

»In gewisser Weise ja.«

»Kannst du noch schwanger werden?«

»Schon möglich.«

Natürlich nicht. Da ist er wieder, der Makel. Ich habe irgendwo gelesen, daß selbst Huren rufen »Mach mir 'n Kind«, um den Freier anzutörnen.

Ich möchte im Augenblick nicht ungern mit Lothar schlafen. Aber was wird danach sein? Ich muß mein Innenleben aufgeräumt halten. Mir ist schon klargeworden, daß ich hier in Stroppenau auf der Flucht bin vor meinem spanischen Abenteuer.

»Ist furchtbar kalt hier«, sage ich. Das stimmt. Es ist tiefer Herbst, und da aus Sparsamkeit oder aus Bequemlichkeit nicht geheizt wird – Lothar geht mit Fausthandschuhen ins Atelier –, kann man das nur eingemummelt durchstehen. Kein Klima für nackte Leidenschaft auf dem Bärenfell. Nicht einmal der Kamin ist in Betrieb.

Ich muß zurück nach Spanien und meine Sache in Ordnung bringen. Erst Rührei machen, dann weitersehen.

Bestimmt hat Uta sich inzwischen beruhigt. Reginald wird so sexy und nett sein wie zuvor. Ich freue mich schon auf die Villa Ada und kann es kaum erwarten, wieder dort zu sein. Zu Hause.

Zwei Tage später fliege ich. Lothar bringt mich zum Flughafen. Wir küssen uns zum Abschied. Wenn er nur gewollt hätte ... früher, als ich so unglücklich war.

Asta ist zu Hause geblieben bei Frau Mattes. Die wird

froh sein, daß sie mich los ist. Mir soll es egal sein, wenn die Plastiken einstauben.

Als ich gegen Abend ankomme, haben wir Sturm. Der Himmel ist leicht dunstig. Viele langgezogene Wolken verdecken immer wieder die tiefstehende Sonne. Es ist Herbstwetter. Das Thermometer im Haus zeigt knappe zwanzig Grad.

Ich habe unterwegs geradezu körperlich gespürt, wie ich mich immer weiter von den Sorgen und Lasten meiner kaputten Ehe entfernte. Jetzt bin ich zu Hause. Hier kann ich ganz und gar Ada sein. Der Gedanke an Uta beunruhigt mich ein wenig, aber ich denke, es wird sich schon alles regeln. Mit Reginald sowieso.

Das Gras des Rasens ist tüchtig gewachsen. Muß gemäht werden. Ich schiebe alle Gedanken beiseite und schlafe ein.

Am anderen Morgen starte ich zu meinem Strandspaziergang. Da kommt mir Angelo entgegen, schon winterlich in einen Joggingdreß verpackt. Er grüßt und will vorbeilaufen.

»Señor, was gibt's Neues in der Siedlung?«

»Señora Ada ist wieder da. Sonst eigentlich nichts. Wir sehen uns . . .«

Weg ist er. Ich kann ihn schließlich nicht festhalten.

Von den Wilcoxens höre und sehe ich nichts. An Pieseckes Stuckpalast klebt ein Schild: *»Se vende«.* Mit Telefonnummer. Reni Piesecke will also verkaufen. Es wohnen Leute da, sie hat wohl vermietet. Badetücher hängen auf der Leine, Sessel sind aufgebaut und mit Polstern belegt.

Nachmittags steige ich auf meine Kiste. Gerade geht Uta vorbei, in Richtung Strand.

Ich rufe. »Uta! Hier! Bitte, Uta!!«

Sie beschleunigt den Schritt, dreht den Kopf weg. Meine Stimme sinkt wie ein durchlöchertes Schiff.

Also warten, bis Reginald aus England zurück ist.

Abends mache ich noch eine kleine Runde um den Block. Bei Wilcoxens höre ich Leute durcheinander reden, im Hintergrund ist Musik, es wird gelacht. Dann erkenne ich deutlich Reginalds Stimme. Er lacht auf seine kehlige Art und sagt irgend etwas. Reginald ist also wieder da. Sie feiern eine Party. Und ich bin nicht eingeladen. Oh, ich bin nicht eingeladen. Sie feiern, und ich darf nicht dabeisein. Sie schneiden mich. Ich haste nach Hause, kann kaum aufschließen, so zittern mir die Hände. Ich sinke auf den Rasen. Ich liege stumm auf dem feuchten Gras und möchte eingehen in die Erde. Ich bin unsagbar unglücklich.

Als ich zwei Tage später Aina Köster treffe, erscheint sie mir kühler als sonst.

»Ach, du bist wieder da?«

»Ja, früher oder später trudelt jeder wieder hier ein, nicht wahr? Reginald Wilcox ist doch auch schon zurück, oder?«

»Zieh mich da bitte nicht mit hinein, Ada.«

»Wieso? Was meinst du damit?«

»Ich meine gar nichts. Wenn du es nicht verstehst, habe ich auch nichts gesagt.«

»Ich bitte dich. Alles ist so merkwürdig. Ich weiß gar nicht, was gespielt wird.«

»Ada, ich weiß nur, daß du da irgendwie für Ärger gesorgt hast bei den beiden. Reginald sagte vorgestern, du hättest Uta sehr gekränkt.«

Mir bleibt buchstäblich für einige Sekunden die Luft weg.

»Das sagt er? Und du glaubst es?«

»Weißt du, ich kann dazu ja gar nichts sagen. Aber schließlich war Uta vor einiger Zeit verschwunden, ist beinahe ertrunken, jeder weiß, daß es etwas mit dir zu tun hatte, mit dir und ihrem Mann, nicht wahr?«

»Aina, nein, nein!«

Es ist nicht unwahr, ist aber doch auch nicht wahr. Besonders kränkt es mich, daß Reginald mich zum Sündenbock machen will oder bereits dazu gemacht hat.

Aina schaut mich ernst an und schüttelt den Kopf. »Weißt du, jeder kennt hier jeden. Es bringt nichts, wenn man sich allzu eng mit Leuten einläßt. Besonders nicht mit Eheleuten. Verstehst du? Es geht mich nichts an. Aber ich tanze auch nicht aus der Reihe.«

Ich werfe meinen Müll in den Container und schlurfe zurück. Ist Reginald wirklich so gemein? Ein falscher Fuffziger! Ich nehme zwei Aspirin in einem großen Cognac und lege mich aufs Bett. Mein kleines Traumschloß ist eingestürzt.

In der nächsten Zeit muß ich mir eingestehen, daß ich isoliert bin. Sie meiden mich alle. Keiner lädt mich ein. Trotz hilft mir, macht aber nicht glücklich.

Angelo ist nun nicht mehr der einzige auf der Flucht, wenn ich auftauche. Bei der Queen fahren eines Abends Autos vor. Das Tor bei Wilcoxens knarrt. Ich steige auf meine Kiste.

Uta und Reginald verlassen ihr Anwesen, für eine Party gekleidet. Sogar Nicky hat ein gepunktetes Nickytuch um den Hals. Uta trägt ein Seidenpapierpäckchen mit Schleife, Reginald hält affektiert eine einzelne rote Rose in der Hand. Scheiße, ich habe das Bummerl.

Ich möchte rufen, so eine Art Hilferuf, aber ich könnte gar nicht, meine Kehle ist zu, außerdem weiß ich, daß ich mich nur lächerlich machen würde. Stolz sein! Ich möchte weinen, knien, flehen, laut heulen wie eine rollige Katze, aber ich stehe ganz ruhig da. Sie schneiden mich alle. Na bitte.

Es bedrückt mich sehr, nicht gemocht zu werden. In der Schule wurde einmal von einer Lehrerin absolutes Schweigegebot gegen eine Mitschülerin angeordnet. Angeblich sollte es sie bessern. Ich weiß nicht mehr, was sie getan hatte, aber ich hielt mich daran wie alle anderen. Ich verdrängte dabei ein Gefühl, das ich nicht kannte. Ich glaube, ich schämte mich. Wir redeten nicht mit dem Mädchen und bestärkten uns gegenseitig in unserer Haltung.

Rächt sich alles im Leben? Ich weiß noch, wie das Mädchen in den Pausen unbeweglich auf dem Schulhof stand, ganz allein, während wir eingehakt in Grüppchen flanierten und schwatzten und kicherten und verstohlen zu Gundi hinschauten. Ja, sie hieß Gundi. Wir waren vielleicht sogar etwas enttäuscht, daß sie weder weinte noch zusammenbrach.

Irgendwann wurde die Acht gebrochen. Gundi sprach mit uns, und wir sprachen mit ihr. Aber es hatte sich etwas geändert. Wir waren alle raus aus dem Paradies.

Manchmal denke ich, daß ich mich an den Zustand

gewöhnt habe. Dann kommt dieser Morgen. Stimmen nebenan bei Wilcoxens. Und da beladen sie ihr Auto mit Picknicksachen. Uta sieht mich, wie ich über die Mauer gucke, und schaut gleich wieder beiseite.

Es spielt keine Rolle mehr für mich, ob sie sich beim Picknick amüsieren werden. Ich bin ausgebootet, das ist mein Schmerz. Es ist mir egal, ob Reginald eine andere Frau küssen wird, ob Aina und Max dabei sind oder wer sonst mitmacht.

Ich bin ich, daran muß ich mich halten. Erklärungen, Proteste, Szenen würden mich nur weniger liebenswürdig machen, nutzen also gar nichts.

Richtig ist es, das habe ich bei nächtlichem Grübeln herausgefunden, genauso weiterzumachen wie vorher und nur die inneren Weichen sozusagen neu zu stellen.

Freundschaft, Zuneigung, Zuwendung, Liebe – alles Schrott. Gesellschaft ja. Der Mensch braucht Gesellschaft. Also nicht lamentieren, sondern lächeln, abwarten, runterschlucken, cool sein, den Stolz nach innen wenden. Mitmachen, wenn es eine Chance dazu geben sollte. Sie wissen doch nicht, wie verletzt ich bin. Irgendwann kann es auch einen von ihnen treffen. Alles wandelt sich. Ich möchte Phoenix sein, neu und jung und frei.

Ich ziehe Bilanz: Da ist Bettina. Sascha, mein Enkel. Ich kenne ihn noch nicht gut, aber er ist da, ich darf ihn lieben. Liebe zu Enkelkindern ist immer ein Gefälle. Das finde ich in Ordnung. Oma gibt, sie nehmen, aber ihre Existenz ist Glücks genug.

Wer sonst noch? Niemand. Doch ich habe mein Häusli. Morgen will ich in Marbella die Formulare für die Steuer abholen. Wer nicht zahlt, findet plötzlich eine Zwangshypothek im Grundbuch vor, heißt es. Ich werde auch das Haus in Stroppenau nicht aufgeben. Schließlich habe ich hart dafür gearbeitet.

Ich muß wieder etwas Ernsthaftes tun. Bin nicht geeignet für Picknicks, Flirts und Strandspaziergänge. Vergnügungen – und das war's denn? Ich muß selber etwas auf die Beine stellen und darf meine Erwartungen nicht auf andere richten.

Gewiß, ich wäre heute gern dabeigewesen, als die Klapptische und Stühle, die Decken, Körbe und Weinflaschen ausgepackt wurden. O ja, ich hätte mich gern der heiteren Stimmung hingegeben, die muntere Gruppen verbreiten.

Achten Sie in Restaurants mal darauf, wie einzelne Paare geradezu schrumpfen, wenn eine fröhliche – und immer laute – Clique den Saal betritt, mit sich selbst beschäftigt, anmaßend und glücklich. Das ist es: glücklich. Dieses aus der Gemeinschaft bezogene Glücksgefühl, das »Wir«-Glück. Aber sie können sich von mir aus alle sauer kochen lassen. Ich bin wütend auf sie. Ich leide. Mir fällt das altmodische Wort »Eifersucht« ein.

Bin ich eifersüchtig? Sicher hat dieses Brennen, dieser Schmerz auch damit etwas zu tun. Ich fühle mich betrogen. Sie haben mit meiner fröhlichen Zuneigung gespielt. Ich war auswechselbar für sie. Und ich habe keinen zum Auswechseln.

Den Tag über haben sich heftige Regenschauer und kurze Sonnenphasen abgewechselt. Nun, kurz vor Sonnenuntergang, ist nur noch eine einzige blauschwarze Wolke am Himmel. Der nasse Strand hat einen blassen Ockerton, Meer und Himmel schimmern in allen Blautönen: Vergißmeinnicht, Veilchen, Tinte. Und Silber. Das

Wasser ist still, in stumpfem Hellgrau schwimmen blanke Spiegel. Von ganz fern, fast vom Horizont her, höre ich Möwen schreien. Hier am Strand schreien sie nie.

Ich gehe schnell und denke, daß hier das Sterben gar nicht so schlimm sein mag. Tabletten gegen Flugkrankheit zum Stabilisieren des Magens nehmen, dann Schlaftabletten, Schmerztabletten, in Alkohol oder Pudding aufgelöst. Im Badeanzug ins Meer gehen und hinausschwimmen, immer weiter, bis es keine Umkehr mehr gibt und mit der sinkenden Sonne die Kräfte schwinden und der Himmel blutrot zum Abschied leuchtet. Es ist ein bißchen kitschig, aber was macht das schon, wenn es endgültig ernst wird.

Ich überlege sogar, ob ich ein paar Abschiedszeilen für Bettina hinterlassen soll und was ich mit den Schlüsseln mache. Im Umschlag bei den neuen Nachbarn in Pieseckes Villa abgeben und in den eigenen Briefkasten einen Zettel stecken: Schlüssel im Haus nebenan? Ein bißchen kindisch das alles. Aber tröstlich. Es tröstet immer, wenn man einen Ausweg sieht.

Als ich zurückkomme, steht Arved Köster breitbeinig auf dem schmalen Weg, der vom Strand zu unserer kleinen Gasse führt. Ich erwarte, daß er kühl grüßen und sich schleunigst entfernen wird. Aber er bleibt stehen und grinst sogar.

Sieht beinahe aus, als hätte er auf mich gewartet. Hat eine blauweiß gestreifte Badehose an und ein weißes Frotteetuch um den Nacken geschlungen, sehr markig, kräftige Schenkel, gerade Beine.

»Naaa, wie geht's?«

»Ach, na ja, ganz gut, *bastante bien.*«

Er fragt mich ohne weitere Vorbereitung, ob ich übermorgen mit ihm ins Ballett gehen würde?

Ich will ablehnen, ganz *cool*, wie ich es mir vorgenommen habe. Vielleicht ist er vorgeschickt worden, mich auszuhorchen? Der Typ ist er eigentlich nicht.

Ich bin gar nicht *cool*. Nein, ich bin entzückt und fast zu Tränen gerührt. Ich tue so, als dächte ich nach, überprüfte Datum und Terminkalender im Geiste. Dann sage ich: »Gute Idee. Ich mag Ballett. Wann treffen wir uns?«

Die Welt sieht wieder freundlich aus. Im Haus hinter meinem wohnen jetzt Franzosen. Ein Paar. Er tritt morgens splitternackt aus der Tür in den Garten und furzt so laut, daß die Vogelstimmen für einen Augenblick verstummen. Dann rülpst er, feine französische Lebensart. Später spielen sie ein Würfelspiel, sie zirpt und er ruft triumphierend Zahlen – *vingt-quatre! quarante-neuf!* Angenehme Nachbarn auf Zeit. Kein Gedanke mehr an Kurtchen und seine senile Mama.

Ich fahre mit dem Bus nach Marbella und kaufe mir schwarze Ohrclips mit Glitzersteinen. Ganz in Schwarz-Weiß werde ich zum Ballett gehen. Edel. Halten Sie mich nun für oberflächlich, weil ich meiner äußeren Erscheinung soviel Nachdenken und Sorgfalt widme? Machen wir uns doch nichts vor: Auf Geist und Seele wird, wenn überhaupt, immer erst später geachtet, wenn das Äußere dazu animiert. Sex hängt mit der Ausstrahlung zusammen, aber auch mit dem Aussehen.

Ich finde auf Anhieb, was ich suche, und bin geneigt, diesen Freitag für einen Glückstag zu halten. Als ich zurückkomme, ist bei mir eingebrochen worden. Alle Sachen wurden aus den Schränken und von den Borden gezerrt, auf dem Boden verstreut, Bilder von den Wänden gerissen. Wie leicht läßt sich aus einer gepflegten Wohnung ein Chaos machen.

Ich eile zum Safe. Sie haben ihn nicht gefunden. Jedenfalls ist er nicht geöffnet worden, und es fehlt auch nichts. Wo fehlt etwas? Es ist sehr schwierig, das in diesem Tohuwabohu festzustellen. Ich glaube, daß gar nichts fehlt außer den dreihundert Peseten hinter der Tischlampe, die ich immer dort als schnelles Kleingeld und auch als Besänftigung für nicht fündig werdende Einbrecher deponiert habe.

Trotzdem benachrichtige ich die Polizei. Sie kommen, zwei Mann, jung und nett und uninteressiert am Schaden. Kleine Einbrüche sind hier das tägliche Brot. Wo nicht? Die aufgebrochene Tür läßt sich mit einigen Hammerschlägen wieder richten. Ich muß jedoch mit ihnen nach Marbella fahren und das Protokoll unterschreiben. Eine unangenehme Erfahrung ist das, ich müßte eigentlich die dumpfen Klänge der Hörner vernehmen, das düstere Leitmotiv. Aber ich fühle gar nichts. Noch nicht.

Sie fahren mich zurück, eine noble Geste. Als ich meine verwüstete Wohnung betrete, komme ich mir geschändet vor. Alles ist von fremden Händen berührt worden, alles wurde angeschaut, es gibt kein Geheimnis mehr, und ich glaube daran, daß Dinge im Laufe der Zeit ein Eigenleben gewinnen. Deshalb haben Antiquitäten diese bereichernde Wirkung, gelebtes Leben haftet an ihnen, sie strömen es aus.

Ich weine, dann mache ich Kopfstand, das habe ich schon lange nicht getan. Ich wackele zuerst ein wenig. Das

Blut braust zu Kopf, staut sich hinter den Augen, in den Ohren. Ich denke, daß solche klitzekleinen Katastrophen wie dieser Einbruch auch eine therapeutische Wirkung haben können. Sie beleben und fördern die Abwehrkräfte.

Nach meinen Übungen mache ich mich gleich an die Arbeit, räume alles wieder ein, schöner als vorher, werfe auch manches fort. Ich pflücke Rosen in meinem Garten und Bougainvillea in der nächsten Gasse, wo sie über den Zaun zur Straße hin wuchern. Die Leute sind nicht da.

Ich dusche und wasche mir die Haare. Im Meer will ich nicht mehr baden. Das Wasser ist zu kalt in diesem Jahr. Nur etwas für Selbstmörderinnen. Ich lege die Kassette mit Julio Iglesias ein und singe laut mit. Alles klingt so schön sentimental. Viele Leute weinen gern ohne wirkliche Ursache. Luxustränen. Sie sagen: Bei diesem Buch mußte ich echt mehrmals weinen. Das ist ein Lob.

Ich werde morgen die weiße Seidenbluse und den engen schwarzen Rock anziehen. Dazu nehme ich das schwarze Stricktuch mit den Fransen. Warum hat er mich wohl eingeladen? Bestimmt ist er nicht der Typ, der gern ins Ballett geht. Ich habe noch immer den Verdacht, er könne ein Banause sein. Reginald ist ein kompletter Banause. Dieser Arved ist bestimmt nicht sehr feinsinnig. Er erschreckt mich eher durch besondere maskuline Präsenz. Aber er ist der Spatz in der Hand.

Er holt mich pünktlich ab, mit einem kleinen roten Ford, einem Mietwagen. Es regnet. Um diese Jahreszeit kann man sich nicht unbedingt darauf verlassen, daß an der Costa del Sol die Sonne scheint. Es ist also nicht sicher, ob das Ballett überhaupt stattfinden wird, denn es handelt sich um eine Freilichtaufführung.

Wir sind zu früh da, deshalb gehen wir in die kleine Bar neben dem Park, wo Arved die Eintrittskarten gekauft hatte. Es ist voll. Lauter Spanier. Sie sehen sich ein Fußballspiel im Fernsehen an. Wir stören wahrscheinlich, aber sie lassen sich nichts anmerken.

Arved fragt den Wirt, ob das Ballett denn stattfinden wird. Er sieht uns erstaunt an. Ja, warum denn nicht? Nun, es regnet doch. Er zuckt die Achseln, schenkt uns den bestellten Sherry ein und wendet sich wieder dem Fernsehen zu.

Die Übertragung ist laut. So fällt es nicht auf, daß Arved und ich uns eigentlich nichts zu sagen haben. Aber dann legt sich der Lärm. Warum darf ich eigentlich nicht fragen, weshalb er mich eingeladen hat? Ich tue es.

Er könnte jetzt höflich erklären, daß er mich attraktiv findet, aber er sagt: »Na ja, wir sind doch beide Singles im Moment, und ich mag nicht immer mit meinem kleinen Bruder und meiner Schwägerin losziehen.«

Schmeichelhaft klingt das nicht.

»Absolut einleuchtend.«

»Ich bin ein pragmatischer Typ.«

»Kann ich mir gut vorstellen.«

»Sie aber auch.«

»Ich?!«

Er nickt. »Nicht so schusselig wie die meisten Frauen. Sie wissen, was Sie wollen. Das Haus, zum Beispiel. Wie Sie das alles so meistern, das imponiert mir.«

Ich bin erstaunt. Lothars Freunde und Bewunderer halten mich alle für überkandidelt. Die meisten reden mit mir wie mit einem Kleinkind oder einer Katze. Die anderen schauen mich an, als sei ich eine Hexe, eine geldgierige Hexe, die dem großzügigen Künstler in den Rücken fällt, wenn er etwas verschenken will. Lothar hält mich für eine Mischung aus beiden.

»Ich habe Sinn für Diridari. Vielleicht meinen Sie das?«

»Was ist das denn, Diridari?«

»Geld.«

Er lacht laut auf und verschluckt sich an seinem *Fino*. Dann deckt er seine Hand auf meine, die auf der Theke liegt, und mich durchrieselt wieder das Wohlgefühl, das ich auch spürte, als wir im Konzert saßen und uns wie bei einem Menuett an den Händen hielten. Er sagt: »Wir sollten uns eigentlich duzen, ja?«

»Gut. Ich heiße Ada.«

»Weiß ich. Und ich heiße Arved. Komische Namen, nicht? Ada und Arved. A A – wie Auswärtiges Amt. Oder wie … na, wir sollten das nicht vertiefen, gell?«

Er bezahlt, und wir schlendern zu der Freilichtbühne im Park. Sie ist wie ein Amphitheater nach außen hin durch Mauern abgegrenzt und oben offen. Es regnet noch ein wenig. Die Vorstellung wird sicher ausfallen. Darüber bin ich einerseits traurig, andererseits erleichtert, denn es ist sehr kühl, höchstens dreizehn Grad.

Wir hören von drinnen Musik. Am Eingang steht ein junges Mädchen. Es versichert uns, die Vorstellung werde auf jeden Fall stattfinden. »Wenn nicht heute, dann morgen«, sagt die hübsche Kleine auf deutsch.

»Und wenn es morgen auch regnet?«

Sie lächelt strahlend. »Dann übermorgen. Wir brauchen das Geld.«

Arved und ich gehen noch einmal zum Auto. Er hatte Kissen und eine Decke eingepackt, die holen wir jetzt. Dann gehen wir auf einen Drink in die Bar zurück. Der Wirt bedient uns, ohne den Blick vom Fernseher zu nehmen. Das Spiel scheint äußerst spannend zu sein.

Mit 45 Minuten Verspätung beginnt schließlich das Ballett. Der Regen hat aufgehört. Sie haben die Steinbänke abgewischt. Arved legt die Kissen hin. Es sind nur wenige Zuschauer da. Spanier bleiben bei solchem Wetter zu Hause. Eine Stimme kündigt über Lautsprecher ein *»espectaculo«* an. Es beginnt mit *»El Corsario«*.

Ein Pirat mit hübschem Po unter dem fleischfarbenen Trikot hat eine bildschöne christliche Prinzessin geraubt. Sie tanzen ihr Ritual aus Unterwerfung und Hingabe auf einer Marmorbühne. Eigentlich ist sie ein großes Podest vor einem echten Haus im arabischen Stil, mit vielen Fenstern und vergitterten Balkonen. Hinter manchen Fenstern geht Licht an und wieder aus. Die Regenwolken haben sich verzogen. Über uns, am sehr dunklen Himmel, stehen Sterne. Die Stimmung ist unwirklich und feenhaft, als wären wir selber auf einen anderen Stern versetzt worden.

Es ist sehr kühl. Weltraumkälte. Arved hat uns die Decke um die Schultern gelegt. Wir sitzen sehr eng nebeneinander. Als die Decke bei mir abrutscht, legt er sie mir wieder um und hält sie fest. Seine Hand auf meiner Schulter. Er zieht mich an sich. Ich schmiege mich an ihn. Es ist ein Reflex, die weibliche Reaktion auf die Umarmung eines Mannes.

Der Chef der Truppe, ein Russe, tritt als Prinz auf, obenherum nackt bis auf eine hellblaue Chiffonschärpe, untenherum im hellblauen Trikot. Der neckische Aufputz unterstreicht, daß er viel zu mollig ist. Offenbar hat ihn das Wohlleben als Leiter einer subventionierten Truppe etwas aus dem asketischen Trainingsgleis geworfen.

Die Frau zwei Reihen vor uns flüstert betont vernehmlich: »Peinlich!« Arved stößt mich leicht an und murmelt: »Prinz Speckrolle.« Wir lachen, beben vor verhaltenem Lachen. Ein Bewußtsein intimer Zweisamkeit entsteht zwischen uns.

Dann tanzen sie den »Feuervogel«. Strawinskys aufregende Musik kommt vom Tonband. Die Prinzessin von vorhin ist nun der Feuervogel. Das Corps de Ballet stellt Wogen und Landschaft dar, verkörpert Geburt und Tod und Ewigkeit. Und auf einmal hat die provinzielle Veranstaltung magische Dimension, die Tänzer scheinen über sich selbst hinauszuwachsen. Ich bin zum erstenmal seit Reginalds Verrat wieder glücklich.

Wir applaudieren herzlich und so kräftig wie möglich, um auf diese Weise die Illusion eines großen Publikums zu erzeugen.

Beim Hinausgehen sage ich: »Ich hätte nicht gedacht, daß du Ballett magst. Und wenn überhaupt, dann ›Schwanensee‹ oder ›Giselle‹.«

»Kenne ich alles gar nicht. Aber es hat mir gefallen. Ich bin nämlich sehr aufnahmefähig. Besonders an der Seite einer herrlichen Frau.«

Es scheint keine Ironie anzuklingen. Niemand sagt doch heutzutage »Eine herrliche Frau«! Das ist doch Operette. Er sagt es. Altmodisch. Handgeschnitzt. Köstlich.

Er kenne hier noch einen Schuppen, wo es gegen Mitternacht Flamenco gebe, sagt er. »Wie ist es? Wollen wir?«

Ich möchte lieber nicht. Ich will nichts verderben an dem schönen Erlebnis. Ich will es nach Möglichkeit so komplett nach Hause bringen, abgepackt und mit Schleife verziert.

Er ist deshalb nicht böse. Der gelassene Zug seines Wesens gefällt mir. Unterwegs, im Auto, fragt er: »Was ist eigentlich los mit diesen Wilcoxens und dir? Es wird ja furchtbar viel getratscht in der Siedlung.«

»Ich war nicht mit Reginald Wilcox im Bett, wenn du das meinst.« Es stimmt ja. Strand und Rasen, ja; Bett, nein.

»So genau wollte ich das gar nicht wissen.« Er lacht, scheint etwas verlegen zu sein, aber auch erleichtert. Keiner will eine, die auch jeder andere haben kann.

Als wir bei meinem Häusli vorfahren, habe ich es eilig. Ich warte gar nicht erst ab, bis er mir die Autotür öffnet, obwohl er bestimmt der Typ ist, der das tun würde. Er ist gleichzeitig ausgestiegen. Wir stehen uns am Tor gegenüber, und ich schließe auf. Es ist der heikle Moment, in dem man sich entscheiden muß, ob man den Begleiter mit hineinnimmt oder nicht.

»Danke für den sehr schönen Abend«, sage ich.

»Ich bedanke mich auch. Ganz herzlich.«

Kommt jetzt der Augenblick, in dem Erwartungen erfüllt oder enttäuscht und Belohnungen kassiert oder verweigert werden? Er küßt mich auf die Schläfe. »Gute Nacht, Ada. Schlaf gut. Ich warte noch, bis du drinnen das Licht anmachst.«

Das war's. Jetzt müßte ich erleichtert sein. Aber ich bin eher etwas gekränkt. Was ist los mit ihm? Kann er nicht? Oder will er mich nicht? Oder was?

Zwei Tage später renne ich die Straße entlang. Ich trage einen großen Karton mit Gartenabfällen vor mir her, an dem ich nur seitwärts unter Verrenkungen vorbeischauen kann.

Plötzlich kommt mir ein vertrauter Geruch in die Nase, und bevor ich noch den Alarm in meinem Körper umsetzen kann, stoße ich gegen Reginald. Er raucht seine Pfeife. Die frisch gekappten Palmwedel, die oben auf meinem Karton lagen, fallen zu Boden. Wir bücken uns beide danach und stoßen gleichzeitig noch einmal mit den Köpfen zusammen. Eine groteske Situation ist das, solche Sachen passieren sonst in *Slapstick Comedies*.

»Danke, es geht schon«, murmele ich und stelle den Karton ab. Also richtet Reginald sich wieder auf. Er steht still da und zieht noch ein paarmal hastig an der Pfeife. Nicky ist durch eine Lücke im Tor auf Pieseckes Grundstück geschlüpft und setzt dort gerade einen Haufen auf den Rasen.

»*Hello*, Ada.«

»Reginald.«

»Das klingt nicht sehr freundlich ...«

»Warum sollte es? Du hast dir ja bis jetzt nicht gerade ein Bein ausgerissen meinetwegen. Oder?« Er setzt sofort seine bockige Miene auf, Augenfarbe schmutziggelb.

»Es gibt Zwänge, Ada. Rücksichten, die ich nehmen muß. Wer meine Frau kränkt, der kränkt auch mich.«

»Na, das ist stark. Was habe ich Uta denn getan? Doch nichts anderes als du auch.«

»Ich bin ein normaler, heterosexuell veranlagter Mann. Und ich bin dir ins Garn gegangen. So sieht es Uta, und so war es wohl auch, tut mir leid. Als Gentleman habe ich meine Verpflichtungen.«

Ich platze beinahe vor Empörung.

»Gentleman? Etwa mir gegenüber?« Ach, ich werde unsachlich. Meine Stimme rutscht in die hohe Tonlage. Ich bringe mich selber in eine schwache Position. Was kreischst du so hysterisch? fragt Lothar in solchen Fällen. Männer denken an Zwangsjacke und Kaltwasserbehandlung, wenn Frauen lautstark wütend werden. »Du scherzest«, füge ich deshalb möglichst *cool* hinzu.

»Tut mir leid, Ada. Oh, ich bedaure das alles sehr. Wir hätten es früher bedenken müssen. Ich hoffe nur, daß du es trotzdem nicht bereust. *Bye, darling.*«

Er wendet sich ab. Seine Schultern zucken. Weint er etwa? Oder lacht er? Ich möchte einen Mord begehen. Nicky kommt nach getaner Verrichtung aus Pieseckes Garten und wieselt zu mir hin, schnüffelt an meinen Beinen und am Karton. Ich tue so, als bemerkte ich ihn nicht. So wuschelt er hinter seinem miesen Herrchen her.

Ich nehme den Karton hoch und schreite über Palmwedelstückchen und trockene Blätter hinweg hin zum Müllcontainer, eine Lumpenbraut ohne Bräutigam.

Zunächst bin ich nur fassungslos und verbittert. Aber allmählich begreife ich, daß alles ein Spiel war. Eines für drei Spieler, das Uta und Reginald sicher nicht zum erstenmal gespielt haben. Ein Spiel zur Belebung einer erschlafften Beziehung zwischen Ehepartnern. Sie gewinnen letztlich. Verlierer ist der Dritte, in diesem Fall ist das Ada Kleiminger.

Möglich, daß es bei Uta auch nicht ohne Schrammen abgeht. Sie riskiert viel, droht mit Selbstmord bis zur gefährlichen Grenze. Und nun hat für Reginald die Stunde der Niederlage geschlagen. Der gute Junge kriecht bei

Mama zu Kreuze. Er schlägt sich an die Brust, er bereut, er schickt selbstverständlich die Nebenbuhlerin in die Wüste. Ein Paar mit verteilten Sadomaso-Rollen. Letztlich werden sie ihr Spiel als lustvoll empfinden. Aber ich? Ich bin traurig und wütend.

Die Begegnung mit Reginald hat mich aufgewühlt. Ich brauche räumlichen Abstand, wenigstens den. So beschließe ich spontan: Ich fahre nach Stroppenau, wenigstens für eine Woche. »Flagge zeigen« nannte meine Tante Lucie ostentative Anwesenheit zum Zwecke der Selbstbehauptung.

Ich rufe bei Lothar an. Die Putzfrau meldet sich. Herr Kleiminger sei zu einem Kongreß, nach Montreal oder Genf oder so. Zwei Wochen sei er noch weg, läßt sie mich unwirsch wissen. Sogar am Telefon merke ich, wie sich ihre Mißbilligung verdickt, als sie hört, daß ich trotzdem kommen werde.

»Weiß denn Herr Kleiminger Bescheid?«

»Ich wohne dort, Frau . . ., also machen sie sich bitte keine Gedanken. Nächste Woche brauchen Sie übrigens nicht zum Putzen zu kommen. Ich möchte ungestört sein.«

Sie schnauft. Ich lege auf. Man darf sich die Butter nicht vom Brot nehmen lassen. Sofort buche ich telefonisch einen Flug für die nächste Woche. Dann gehe ich, frisch gestärkt, zu Kösters.

Ich klopfe. Ich muß es riskieren, daß sie mich rausschmeißen.

Aina empfängt mich sichtlich verlegen. Doch sie bietet mir einen Sherry an. Max und Arved sind in Malaga. Morgen wird Arved zurückfahren nach Dortmund. Er hat in

Malaga geschäftliche Kontakte geknüpft, aber lange kann er die Druckerei nicht allein lassen. Die Kunden werden immer anspruchsvoller, hat er gesagt. Die hätten bestimmte Vorstellungen davon, wie rot eine Erdbeere und wie gelb eine Banane zu sein habe. Ganz zu schweigen von Künstlern, die Lithographien machen ließen, Mimosen oder Berserker.

»Kalender und Kochbücher sind Spezialitäten der Druckerei, aber die Konkurrenz ist groß, das Preisniveau schwer zu halten. Wie geht's dir?«

Ach ja, wir haben ja vor einiger Zeit Brüderschaft getrunken, oder besser gesagt: Schwesterschaft. Ich erkläre, daß es mir gutgeht und daß ich mich nur verabschieden will, weil ich für einige Zeit nach Hause fahren werde.

Sie zögert. Dann sagt sie: »Weißt du, diese Sache mit Reginald und Uta ... Also, ich glaube, daß sie eine ziemliche Beiße ist, unzuverlässig und unaufrichtig und krankhaft eifersüchtig. So etwas merkt man ja erst mit der Zeit. Ich denke fast, in der Ehe stimmt was nicht. Er ist ja nett. Sehr charmant. Sexy, meinst du nicht auch?«

Ihre Augen leuchten. Hat er jetzt Aina aufs Korn genommen? Spielen die Wilcoxens ihr Spiel nun mit ihr? Mit kleinen Variationen natürlich, aber anregend wie immer und überall?

Ich sage vorsichtig: »Weißt du, ich glaube, im Grunde sind sie sich einig. Sie brauchen ein bißchen Paloma, ein bißchen Aroma, ein bißchen Chichi ...«

Wir singen beide: »Heute nacht oder niiiie!« Der alte Heuler, der Anreißer vieler Tanzereien. Wir schauen uns an und lachen.

Hört man den Stein von meinem Herzen plumpsen?

Ich bin so erleichtert. O Gott, Aina ist gar nicht wirklich böse auf mich. Der Bierverschiß hat Lücken.

»Arved findet dich sehr nett. Ihm hat sogar das Ballett mit dir gefallen, das will etwas heißen. Er sagt, wir sollen uns von den Engländern nicht überfahren lassen. Engländer seien ein eingebildetes und borniertes Inselvolk.«

»Sie ist aber Deutsche.«

Warum sage ich das? Habe ich Grund, extra fair zu sein?

»Die Frau wird, was der Mann ist, nicht umgekehrt«, sagt Aina. Bei Wilcoxens ist das so. Reginald kann fließend Deutsch, aber zu Hause bei ihnen wird ausschließlich englisch gesprochen. Sogar vom Papagei.

Ich trinke meinen Sherry aus, bitte Aina, Grüße zu bestellen, und gehe. Sie war noch etwas reserviert, aber letztlich nicht unfreundlich. Ich bin sehr getröstet.

Zu Hause stelle ich mich vor den Spiegel. Das Licht vom Fenster her fällt seitwärts ein, die ungünstigste Beleuchtung für Gesichter über vierzig.

Ich gehe dicht heran und schaue mir in die Augen. Das ist für mich immer ein magischer Moment: Die Begegnung mit einer Frau, die ich bin und doch nicht bin. Ihr fester Blick macht mich unsicher. Ich widme meine Aufmerksamkeit der Figur, soweit ich sie sehen kann. Sie gefällt mir, so ohne Fett, gut durchtrainiert, stark und einsatzfähig.

Nun noch einmal zum Gesicht: Die Züge sind ein Spürchen abgerutscht, die Wangen haben nachgegeben, ebenfalls nur wenig, aber unverkennbar. Die Haare hängen matt und flusig. Wenn die Züge rutschen, sollten die Haare den Zug nach unten nicht noch betonen.

Ich hole meine Schere und gehe ins Bad, wo ich die beiden äußeren Türen vom Spiegelschrank so öffnen kann, daß ich auch den Hinterkopf sehe. Ich ziehe mein T-Shirt aus und schneide mir beherzt die Haare.

Zuerst stecke ich die Deckhaare hoch und kappe ratzfatz die schlaffe Portiere hinten. Der Nacken wird sichtbar. Dann passe ich die übrigen Partien der neuen Länge an, ziehe mit den Seiten und dem Oberhaar nach. Nun ist es so etwas wie ein aufgeplusterter Bubikopf der dreißiger Jahre. Ich wasche, föne, kämme und sprühe Festiger auf. Das Ergebnis ist ungewohnt, aber ich mag mich so. Eine schnörkellose Frisur für eine unabhängige Frau. Für eine Frau, die ihre Erfahrungen gemacht und verarbeitet hat.

Im Grunde kann ich froh sein. Männer können mich nicht mehr kränken. Ich bin immun geworden gegen Verletzungen. Eine lernfähige Frau muß irgendwann dieses Stadium der Entwicklung erreichen. Sonst ist sie dumm oder unsensibel. Solange sie sich kränken läßt, wird sich immer ein Mann finden, der sie kränkt. Männer sind so. Sie funktionieren irgendwie automatisch. Sie sind nicht böse, sondern unfähig, den Regungen und Gedanken anderer Menschen zu folgen, schon gar nicht denen einer Frau.

Voneinander erwarten sie wahrscheinlich nichts, aber sie wissen immer, wie eine Frau zu sein hat. Und vor allem: wie sie nicht zu sein hat. Siehe Robert. Siehe Lothar. Siehe Angelo. Siehe Reginald. Arved ist noch ein unbeschriebenes Blatt. Warum sollte er jedoch anders sein? Schwarzer Riese mit Tarnkappe. Nein, nie wieder.

Reginald ist gerade überwunden. Im Kopf jedenfalls. Mein Körper erinnert sich manchmal noch sehr lebhaft an ihn. Anderen Frauen fühle ich mich durch meine Erfahrungen überlegen. Ich spüre nicht mehr ihren Erfolgsrezepten nach, den Künsten des Verführens und Anpassens, denn darauf läuft Weiblichkeit in den Augen des Mannes letztlich hinaus.

Nun, ich bin ein wenig verbittert. Möglich, daß ich in einem Monat schon wieder milder über das alles denke. Ich male mir die Lippen rot. Ja, ich werde die perfekte Tarnung tragen: alles, was sein Herz begehrt. Außen heiß, innen Eis. Der Vamp der schönsten Hollywoodfilme. Das müßte doch zu schaffen sein. Oder?

Das Hochgefühl läßt nach, als mir klar wird, daß Vamps nie fünfzig werden. Mist!

7

Es stört Sie hoffentlich nicht, liebe Leserin, lieber Leser, wenn ich Ihnen nach einer längeren Pause im Imperfekt berichte? Ich war also eine neue Frau geworden, irgendwie. Ich beschloß, mich möglichst nicht scheiden zu lassen. Ein Mann ist so gut oder schlecht wie der andere, sagte ich mir. Und auf Lothar hatte ich mir ein Anrecht erworben, auf das Haus und das Geld, durch meine Arbeit. Denn was wäre aus ihm geworden ohne mich? Ein hustender, erfolgloser Im-Keller-ist-es-duster-Typ, vielleicht gar schon tot. Wenn er jetzt stürbe, würde ich erben.

Daß ich mein Leben ändern wollte, stand fest. Weltbetrachtung aus der Kopfstand-Perspektive vermittelte vielleicht verkehrte Einsichten. Ich wollte mich nun ganz zurücknehmen und meine Erwartungen auf mich selber konzentrieren.

So nahm ich Papier und Kugelschreiber und machte mir eine Liste. In der Mitte zog ich einen senkrechten Strich. 1. Wer oder was stört mich und muß deshalb abgeschafft oder geändert werden? Das stand links vom Strich. 2. Welche Erwartungen habe ich? Das stand rechts.

Unter 1. kam zusammen: Lothars Benehmen. Pedros Unzulänglichkeit bei der Gartenpflege. Angelos Zickigkeit. Meine finanzielle Abhängigkeit. Die spießige Note meines Häusli. Küche ohne Backofen. Die unbequeme geflieste Bank im Garten. Reginald! Uta! Daß die Typen hier mich schneiden. Meine ewig abgebrochenen Fingernägel.

Unter 2. wurde es sehr schwierig. Ich wollte ehrlich sein, keine Träume notieren, mir weder den schwarzlokkigen Prinzen auf weißem Roß wünschen noch unvergängliche Jugend oder den Status als Mittelpunktsfigur einer bezaubernden Clique. Dann also: Selbständigkeit. Ausgeglichenheit. Mehr Aktivitäten auf kulturellem Gebiet. Eine gute Mutter und Oma sein. Besser Spanisch lernen. Was noch?

Ach, es war alles Krampf. In Wirklichkeit wollte ich die Dinge zu 1. ändern. Dann weitersehen.

Ich rief in München an und erreichte wieder die Putzfrau, die mir abermals erklärte, Herr Kleiminger sei zu einem Kongreß. Ich sagte: »Sehr schön. Am kommenden Donnerstag treffe ich ein. Dann möchte ich, wie gesagt, gern allein sein. Okay?« Sie brummelte etwas, wagte aber keinen Widerspruch. Ein Sieg! Hausangestellte sind auch nur Menschen.

Es gab einen Typ namens Pepe, der seit eh und je auf einem schwachbrüstigen Motorrad durch unsere Siedlung knatterte. Zuerst hatte ich ihn dem Geräusch nach oft für den Briefträger gehalten, der ebenfalls Motorrad fuhr. Pepe war unansehnlich und grau. Er arbeitete als »Pfuscher«, das heißt, er führte schlecht und recht und relativ billig kleine Arbeiten aus, stockte hier eine Mauer auf oder legte dort neue Fliesen auf die Terrasse. Wichtig war, daß er nicht zum Troß von Pedro gehörte, wie Rafael und die anderen, die sich ganz und gar nach ihrem Leittier richteten, auch im Hinblick auf ihre finanziellen Forderungen.

Pepe hatte mich immer freundlich gegrüßt, und ich hatte gelächelt und zurückgegrüßt. Diesmal rief ich: »*Un momento*, Pepe!« Er hielt an. Ich fragte ihn, ob er in meiner Abwesenheit gegen gute Bezahlung meinen Garten gießen wolle. Ich zeigte ihm meinen Garten und jene Pflanzen, die besonders empfindlich waren. Wir einigten uns.

Dann rief ich den Baumeister Gomez an und bat ihn um einen Besuch. Er möge mir einen Kostenvoranschlag machen für eine Reihe von Veränderungen und Umbauten auf meinem Grundstück. Er sagte für den nächsten Vormittag zu.

Pedro zu entlassen kostete mich Überwindung, aber ich wollte mich nicht länger über ihn ärgern, über seine Faulheit, seine Eigenmächtigkeiten, seinen Preis. Ich nahm also meinen Mut zusammen und erklärte ihm, ich könne mir finanziell keinen Gärtner mehr leisten. Eine kleine

Abfindung nahm er ungnädig entgegen. Aber unternehmen konnte er nichts. Denn es galt ein unverbindliches *»Hire and fire«*, alles lief am Finanzamt vorbei.

Bevor ich abreiste, hatte ich mit Señor Gomez die Umbauten verabredet. Er wollte sie bereits während meiner Abwesenheit in Angriff nehmen. Es war ein gutes Gefühl, etwas in eigener Sache zu planen.

Als ich in Stroppenau aus dem Taxi stieg, raste Asta wie die wilde Jagd auf mich los und warf mich beinahe zu Boden. Der alte Mann aus dem Dorf, der den Garten betreute, lachte mit hüpfenden Schultern und weit aufgerissenem zahnlosem Mund. Er hütete Asta schon seit zwei Tagen. Die Putzfrau hatte sie bei ihm abgegeben.

»Er hat die Mattes nämlich gebissen. Koa Wunder net, so oane schiache Person«, vertraute er mir an.

»Doll? Ich meine: doll gebissen?«

»Naa, gekniffen halt, a bisserl.«

Ich streichelte Asta mit schlechtem Gewissen. »Dich hatte ich ganz vergessen, meine süße Dicke. Guten Morgen, gnäd'ge Frau, Ihre Augen sind so blau.«

Ich fühlte mich gut. Dies war mein Zuhause, vielleicht noch mehr als die Villa Ada in Spanien. Ich trödelte im Haus herum, schaute mir alles an und rückte die kleinen Plastiken zurecht, die wir unterderhand an Besucher und Privatkunden verkauften. Der Künstler war offenbar nicht viele losgeworden. Kein Wunder. Der Verkauf der Kleinplastiken war meine Idee und meine Aufgabe gewesen, inklusive des Schaukastens vor dem Haus, der jetzt leer war.

Der Garten war gepflegt, doch ihm fehlte das gewisse

Etwas, das nur eine liebende und schöpferisch begabte Hand verleihen kann.

Im Atelier wartete ein großes Modell aus billigem Ton auf den Transport zum Bronzegießer. Es war in feuchte Tücher eingeschlagen. Wahrscheinlich hatte die Putzfrau Anweisung gehabt, es feucht zu halten. Die Plastik hätte längst bei Krenek sein müssen, das war mir klar. Es schien sich um den Brunnen für die Münchner Vorstadt zu handeln.

Früher hatte ich an jedem Werk intensiv mitgearbeitet. Wenn das Gerüst aus Metall vom Fachmann nach Lothars Vorstellungen erstellt worden war, fertigte ich ringsherum aus Draht die »Schmetterlinge«, die den Ton nachher stützen und tragen müssen. Dann erst trat der Künstler wirklich in Aktion.

War später das Tonmodell innen genügend getrocknet – ganz austrocknen ließen wir es aus Zeitgründen nie –, kam Krenek. Er betrachtete das Monstrum kopfschüttelnd, stemmte die Arme in die Seiten und erklärte: »Naa, dös Trumm foar i net!«

So wurde es zerlegt, die einzelnen Teile wurden in nasse Tücher verpackt und vorsichtig verladen. Bei Krenek wurden sie unter Aufsicht des Künstlers wieder zusammengefügt. Gefährdete, dünne Teile mußten extra abgestützt werden. Dann begann die Arbeit: Schamotte, Ton, immer Wachs. Kleine, feine Teile – Wappen oder Reliefs – wurden in einer Negativform aus Spezialsand gegossen, eine Besonderheit, die nicht jeder Gießer beherrscht.

Die großen Werke brachten als Kunst am Bau den wirklichen Verdienst. In Bayern gingen die Einladungen zu Wettbewerben, die zu Aufträgen führen konnten, an etwa zwanzig Künstler. Sie verfügten über ein akzebtables Maß an Können und Selbstbewußtsein und den richtigen Sinn für das dem Bürger Zumutbare. Sie waren schöpferisch und zugleich so pragmatisch, daß sie ihren Entwurf in das Gesamtkonzept von Architektur und Gartengestaltung einordnen und mit Planern, Behörden, Architekten und Statikern vernünftig zusammenarbeiten konnten.

Lothar hatte mit dieser Brunnenplastik zeitlich gewiß geschlampt. Er würde es nur mit letzter hektischer Kraft schaffen. Und er mußte es schaffen, wenn er seine Pfründe bei Vater Staat nicht verlieren wollte.

In der ersten Zeit unserer Ehe, als der Erfolg noch neu war, hatte Lothar manchmal im schöpferischen Überschwang so viele Extras an seinem Werk installiert, daß zuletzt, nach dem aufwendigen Guß, nichts Bares mehr für uns übrigblieb. Für Kunst am Bau steht eine feste Summe zur Verfügung. Es wird kein Honorar vereinbart. Der Künstler muß nicht sparen, sollte aber auch nicht das Maß verlieren. Ich nahm mir vor, mich in meinem eigenen Interesse wieder mehr um diese Dinge zu kümmern.

Als ich Bettina anrief, lud sie mich gleich ein. Wir verabredeten uns für den nächsten Tag. Ich zog meine feinen Klamotten aus und den wollenen Homedress an. Es war lausig kalt. Der Winter hatte schon eingesetzt. Die Räume wirkten muffig. Ich machte den Kamin an. So trat ich wieder in mein Amt als Hüterin dieses Hauses ein, das ich so viele Jahre lang aufopfernd ausgefüllt hatte. Ich würde das nicht aufgeben. Und ich wußte, daß Lothar es im Grunde auch gar nicht wünschte.

Am nächsten Tag stürzte ich mich in meine Omarolle. Ich nahm das Schaukelpferd mit und eine Schlange aus vielen einzelnen bunten Elementen, die zusammengesteckt und wieder auseinandergenommen werden konnten.

Sascha hatte weißblonde Härchen, die schon Ansätze zum Lockenkopf zeigten. Das entzückte mich. Ich hatte als kleines Kind einen Lockenkopf gehabt. Es gab eine Aufnahme von mir als Baby, auf der ich haargenau aussah wie Sascha jetzt. Ich hatte meinen Apparat mitgebracht, in dem sich ein noch nicht vollständig verknipster Film befand, und machte gleich ein paar Fotos von meinem Enkel.

Bettina wirkte etwas müde, beteuerte aber, sie sei sehr zufrieden und putzmunter. Nachdem wir uns aneinander gefreut hatten, bat sie mich, ein bißchen Babysitter zu spielen. Sie müsse sich unbedingt einen Wintermantel kaufen.

Über meine Ängste als Babysitter möchte ich schweigen. Ja, ich fürchtete mich vor dem Baby. Ich wollte nicht, daß es schrie, und es wollte nicht schlafen, auch nicht allein spielen, so zog ich hundertmal an der Strippe des Kästchens, das daraufhin »Alle meine Entchen« spielte. Ich sang »Sascha klein ging allein in die weite Welt hinein«, zerlegte die Spielzeugschlange und setzte sie wieder zusammen, freute mich über Beifallsblubser meines Enkels, machte unbeholfen Versuche, ihm Tee einzuflößen, ihn zu wickeln, war entzückt, wie er strampeln konnte, deutete sein Gegurgel als intelligente Bemühung um Konversation und war heilfroh, als mein Schwiegersohn vom Dienst nach Hause kam. Wenig später traf auch Bettina ein, eine große Tüte mit dem schönsten aller Mäntel in der Hand.

»War Sascha artig? Hat's dir Spaß gemacht, Mamilein?« fragte sie.

»Ja, sehr. Er ist süß.«

Mein Schwiegersohn fuhr mich mit dem Auto zum Bahnhof. Ich war völlig erschöpft. Ich weigerte mich aber zu glauben, ich sei einfach zu alt für Babys.

Ich gab den Film in Landshut zum Entwickeln. Die Bilder sah ich mir erst zu Hause an. Die Porträts von Sascha waren bezaubernd, besonders eines, das diesen herzergreifenden Ausdruck von intelligenter Erwartung und kindlicher Unbefangenheit einfing.

Die anderen Fotos, die ich schon vor einiger Zeit gemacht und deren Motive ich inzwischen vergessen hatte, wirkten wie eine Begegnung mit einer Vergangenheit, die noch gar nicht recht Zeit gehabt hatte, zu vergehen.

Da waren Fotos von meinem Hibiskus, vom Oleander, von im Sand badenden Spatzen, von Wolken und staubgesättigter Atmosphäre bei Sturm am Strand. Und dann sah ich das Foto von Uta und Reginald, beide lachend, sie trug die russische Offiziersmütze und er die Vierwindkappe der Lappen. Ich hatte gar nicht mehr daran gedacht, daß ich sie an jenem Nachmittag des beschwipsten, fröhlichen Einverständnisses zwischen uns dreien aufgenommen hatte.

Man sah ihren etwas aufgelösten Mienen an, daß sie reichlich Alkohol getrunken hatten. Trotzdem wirkten sie elegant und rassig, ja verwegen, und das in stärkerem Maße, als ich es unmittelbar wahrgenommen hatte, wenn ich mit ihnen zusammen war.

Sie wirkten wie Stars der Dreißiger im Kino, und gerade die ausgefallenen Kopfbedeckungen verstärkten den Eindruck des Glamourösen noch. Uta lächelte mit geschlossenem Mund, ein bißchen zynisch, ein bißchen überdrüssig, ihr typisches Lächeln. Reginald sah spöttisch ernst ins Bild und kniff die Augen leicht zusammen, als schaue er unter seiner Lappenmütze hervor über eine weite Schneefläche hin. Katzenaugen, sogar auf dem Foto deutlich gelb glitzernd. Mit Zeigefinger und Mittelfinger der Rechten formte er das Victory-Zeichen, und in mir stieg plötzlich Wut hoch. Er hatte mich erst angeheizt und dann verraten. Beide hatten mich verschaukelt. Aber ich würde darüber hinwegkommen. Und wenn ich es ihnen heimzahlen konnte, wie auch immer, dann wollte ich es tun. Rache. Oh, Rache würde mir guttun.

In den nächsten Tagen holte ich einige der in früheren Jahren ersteigerten Schätze aus dem Keller. Dort standen sie doch nur herum, »als Altersversicherung«, wie Lothar und ich in freundlicheren Zeiten gescherzt hatten.

Ich verpackte sie und kutschierte sie zur Post. Man versicherte mir, was ich auch vermutet hatte: Sie würden in Marbella lagern, bis ich sie dort abholte. Ich packte auch meine eigenen Kunstfotos zusammen, nachdem ich sie noch einmal in Ruhe betrachtet hatte. Sie waren wirklich gut. Ich war selber beeindruckt.

Es waren schließlich elf Pakete geworden. Als ich sie auf den Weg gebracht hatte, war ich erleichtert und fast sicher, daß ihr Inhalt für mich wichtig werden sollte.

Nachmittags stieg ich mit Asta zur kleinen Kapelle in der Nähe unseres Hauses hoch. Ich schaute nicht hin zu der Stelle, an der früher Bronzo gestanden hatte. Damals hatten die Bauern aus dem Dorf ihn oft absichtlich mit Gülle vollgespritzt. Sie mochten uns nicht. Wir waren Exoten in ihren Augen. Verrückte. Wer stellt sich denn einen Bären vors Haus? Gartenzwerg, das mag angehen. Aber Bär?

Sie waren trotzdem freundlich, so falsch freundlich, wie sie zu Ausländern und Zugereisten eben sind. Ich huschte an ihnen vorbei, wenn sie mich ansprachen, und beteuerte, ich müsse sofort zurück, hätte gerade Kartoffeln aufgesetzt oder etwas im Herd. Sie nickten und feixten. Die Depperte vom Künstler, na ja, was konnte man von der erwarten? Tickte anders. Aber was sie wohl nicht wußten: Ich mochte sie auch nicht. Die Stinker.

Auf der Stufe der Kapelle saß die Stöberin, seit langem verwitwet, eine Stütze der Pfarrei. Wahrscheinlich hatte sie den Altar geschmückt. Sie schaute mich an und sagte: »Joa mei, ich hätt' dich beinah nicht erkannt, nur an dem Hund hab' ich dich erkannt. Warst krank? Siehst schlecht aus. Joa mei, wir werden alle nicht jünger, gell?«

Das sagte diese alte Hexe zu mir. Ich muß zugeben, daß es mich nicht gerade aufmunterte. Ich antwortete: »Joa mei, Frau Stöber, zuerst hab' ich eben geglaubt, daß Sie ein Geist sind. Ich dachte immer, Sie wären schon längst tot.«

Im Dorf sagten sie, die Stöberin hätte den bösen Blick, und so, wie sie mich anstarrte, konnte ich es beinahe glauben. Aber es war mir egal. Ich war gefeit gegen ihren Zauberkram, weil ich wütend war.

Ich kehrte wieder um. Sie rief hinter mir her: »Sollst dich grad mal um deine Wirtschaft kümmern. Die Frau gehört ins Haus, das brauch ich dir wohl nicht zu sag'n!«

Asta trottete vor mir her. Plötzlich begann sie zu rennen, mit allen Anzeichen höchster Erregung strebte sie dem Haus zu. Da stieg gerade Lothar aus dem Auto. Er mußte es demnach wohl auf dem Flughafen geparkt haben.

Asta und er lieferten sich einen eindrucksvollen Schaukampf. Ich beobachtete die beiden und mußte lachen. Was waren sie doch für Komödianten. Jeder tat so, als hätte er die Trennung kaum ertragen können. Ich war jedenfalls sicher, daß Lothar recht gut damit fertig geworden war.

Er sah gesund und braun und attraktiv aus. Mein Mann. Erst jetzt, da ich ihn gänzlich an eine andere verloren hatte, bemerkte ich seine äußeren Vorzüge so richtig. Er staunte, als er mich sah, und er freute sich. Ganz unverkennbar freute er sich. Er winkte flüchtig zu mir hin, und dann war auf der anderen Seite des Wagens eine junge Frau ausgestiegen.

Melanie. Es konnte nur Melanie sein. Sie war in weißem Strick, eine Schicht über der anderen: ein wadenlanger Strickrock, weiße Leggings und weiße, knöchelhohe Schuhe, zuoberst noch ein riesiger Schal. Die Aufmachung hatte ich ähnlich an Models in Zeitschriften gesehen, aber noch nie in natura an einem normalen Menschen. Und an ihr sah es vollkommen und ganz natürlich aus.

Wenn das »Umstandskleidung« sein sollte, hatte ich eben etwas dazugelernt. Mein Herz schlug heftig. Melanie sah zu mir hin. Wir gingen aufeinander zu und reichten uns nach kurzem Zögern die Hände. Was soll's, dachte ich. Und sie schien auch kein Aufheben machen zu wollen.

Lothar küßte mich leicht auf den Mund.

»Ja, Adeline, ich hatte ja keine Ahnung, daß du hier bist. Freut mich aber.«

Vielleicht hatte er Melanie mit zu seinem Kongreß genommen? Bei mir hatte er das nie getan. Um ehrlich zu sein: Ich selber hielt mich immer zu Hause für unentbehrlich.

Wir gingen ins Haus. Ich hatte leicht geheizt. Im Kamin waren die Tannenzapfen schon zum Anzünden vorbereitet. Ich machte Feuer und kochte Kaffee, wir aßen Kekse und tranken Cognac, und wir taten so, als sei die Situation ganz normal, plauderten über Ausstellungen und Konzerte, bis Lothar sagte: »Ich glaube, ihr versteht euch prächtig. Ich muß aufpassen, daß ihr mich nicht abhängt.«

Wir lachten gequält. Wenn Lothar seinen Holzfäller-Naturburschencharme heraushängen läßt, kann er doch sehr entnervend sein. Er sagte, es sei doch so etwas wie eine Generalprobe. Melanie wolle nicht heiraten, und er und ich hätten den Anwälten schon viel zuviel Geld in die Rachen gesteckt. »Lassen wir's doch einfach laufen, was meint ihr beiden Süßen?«

Melanie und ich schauten uns in die Augen. Sie sah ein bißchen aus wie Meryl Streep. Wir sprachen gleichzeitig. Ich sagte: »Morgen muß ich zurück nach Spanien.« Sie sagte: »Ich muß in zwei Stunden spätestens in München sein.«

Weshalb Lothar plötzlich etwas verlegen wirkte, ganz entgegen seiner üblichen Art, merkte ich nun. Er sagte, er werde Melanie hinfahren und später zurückkommen. Sicherlich war er auf eine Liebesstunde oder gar auf eine lange Liebesnacht vorbereitet gewesen und mußte nun umdenken.

Melanie und ich gaben uns zum Abschied wieder die Hände. Es gelang mir nicht, sie abscheulich zu finden. Sie war hübsch auf die edle Art, ungewöhnlich, gewiß nicht spießig, eben jung und neu, nicht ihre Schuld.

Sobald sie fort waren, rief ich auf dem Flughafen an und buchte einen Flug nach Malaga. Ich ließ mir ein Bad ein und holte mir eine Flasche Sekt aus dem Kühlschrank. Während dieser Vorbereitungen begann ich schon zu schluchzen, und dann lag ich im heißen Wasser und ließ die heißen Tränen hineintropfen. Es ist merkwürdig, wie wenig man sich oft selber kennt, wie falsch man sich einschätzt. Ich hätte nicht gedacht, daß ich so sehr unter dem Zusammentreffen mit Lothars neuer Liebe leiden würde. Nun, ich hatte allerdings auch keine Zeit gehabt, mich wirklich innerlich dafür zu stählen.

Lothar kam spät nachts zurück. Ich muckste mich nicht in meinem Zimmer. Morgens frühstückten wir zusammen. Das Wetter war hell und klar. Wir sprachen nicht über Melanie. Ich packte meinen Koffer. Lothar fuhr mich zum Flughafen. Zum Abschied küßte er mich mit geschlossenen Lippen auf den Mund.

»Bist eine Süße«, sagte er. Ich hielt die Tränen zurück. »Die hat zu dicht am Wasser gebaut«, sagte meine Mutter von weinerlichen Mädchen.

Im Flugzeug saß ich neben einer Frau von undefinierbarem Alter, die sich über die Vorzüge des Alters verbreitete und über die anstößige Weigerung mancher Frauen, sich nicht zu ihren Jahren bekennen zu wollen. Ich gab ihr zart zu bedenken, daß es wohl auch darauf ankäme, von welchem Alter aus man sich mit dem Thema befasse.

»Na, ich bin zweiundfünfzig. Und wie alt sind sie?« fragte sie mich.

»Ich bin vierzig.«

Sie runzelte die Brauen, betrachtete mich eingehend, sagte aber nichts. Ihr Blick glitt auf meinen Bauch. Unter dem Pulli hatte ich meine dicke Geldkatze umgeschnallt. Ich nehme gern viel Bargeld mit, dann brauche ich nicht gleich zur Bank zu laufen. In diesem Falle würde ich Señor Gomez die zweite Hälfte für seine Bauarbeiten bezahlen müssen, die erste Hälfte hatte ich schon als Vorschuß entrichtet, wie es in Spanien üblich ist. Die Tante neben mir wandte den Blick ab und preßte die Lippen zusammen. Vielleicht hielt sie mich für schwanger – mit meinem geschwollenen Bauch? Ich lächelte hold und nahm mir meine Zeitschrift vor.

Bis zur Landung in Malaga sprachen wir kein Wort mehr miteinander. Dann sagte sie plötzlich, sie müsse nach Torremolinos, ob ich vielleicht auch in diese Richtung führe und ob wir eventuell gemeinsam ein Taxi nehmen könnten, das wäre doch erheblich billiger.

Eigentlich hatte ich die Bahn bis Fuengirola und dann den Bus nehmen wollen, aber nun erschien mir das Angebot doch sehr verlockend. Wir handelten mit einem arabisch wirkenden Taxifahrer den Preis aus und begannen unterwegs ein nettes Gespräch, in das wir ab und zu mit spanischen Brocken auch unseren Fahrer einbezogen.

In Torremolinos konnte sie zuerst ihr Ziel nicht finden, die Adresse stimmte nicht, es sollte eine Pension sein, sie war früher schon einmal dort gewesen. Unser Fahrer wurde schon ungehalten. Aber dann entdeckte sie die richtige Straße und das Haus. Sie bezahlte etwas mehr als die

Hälfte, wahrscheinlich sollte ich den Rest mit Trinkgeld ausgleichen. Wir schüttelten uns die Hände und strahlten uns an, Freundinnen für eine Taxifahrt.

Der Fahrer antwortete nun betont einsilbig auf meine Gesprächsversuche. Offenbar meinte er, wir hätten ihn übervorteilt wegen der längeren Suche vorhin. Aber ich dachte gar nicht daran, den Preis zu erhöhen. Ich schwieg und ließ ihn schließlich zwei Häuser von meinem Häusli entfernt halten, um ihn gar nicht erst auf dumme Gedanken zu bringen.

Als ich bezahlt und mein spärliches Gepäck ausgeladen hatte, rauschte er mit Kavaliersstart ab. Ich ging bei Wilcoxens vorbei, drinnen rührte sich nichts. Dann schloß ich mein Tor auf, wie immer in einem Gemisch aus ängstlich zitternder und freudiger Erwartung.

Diesmal war viel geschehen. Die geflieste Bank draußen war abgerissen, die Mauer seitlich erhöht worden. Im Haus hatte Señor Gomez zwischen den beiden Wohnräumen die Wand entfernt. Die Möbel, die ich nicht vorher in den Schuppen geschleppt hatte, standen in der Mitte. Es sah sehr unordentlich aus, aber sie hatten gefegt und wohl sogar die Fenster geputzt, und ich sah sofort, daß es wunderbar sein würde: ein großer Raum mit schräg ansteigender Zimmerdecke und einem Marmorboden, alles ganz in Weiß, groß wie in einem Schloß.

Ich rief: »Haallooo!« Es hallte wie im Gebirge. Hier würde es viel zu tun geben. Der Gedanke belebte mich. Ich schlenderte durch die anderen Räume. Alles war herrlich. Ich war glücklich.

Wie stets in so schwerelosen Situationen nahm ich mir etwas vor: Ich wollte mich nicht auf Männer, sondern auf mich selbst konzentrieren. Schluß mit Partys. Wenn man sich nicht von anderen abhängig macht, kann einen auch so leicht keiner kränken. Also Schluß auch damit: mit dem Wunsch, zu gefallen, furchtbar nett zu sein, es allen recht machen zu wollen. Schluß mit diesem verdammten Sex, da lag ja der dickste Hase im Pfeffer.

Ich machte einen ausgiebigen Kopfstand. Auf viele Annehmlichkeiten würde ich nicht verzichten müssen. Aber Kopfstand und Liebe zusammen ging mit fünfzig eben nicht mehr. Mit der Liebe war es eigentlich schon immer nach einiger Zeit Essig gewesen. Oder es wurde etwas Belastendes, Quälendes daraus. Wie bei Robi. Oder bei Lothar. In Reginald war ich verliebt gewesen wie ein dummes Huhn. Liebe war es nicht. Oder doch? Ach, bitte nicht.

Ich wollte also ein neues Leben beginnen, wieder einmal. Diesmal wollte ich durchhalten. So begann eine Zeit äußerster Betriebsamkeit. Ich schaffte mir als erstes ein kleines Auto an, gebraucht, einen knallroten Fiat Panda. Der junge Mann von der Firma Marbesol stellte ihn mir vor die Tür. Ich war ganz aus dem Häuschen vor Freude. So ein wunderhübsches Wägelchen. Da sah ich wieder einmal, wie herrlich man sich selber beschenken kann.

Ich war zwar längere Zeit nicht mehr gefahren, aber schließlich hatte ich ja einen Führerschein. Deshalb stand ich morgens in der Dämmerung auf, zog mich an, schlich hinaus und probierte mit hämmerndem Herzen die verschiedenen Gänge und Griffe aus. Fand sogar die Beleuchtung und den Scheibenwischer. Dann startete ich und zuckelte durch unsere Seitenstraßen.

Zuerst wirkten das Wägelchen und ich wohl, als ritte

ich einen jener widerspenstigen Esel in kleinen Zirkussen. Wir hoppelten und bäumten uns. Ein paar Katzen fegten ahnungsvoll in die Vorgärten. Dann wurde unsere Gangart sanfter. Schließlich glitten wir elegant und geradezu straßenkreuzerhaft dahin.

Ich wagte mich auf die Autovía, und siehe da, es ging ganz glatt. Ja, es stellte sich sogar ein beinahe behagliches Gefühl ein. Natürlich hielt ich mich möglichst ausdauernd rechts, ließ mich überholen und überholte nur sachte, wenn es sich gar nicht vermeiden ließ. Dann hütete ich mich, mir die Flüche auszumalen, die meinetwegen in anderen Autos ausgestoßen wurden.

Ich wendete bei der Unterführung von Calahonda und fuhr mit roten Ohren und einem Triumphgefühl zurück. Vor meinem Häusli parkte ich elegant und ohne Schramme ein. Als ich ausstieg, zitterten mir die Knie. Na, wenn schon!

Nachmittags übte ich noch einmal. Am nächsten Tag fuhr ich mehrmals nach Marbella und holte die Pakete aus Stroppenau ab. Beim Einparken schrammte ich ganz leicht an der Steinmauer entlang, es war fast gar nichts zu sehen, die winzige Stelle an der linken Tür wollte ich mit einem Aufkleber verdecken.

Ich schaffte einige Sachen in meinen Schuppen. Andere paßten sehr schön in meine Wohnung mit der neu gewonnenen Geräumigkeit. Meine Fotos sah ich noch einmal durch. Die gelungensten packte ich in eine Mappe.

Ich hatte schon vor geraumer Zeit in Marbella eine hübsche kleine Galerie entdeckt. Sie wurde von einer jungen Frau geleitet. Ich hatte etwas herumgestöbert. Wir waren ins Gespräch gekommen. Ich hatte meine Fotoarbeiten erwähnt. So weit, so gut. Der Gedanke daran war mir nie ganz aus dem Kopf gegangen. Nun fuhr ich hin und zeigte der jungen Frau meine Fotos.

»Selbst entwickelt?« fragte sie.

»Nein. Ich kannte einen Fotografen. Er hat's gemacht.«

»Ja, man sieht es. Ein Fachmann.«

»Ich möchte es lernen. Ich bin sehr geschickt. Kennen Sie vielleicht ... Könnten Sie mich jemandem empfehlen?«

Ich lächelte sie an. Sie lächelte andeutungsweise zurück.

»Ich habe tatsächlich recht gute Beziehungen zu einem ausgezeichneten Fotografen. Wenn es Ihnen Ernst damit ist ...«

Sie war klein und sehr zierlich, eine Schneeprinzessin mit großen, runden, fast schwarzen Augen, einer zierlichen Nase und einem dominierenden Mund mit aufgeworfenen Lippen. Ihr Kleid war weiß und lang, eng in der Taille, der weite Rock bis zum Schoß vorn aufgeknöpft.

Ruth König stammte aus Wien, wie ich später erfuhr. Selbst in unseren besten Zeiten blieb eine Barriere aus Kühle und Vorsicht zwischen uns. Jetzt waren wir am Anfang, und ich fühlte mich wie die – möglicherweise etwas lästige – Bittstellerin, die ich ja auch war.

Ruth König nahm aber einige meiner Fotos in Kommission und empfahl mir, gelegentlich einmal vorbeizuschauen. Versprechen könne sie mir natürlich nichts. Gar nichts.

Wir gaben uns die Hand. Ich ging und wanderte zurück zu meinem Auto, das ich gleich vorn in Marbella in der ersten sich bietenden Parklücke einrangiert hatte. Vor dem Einparken fürchtete ich mich noch immer sehr.

Mein Herz hüpfte, weniger wegen eines besonders guten Vorgefühls als vor Freude darüber, daß ich etwas unternommen hatte. In eigener Sache.

Es war später Herbst. Weihnachten stand schon vor der Tür. Wenn auch die Tage noch warm waren, so wurden die Nächte doch schon recht kühl. Selbst hier an der Sonnenküste stimmte diese Zeit des sterbenden Jahres mich triste. Ich dachte zurück an die Sonnenblumenfelder im Frühling. Alle Blüten hatten in eine Richtung geschaut, riesige, korrekt angetretene Heere in sattem Gelb. Sonne und Licht. Was braucht man mehr?

Beim Müll traf ich Queen Lizzy. Sie kam gerade aus Honolulu und wollte später Leute in Australien besuchen, die sie nur durch Telefongespräche kannte. Sie seien sehr alt, aber offenbar auch sehr exzentrisch. Und sie führen einen R.R. Ich mußte mir erklären lassen, daß R.R. als Abkürzung für Rolls-Royce stand.

Ich wünschte mir auch etwas mehr Abenteuerlust, doch die Grundsubstanz eines Menschen läßt sich auch bei bestem Vorsatz nicht verändern.

Queen war freundlich und unbefangen. Zu ihrem Geburtstag – Zahl geheim! – wolle sie einige nette Leute in ein nettes Lokal einladen, sagte sie. »Hast du Lust?«

»Aber ja. Große Lust.« Und das stimmte. Die Einladung wirkte wie ein Generalpardon auf mich.

»*Bueno.* Ich stecke noch einen Zettel in deinen Briefkasten, mit Ort, Zeit und so. Wie geht's dir?«

»Danke, gut. Und dir?«

»Ach, immer Ärger mit der Liebe. Job gefährdet. Gastritis. Aber sonst kann ich nicht klagen. Du hast umgebaut?«

»Ein bißchen. Den Wohnraum vergrößert vor allem.«
»Stell ich mir gut vor. Also, bis dann.«
»Bis dann. Ich freue mich.«

Am nächsten Tag traute ich mich zu Kösters. Beide waren nett zu mir. Wilcoxens wurden gar nicht erwähnt. Ich hatte beinahe den Eindruck, es sei etwas Gras über die Affäre gewachsen.

Queens Geburtstag wurde in Fuengirola gefeiert. Eigentlich wollte ich ja keine Party mehr mitmachen, aber ein Besuch in einem Lokal ist schließlich etwas anderes, nicht wahr? Essen muß der Mensch.

Ich trug mein mintgrünes Seidenkostüm mit passenden Schuhen und hängte mir den Smaragdschmuck um den Hals. Wenn schon, denn schon.

Zum Glück nahmen Kösters mich in ihrem Auto mit. Tagsüber wagte ich mich mit meinem Wägelchen schon beinahe überall hin. Aber nachts im Dunkeln, in einer belebten und unvertrauten Stadt wie Fuengirola, traute ich meinen Fahrkünsten selber nicht über den Weg.

Ich hatte mir ausgemalt, wie nett es sein würde, wenn Arved als Überraschung im Wagen säße, aber er war nicht gekommen. Natürlich nicht. Was hatte ich denn zu erwarten?

Aina und Max waren beide in Schwarz und sahen darin aus wie mondäne Trauergäste. Im »Langosta« waren schon einige von Queens Gästen versammelt. Ich kannte sie allesamt nicht, auch nicht Queens neuen Begleiter, einen Deutschen, den sie Thunderbird nannte, und das wohl nicht ganz ohne Grund. Er hieß Lutz Vogel und war einer von den rotgesichtigen Blonden, die so freundlich blauäugig aussehen und so leicht cholerisch explodieren.

Kaum hatten Kösters und ich das Rundumshakehands beendet, da traten Uta und Reginald ein. Was für ein Paar! Diese Mischung aus Charme und Stilwillen! Uta trug eine einzelne Rose vor sich her, Reginald transportierte die Tasche, in der Nicky sich wohlerzogen in Lokalen und Flugzeugen versteckte. Und sie sahen beide absolut aus wie sehr feine Leute, die in ein feines Lokal eingeladen sind.

Obwohl ich nicht sonderlich überrascht war, tat mein Herz einen Satz. Man wollte uns also wieder miteinander versöhnen. Niemand hatte Wilcoxens in letzter Zeit mir gegenüber erwähnt. Umgekehrt bestimmt auch nicht. Jetzt war der Zeitpunkt gekommen, uns wieder pflegeleicht einzustimmen und die Schwierigkeiten und Unannehmlichkeiten zu beenden, die es für alle mit sich brachte, zwischen zwei Fronten zu lavieren.

Großes *social kissing*, wir Feinde reichten uns die Hand, als hätte jeweils der andere glühende Kohlen drin. Uta guckte, mit schräggelegtem Kopf, wie ein beleidigter Papagei. Reginald lächelte verkniffen, doch war nicht zu leugnen, daß er immer noch verführerisch wirkte.

Wir wurden bei Tisch ein Stück auseinandergesetzt, wie schwierige Tiere im Zoo sich in benachbarten Käfigen aneinander gewöhnen müssen, bevor sie ein Liebesverhältnis miteinander eingehen mögen, und demonstrierten uns gegenseitig im Verlauf des Abends totales Amüsement. Wozu ich sagen kann, daß ich mich tatsächlich ganz gut amüsierte.

Ich trank reichlich. Die Langusten waren lecker. Der Nachtisch übertraf die üblichen spanischen *postres* bei weitem. Um zwölf sangen wir mehrmals *Happy birthday to you* und überreichten kleine Geschenke. Nach weiterem Konsum von Sekt und Cognac waren wir sehr lustig. Reginald erhob sich und trug alle Strophen von *Pretty Melinda* vor, und wir sangen den Refrain mit, auch ich. Im Nebenraum waren die letzten anderen Gäste verschwunden.

Danach eilte ich zu dem Kabinett mit dem Scherenschnitt einer schmollmündigen Señora an der Tür. Herren- und Damentoilette hatten denselben Vorraum. Nachdem ich mir den Mund nachgemalt und mir beifällig im Spiegel zugenickt hatte, trat ich aus der Tür. Davor stand Reginald mit ausgebreiteten Armen. Ich folgte dem Impuls und sank ihm an die Brust. O Gott! Wir sagten kein Wort, wir rührten uns nicht, ich fühlte den Druck seiner Arme, dann machte ich mich los. Er gab sofort nach.

In diesem Moment trat Aina in die Tür. Reginald und ich hatten schon Abstand voneinander gewonnen, aber ich wurde sehr verlegen und war sicher, daß man mir alles ansah.

Reginald scherzte gefaßt: »Wir begrüßen auch Sie, gnädige Frau, zu unserer Mitgliederversammlung vom Lido!«

Aina lachte. »Vielen Dank. Du hast einen roten Fleck am Hals, Reginald. Ist dein Lippenstift nicht kußecht?«

»Really?« Er federte zurück ins Herrenklo. Ich betrat den Saal und vermied es, Uta anzusehen. Sie wußte sicher Bescheid. Sie kannte ihren Pappenheimer.

Ich war enttäuscht von mir. Hatte geglaubt, mich besser unter Kontrolle zu haben. War aufgewühlt. Wütend. Geschmeichelt. Eine masochistische Spielart von Glücksgefühl.

Nie wieder? Weshalb war ich ihm dann an die Brust

gesunken? Es war ein Reflex, gewiß. Ich war ein wenig betrunken und sehr sinnlich gestimmt.

Soll bloß keiner glauben, die Grundgefühle veränderten sich, die Libido ließe nach, wenn man älter wird. Nein, überhaupt nicht. Nur die Haut läßt nach, das Gewebe erschlafft, zuerst nur ganz leicht, doch es kündigt sich an, das große Fiasko, das so viele Frauen unters Messer treibt und so viele Schönheitschirurgen hervorragend ernährt. Sogar Männer leiden heutzutage unter dem unerbittlichen Welken, obwohl ihr Bindegewebe etwas fester strukturiert ist. Jung sein, das bedeutet vor allem: jung aussehen. Da liegt der Hase im Pfeffer.

Reginald kehrte an den Tisch zurück. Er sah vergnügt aus und bestellte sich einen Whisky. »Auf meine Rechnung«, sagte er zu Queen, die halbherzig protestierte. Getränke im Lokal sind sowieso teuer. Der Spaß hatte sie bestimmt viel gekostet. Das wogen die Geburtstagsgaben nicht auf.

Ich hatte ihr ein weißes T-Shirt mit lauter bunten Perlen und Pailletten geschenkt, das gehörte noch, neben einem großen Topf mit blühendem Jasmin, zu den besseren Sachen.

Ich entnahm dem Gespräch, welches durch den Anschub des Alkohols zunehmend lauter geführt wurde, daß Uta und Reginald in Wien gewesen waren. Die Putzfrau hätte Papageien, Fische und Frösche gefüttert. Deshalb hatte ich also nichts von ihnen gehört und gesehen. Vielleicht hatte ich aus diesem Grunde auch bessere Karten bei den anderen Lido-Leuten, denn Abwesenheit läßt Kontroversen verblassen.

Nicky leckte über meine Strumpfhosenbeine. Es war

ihm wohl in seiner Tasche zu langweilig geworden. Ich tat, als bemerkte ich es nicht. Wenn seine Familie nicht mit mir redete, wolle ich auch nicht mit ihm reden.

Ich fuhr schließlich wieder mit Kösters zurück. Aina sagte unterwegs: »Ich freue mich, daß du dich wieder mit Uta und Reginald vertragen hast.«

»Hab' ich das?«

»Nun, auf dem Klo . . . ich meine, im Toilettenvorraum, das sah doch ganz nach Versöhnung aus. Er ist dir nachgegangen, oder?«

»Keine Ahnung. Er stand plötzlich da.«

»Und? Hat er nichts gesagt?«

»Nein.«

»Merkwürdig.«

»Fand ich auch.«

»Und du hast auch nichts gesagt?«

»Nein. Mir fiel nichts ein. Ich war perplex.«

Sie lachte. »Es war ein Anfang. Für uns alle wäre es nett, wenn ihr euch nicht mehr böse wärt.«

»Ich war ihnen nicht böse. Sie waren mir böse.«

Max brummte: »Nun laßt uns mal von was anderem reden.« Er beschleunigte das Tempo waghalsig. Mir fiel ein, daß auch er eine Menge getrunken hatte. Darum begann ich gleich damit, Beschwörungen zu murmeln, eine Art Mischung aus Zauberformel und Gebet.

Sie brachten zuerst mich nach Hause. Als ich mich zum Abschied durch das Autofenster zu Max hinunterbeugte, fuhr er mir mit der Zunge über die Lippen. Es gefiel mir sehr. War ich schon in einem Alter, in dem diese Art Anerkennung grundsätzlich erfreut?

In den nächsten Tagen vermied ich es, in den Hauptverkehrszeiten zum Müll zu gehen. Ich stieg hastig und heimlich in mein Auto, wenn ich einkaufen mußte. Ich wollte Wilcoxens nicht sehen. Und sie meldeten sich auch nicht bei mir.

Es war kurz vor Weihnachten. In Marbella hatte die Hauptstraße einen Baldachin aus bunten Glühbirnen bekommen, die Vögel und Sterne darstellten, und an den beiden Torbögen der Einfahrten prangte in Lichterschrift *Felíz Navidad*. Sogar vor unserer Einfahrt waren Lichterembleme angebracht. Mir wurde eher bänglich als festlich zumute bei soviel froher Erwartung.

Bettina sagte mir am Telefon, die süßen Plüschtiere und das goldige Mäntelchen für Sascha seien angekommen. Ihr Geschenk und das für Hansi habe sie natürlich noch nicht ausgepackt. Die Schwiegereltern kämen am Heiligabend, und am 1. Weihnachtstag seien sie dort zum Essen eingeladen. Am 2. Weihnachtstag dann führen sie für zehn Tage in die Berge. »Mal ausspannen.«

»Aber ist Sascha nicht noch zu klein dafür?«

»Nö. Warum denn? Der fühlt sich überall wohl, wo er sein Schappi kriegt.«

»Dann könntet ihr mich ja vielleicht auch mal besuchen?«

»Später, Mamilein. Weißt du, Hansi ist für Berge. Den schaffe ich einfach nicht nach Spanien. Wenn Sascha größer ist, kann ich allein mit ihm reisen. Aber jetzt noch nicht.«

Wir wünschten uns frohe Weihnachten. Nein, froh war ich nicht.

Kösters fuhren nach Deutschland. Queen war abgereist, neuen Abenteuern entgegen. Wann arbeitete sie eigentlich? Angelo und Inés weilten schon seit Wochen in der Schweiz.

Am Heiligabend stellte ich das Fernsehen an. Da wurden gerade Obdachlose von irgendeiner mildtätigen Organisation mit Kaffee und Kuchen bewirtet. Im Hintergrund ertönte: »Stille Nacht, heilige Nacht«, dieses feierlichste aller Lieder. Die Obdachlosen mampften vor sich hin. Sie waren immerhin in Gesellschaft. Ich war allein.

»Zwei Engel sind hereingetreten, kein Auge hat sie kommen seh'n ...«

Keine Engel bei mir. Ich ging in den Garten hinaus. Keine himmlischen Heerscharen, die mir »Fürchtet euch nicht!« zuriefen. Das Meer rauschte leise. Meine Stimmung war auf dem absoluten Tiefstand angelangt. Mir war so mies, daß ich nicht einmal weinen mochte. So ging ich ins Bett.

Am nächsten Morgen machte ich Kopfstand auf meinem kleinen Teppich. Tief atmen. Loslassen. Wie wundervoll hatte ich es doch. Mußte mich über niemanden ärgern, war das nichts?

Das Telefon klingelte. Lothar war dran und wünschte mir ein frohes Fest. Er sei allein. Melanie war Hals über Kopf zu ihrem Vater geeilt. Der alte Herr hatte einen kleinen Schlaganfall erlitten. »Dabei soll sie sich eigentlich schonen. Es könnte meinem Sohn schaden, wenn sie zuviel macht.«

Er sagte tatsächlich »meinem Sohn«. Beinahe wäre ich gerührt gewesen: Lothar Weihnachten allein. Trotzdem fragte ich hinterlistig: »Wie alt mag der alte Herr wohl sein? Etwa in deinem Alter, nehme ich an?«

Lothar sagte ungerührt: »Nein, er ist ein echter Greis. Melanie stammt aus seiner dritten Ehe. Ihre Mutter will nichts mehr mit dem Kerl zu tun haben. Sie ist neu verheiratet.«

»Shame and scandal in the family!«

»Mir egal. Rüdiger und ich haben zusammen gefeiert. Wir haben uns prima Hummer gekocht und tüchtig die Nase begossen. Echte Strohwitwer-Junggesellen-Weihnacht, große Klasse. Und du?«

»Ich war eingeladen; sehr, sehr nett.«

»Dachte ich mir. Ich habe abends vergeblich versucht, dich zu erreichen«, log er. »Servus, Weibi, mach's gut.«

Bettina rief an. »Hallo, Mamilein, wie war's bei dir?«

»Sehr schön. Ich war eingeladen. Und bei dir?«

»Auch schön.«

»Seid ihr gesund?«

»Kerngesund. Und du?«

»Ich auch. Guten Appetit beim Festessen. Gibt es Pute?«

»Nein, Gans.«

Bei uns hatte es immer Pute gegeben.

»Fein. Auf Wiedersehen, grüß mir meinen Enkel, Bettinchen!«

Trockene Worte mußten Liebe und Sehnsucht transportieren. Aber im ganzen war es nicht übel.

Mittags wanderte ich am Strand entlang bis Cabopino und zurück. Danach brauchte ich unbedingt Spaghetti bolognese, also kochte ich mir welche, deckte auf, aß und trank eine Flasche Rioja dazu. Es schmeckte mir. Ich war sogar glücklich. Es gibt nichts Besseres für das Gemüt als eine Wanderung am Meer entlang, Spaghetti bolognese und eine Flasche Rotwein. Im Grunde bin ich gern allein.

Weihnachten ist nur so ein vertrackt sentimentaler Termin.

Die Tage nach Weihnachten waren sonnig und warm. Mittags lag ich nackt in der Sonne. Abends allerdings wurde es schnell kühl. Nachts sank das Thermometer auf 5 Grad, und auch im Zimmer waren es nur 14 Grad.

Ich heizte den großen Raum mit einem Butan-Ofen, der im Umsehen Wärme erzeugte. Einmal nahm ich auch den Kamin in Betrieb, was er wieder mit einem unmutigen Ausstoß von stinkendem Rauch beantwortete. Immerhin sah das Feuer hübsch aus. Ich legte Mahler auf, gespielt vom Houston Orchestra unter Eschenbach. Stimmung nach Gutsherrenart!

Das Telefon läutete. Aina Köster war dran. Sie sagte, ihr fehle noch eine Dame für die Silvesterfeier und ob ich nicht Lust hätte, zu ihnen nach Dortmund zu kommen?

»Du kannst bei uns wohnen. Wir würden uns freuen.«

Ich dachte an das viele Geld für den Flug.

»Du, Aina, das ist sehr lieb von euch. Aber ich würde mich damit übernehmen, in jeder Hinsicht. Ich bin so gerührt und weiß gar nicht, was ich noch sagen soll. Aber ich kann nicht.«

»Warum nicht? Du hast doch keine Haustiere, und sonst verreist du doch auch. Wir haben es uns so nett vorgestellt. Warte mal ... Arved will mit dir reden.«

»Ada?«

»Ja, Arved?«

»Du mußt kommen. Es wird bestimmt nett. Oder bist du dort irgendwie gebunden?«

Er hatte eine tiefe Stimme. Am Schluß gingen seine Sätze in einen leichten Singsang über.

»Ich habe hier meine Gartenvögel und sonst gar nichts.«

»Na bitte. Du kommst also?«

»Nein. Es ist mir zu ... es ist mir zu verpflichtend.«

»Dein letztes Wort?«

»Ich bin euch wirklich dankbar, Arved. Aber trotzdem. Mein letztes Wort.«

»Schade, sehr schade. Also bis dann.«

Er war deutlich beleidigt. Wahrscheinlich war es seine Idee gewesen. Das fand ich nun wiederum recht schmeichelhaft. Doch so weit war ich nicht, daß ich zu einem fremden Mann zum Vögeln reiste. Und darauf würde es hinauslaufen. Liebe machen mit dem liebevollen Einverständnis von Bruder und Schwägerin. Arved war verheiratet. Teufel noch mal. Und ich ... mein Gott ... ich war schließlich auch verheiratet. Irgendwie.

Ich meditierte eine Weile und fühlte mich zwiespältig. Einerseits belebt und sehr weiblich, andererseits etwas dumm und feige.

Die Wilcoxens waren wieder da. Ich traf sie zweimal. Einmal ging ich gerade zu meinem Auto, als sie aus dem Tor traten. Das andere Mal stieg Uta aus dem Auto. Reginald blieb am Steuer sitzen. Ich kam vom Müll und drückte mich vorbei.

Wir grüßten uns kühl. Das erstemal hatte Reginald ein ganz leichtes, etwas verlegenes Grinsen aufgesetzt. Diesmal starrte er mich düster an. Mann hinter splitterfreiem Glas. Sonderbarerweise reizte mich diese Kühle.

Leidenschaft schwillt an oder ebbt ab. Nie bleibt sie

auf demselben Level. Meine war versandet, als er mich so schnöde verraten hatte. Wo meine Frau nicht willkommen ist, da will ich auch nicht sein. Dieser miese Heuchler. Die Umarmung vor der Toilette war ein Reflex gewesen.

Und doch, und doch. Daß dieser Kerl, der mir einst butterweich versichert hatte: *»I love you, darling!«*, und mich heiraten wollte, nun den Herrn der Szene mimte, das brachte mich in Wallung. Ich wußte nicht, ob es Wut oder Begehren war. Wahrscheinlich beides.

Uta hielt ich jetzt schlichtweg für einen zweifelhaften Charakter, für eine Intrigantin aus Langeweile, das Souvenir ihrer Eltern aus Berlin, ohne wirkliche Liebe aufgewachsen, von Dienstboten großgezogen, mit einem falschen Fuffziger verheiratet. Angeschmiert.

Inzwischen bereute ich meine Absage bei Kösters. Es war jedoch ausgeschlossen, daß ich jetzt noch widerrief. Es ging mir gegen meinen Stolz. Außerdem hatten sie natürlich längst eine andere für Arved eingeladen. Er sah schließlich so aus, daß er beinahe jede haben konnte, auch ganz bestimmt eine Jüngere als mich.

Alle gesetzten Herren wollten jüngere Frauen. Und sie bekamen sie auch. Ich dagegen hatte einen Horror vor Liaisons mit jüngeren Männern. Immer in Form sein, jedes neue Fältchen oder Pfündchen als Unglück empfinden, jede kindische Unternehmung freudestrahlend mitmachen, bloß nicht!

Ganze Nächte im Bett herumturnen, das hätte noch gefehlt. Mir war schon der Gedanke zuwider, überhaupt einen Mann ständig in der Wohnung um mich zu haben. Seine Eigenheiten berücksichtigen zu müssen, seine Erwartungen an Erotik und Kochkünste zu erfüllen. Lieber einsame Weihnachten als ständige Aufsicht.

Dann lernte ich Herrn und Frau Pingus kennen. Sie hatten sich in der Reihe hinter unserer eingemietet und fielen mir auf, weil sie nach ihrer Ankunft den Vorgarten dicht an dicht mit Primeltöpfchen garniert hatten, die sehr reizend in Gelb, Weiß und Rot blühten, wobei die weißen Blüten den Vögeln bevorzugt als vitaminreiche Salatmahlzeit dienten. So wimmelte es denn auch gleichzeitig von Spatzen und Meisen, auch einige Amseln, und sogar zwei Rotkehlchen gaben Gastspiele.

Pingus hatte die Primeln aus seiner Gärtnerei in Stuttgart mitgebracht, die offiziell jedoch bereits seinem Sohn gehörte. Sein fröhliches Lampiongesicht mit strahlenden Blauaugen beeindruckte mich. Frau Pingus war sanft und schön und schien, in dieser ihrer zweiten Ehe, zu wissen, wie man seinen Mann glücklich macht.

Sie sprachen mich an und erkundigten sich nach Einbrüchen und Diebstählen, und ich sagte ihnen, was ich wußte: Es würde nur eingebrochen, wenn man nicht zu Hause war, und meistens in den ersten Tagen des Aufenthaltes, weil die Leute dann eher Geld und Schmuck herumliegen ließen.

Klaus Pingus war äußerst ängstlich. Zur Sicherung seines Landrovers für die Nächte fertigte er eine »Einbrecherfalle« an, ein kunstvolles Arrangement aus mit Ketten verbundenen Topfdeckeln, das krachend abstürzen sollte, sobald ein Dieb sich am Kofferraum zu schaffen machte, wo Pingus offenbar seine Wertsachen versteckt hatte.

Eines Nachts dann schepperte es draußen fürchterlich.

Kläuschen Pingus stürzte mit Gassspraydose und Schreckpistole hinaus und sah gerade noch die Katze davonhuschen. Gundula Pingus erzählte mir die Geschichte nicht ganz ohne Spott.

Das Paar machte gerade in eigener Regie eine Kur zur Blutdrucksenkung nach dem Rezept tibetanischer Mönche, wobei sie im Stuttgarter Gewächshaus eigenhändig ausgepreßten Knoblauchsaft in riesigen Mengen schluckten. Zu meiner Verwunderung rochen sie nicht stärker nach Knoblauch als jeder andere Mensch in Spanien auch.

Ich zeigte Kläuschen und Gundula die leicht erreichbaren Sehenswürdigkeiten Andalusiens, gab Tips, lud sie zum Kaffee ein und fühlte mich so zum erstenmal als alter Hase. Ich war vergnügt und, abgesehen von den Begegnungen mit Wilcoxens, herrlich entspannt.

Zu Silvester verabredete ich mich mit Kläuschen und Gundula – ich nenne sie in dieser Reihenfolge, weil er der Originellere und Tonangebende war; sie hätte es sicher auch so gewünscht. Ich hatte noch nie Silvester in Spanien gefeiert, aber schon Wunderdinge davon gehört.

Die letzten Silvesterfeiern waren für mich überwiegend trübe gewesen. Entweder waren Lothar und ich eingeladen, und er flirtete – gelinde gesagt – mit irgendeiner jungen Maid. Oder wir luden ein, ich kochte und buk und stellte ein kaltes Buffet von Drei-Sterne-Format auf die Beine, und Lothar flirtete – dezent aber wirkungsvoll – mit einer unserer jungen Kundinnen, einer Drittfrau selbstverständlich, während mir die Unterhaltung ihres betuchten Gatten oblag.

Jetzt war ich frei und auch nicht allein. Ich hatte meine Pingusse. Allerdings mußte ich Kläuschen ausreden, daß sich während unserer Abwesenheit böse Menschen an seinem Kofferraum vergreifen würden. Ich bot ihm an, Pässe und Geld in meinen Safe zu legen, aber das wollte er auch nicht. Er sagte, es sei zu umständlich, doch ich nahm an, daß er von Natur aus mißtrauisch gegen jedermann und jedefrau war. Sein Gemüt war auf Pflanzen und Blüten eingestimmt, ihre Reinheit war sein hoher Maßstab.

Ich bereitete Tortilla zu, mit Pimientos, Kartoffeln, Chorizo und Eiern, hielt reife Avocados bereit für eine Füllung mit Langostinos, schmorte Huhn mit Knoblauch in Weißwein und machte meine unnachahmliche Maronencreme mit Rum.

Wie gut, wie vorausschauend das war, erfuhr ich am Silvesternachmittag, als es kräftig an mein Tor bummerte. In aller Eile nahm ich die Schürze ab und fuhr mir von unten her mit beiden Händen in die Haare, um solchermaßen duftige Fülle herzustellen.

Dann flitzte ich zum Tor, ziemlich sicher, daß es Kläuschen Pingus, der Postbote mit einem Einschreiben oder, noch wahrscheinlicher und stets von mir erwartet, der Kaiser von China war.

Da stand aber Arved Köster und sagte: »Wenn der Prophet nicht zum Berge kommt, muß der Berg eben zum Propheten gehen.«

»Lieber Berg, tritt ein. Willkommen in meiner Klause.«

Mein Kreislauf kam mächtig in Schwung. Ich war froh, daß ich die Leggings mit dem Hahnentrittmuster zum schwarzen Sweatshirt anhatte. Eigentlich mag ich weder Zitate noch Sprichwörter, noch die sonstwie »geflügelten« Worte. Man verschanzt sich dahinter. Die Botschaften stimmen selten.

Doch diesmal fand ich den Spruch richtig sympathisch, originell und erfrischend. »Wenn der Prophet nicht zum Berge kommt...« Hallo, das rückte doch Ada Kleiminger in eine höhere Dimension.

Arved, in naturfarbenem Pulli und schwarzen Jeans, war viel größer, als ich ihn in Erinnerung hatte. Ein schwarzer Riese mit grauen Augen und massenhaft schwarzgrau gesprenkeltem Haar.

Ich fiel ihm um den Hals. Er hielt mich fest, drückte mich mit seinen Pranken an sich. Als ich zu ihm aufsah, küßte er mich mit warmen, festen Lippen. Ich merkte erst in diesem Augenblick wirklich, wie sehr ich meine Absage für Dortmund im Grunde bereut hatte.

Er ließ mich los und lächelte mich an und wirkte brav und ungefährlich, aber das denkt man von Bären ja auch, und es stimmt nicht immer.

»Hast du heute abend schon etwas vor, Ada?«

Beinahe hätte ich die Pingusse verraten.

»Nun, also, ich bin mit einem netten Ehepaar verabredet...«

»Mit diesem Engländer?«

»Nein, nein. Der Ofen ist aus.«

»Na gut, *forget it.* Kann ich mich euch wohl heute abend anschließen – oder ist da schon ein anderer Anschluß?«

»Aber natürlich freue ich mich. Und da ist niemand. Wie steht's mit Aina und Max?«

»Sind noch in Dortmund. Mir war's zu fade da. Ach, gar nicht wahr. Ich wollte gern mit dir zusammen feiern. Am liebsten allein, aber so ist es auch schön. Weißt du, ich bin eigentlich selbst überrascht; wie überrascht mußt du da erst sein?«

»Ich freue mich einfach riesig.«

»Vielleicht hast du längst gewußt, daß es mich in deine Nähe zieht? Frauen wissen immer mehr.«

»Nein. Ich bin vollkommen fassungslos geschmeichelt.«

»Heuchlerin. Wie sieht es aus mit der Feierei? Ich habe noch kurz etwas zu besorgen.«

»Um acht bei mir. Wir essen. Dann fahren wir alle vier nach Marbella. Flüssigen Proviant nehmen wir mit. Okay?«

»Bestens. Bis dann, Ada.«

Er küßte mich wieder. Es gefiel mir zunehmend.

»Zieh dich warm an heute abend«, rief ich hinterher. »Die Nächte sind kühl!«

Er drehte sich halb um und grinste. »Wirklich?«

Er war fort. Ich hatte ein Gefühl der Unwirklichkeit. Der dicke, raubtierhaft gemusterte Kater stolzierte wieder einmal über mein Grundstück, ohne mich zu beachten. Nachts waren er und seine Kumpane samt Damen hier ohnehin die Herrscher.

»Dicker«, rief ich, »ich habe Besuch!«

Er warf mir einen flüchtigen Seitenblick zu, Marke »Halt die Klappe, was machst du überhaupt in meinem Garten?«, und erklomm mit einem eleganten Satz die Mauer.

Arved war eigens meinetwegen gekommen. Ich war beschwingt und stolz. Noch war nicht alles verloren. Ich fragte mich nicht, ob ich in Arved verliebt war. So, wie es sich jetzt anließ, war es richtig.

Um acht stand er gemeinsam mit den Pingussen vor dem Tor. In Schwarz-Weiß. Wie ich. Wir beide mit dikken Parkas. Arved und Kläuschen und Gundula kannten sich schon und duzten sich gleich. Gundula strahlte mich anerkennend an.

In den Augen der meisten Menschen wertet es eine Frau erheblich auf, wenn sie einen Kerl mobilisieren kann, mag er noch so mies sein. Und Arved war ja nun alles andere als mies. Er wirkte nicht so elektrisierend wie Reginald, war aber ungemein männlich, der Fels in der Brandung, wenn der Eindruck nicht täuschte.

Ich führte sie ins gut geheizte Kaminzimmer, wo ich das Buffet aufgebaut hatte. Wir tranken Sekt. Die Stimmung war gut. Wir lachten viel, aus dieser glücklichen Albernheit heraus, die aus Sympathie und Alkohol gemixt ist.

Um zehn Uhr starteten wir mit meinem Wagen. Arved fragte, ob er fahren solle. Er kenne den Autotyp. Ich sagte ja. Klaus Pingus saß neben ihm. Wir Frauen zogen, wie üblich, auf den hinteren Sitzen die Beine an.

In Marbella war Trubel. Wir parkten gleich auf dem ersten besten Plätzchen. Jeder parkte einfach irgendwo. Alle Leute aus Marbella und Umgebung schienen auf der Straße zu sein.

Wir wanderten hoch zum Platz der Orangen. Da saßen und standen die Spanier dicht an dicht. Alle Tische waren besetzt, die Vorplätze der Lokale proppenvoll. Musik ertönte aus vielen Lautsprechern.

Viele Leute hatten ihre eigenen Getränke mitgebracht. Uns winkten fremde Menschen an ihren Tisch. Sie klappten für uns kleine Malhocker aus. Unseren Sekt und ihren Wein tranken wir alle aus Pappbechern.

Um zwölf Uhr erhoben wir uns. Ich küßte Gundula und Kläuschen. Dann nahm Arved mich in die Arme und küßte mich. Ich fühlte mich geborgen und sehr weiblich;

die kleine Frau, der große, starke Bär. Spanier gaben uns die Hand und wünschten uns allen ein *feliz Año Nuevo*!

Ich dachte bis dahin, daß ich in Deutschland schon tolles Feuerwerk gesehen hätte. Aber was jetzt losbrach, war näher, wilder und wohl auch gefährlicher, nicht sorgfältig arrangiert, sondern spontan gezündet, aus der Menge, aus den Fenstern losgelassen, über die Köpfe hinwegpfeifend, berstend und krachend.

Trotzdem spielte sich alles mit einer gewissen Würde und Gemessenheit ab. Spanier geben sich dem Feiern eher schwerblütig hin, die Andalusier wohl besonders ausgeprägt, feierlich getragen, mit religiöser Inbrunst, im Gegensatz zum Überschwang der Italiener oder der lärmigen und meist angestrengten Entschlossenheit von uns Deutschen. Spanisches und arabisches Blut haben sich hier über Jahrhunderte besonders intensiv vermischt. In den Mahlzeiten, in den Melodien und selbst im Lächeln spiegelt sich das wider.

Allmählich wurde es ruhiger. Weltraumkälte zog auf. Am klaren Himmel stand beherrschend das Sternbild des Orion. Wir zeigten uns Aldebaran und Beteigeuze, die Plejaden und natürlich den Polarstern.

Eine Sternschnuppe fiel, und ich wünschte mir »Liebe«. Ganz spontan. Richtiger wäre es, sich »Gesundheit« zu wünschen. Aber nein, ich wollte Liebe, egal, welche ihrer Spielarten. Noch einmal das Außer-sich-Sein, den Rausch, die Gewißheit, den einzigen Sinn des Lebens gefunden zu haben.

Zu lange hatte ich als Ehefrau mit den Brocken fürliebnehmen müssen, die von meines Herrn reichlich gedecktem Tisch fielen. Ich faßte nach Arveds Hand. Sein Griff war ruhig, sicher und warm. Wir gingen wie Hänsel und Gretel durch das Gewirr der Gassen. In unserem Übermut machten wir schon Pläne für den Fall, daß wir das Auto nicht wiederfänden.

Aber da stand es ja. Arved fuhr wieder. Wir setzten die Pingusse vor ihrem Häuschen ab und warteten eine Weile, um sicher zu sein, daß sich niemand an Jeep oder Wohnung zu schaffen gemacht hatte. Kein Schrei. Das Licht ging an. Wir fuhren zu mir.

Es war selbstverständlich, daß Arved mit zu mir hineinkam. Wir küßten uns schon am Tor und dann immer wieder. Wir halfen uns gegenseitig, die Anoraks auszuziehen.

Ich sagte: »Arved, ich muß zur Tö, wenn du auch ... die andere ist drüben ...«

Er nickte. Absolut stilvolle Leidenschaft wird oft durch ganz gewöhnliche menschliche Bedürfnisse gebremst. Wir erwarten immer, daß alles wie im Kino oder im Fernsehen abläuft, gut inszeniert, perfekt und verklärt. Doch das Leben ... als Teenager traute ich mich beim Rendezvous nie auf die Toilette. Ich litt und verpatzte mir meinen ohnehin noch begrenzten Sex-Appeal.

Nun, inzwischen war ich eine erfahrene Frau. Oder nicht? Ich wusch mich schnell noch untenrum und parfümierte mich. Als ich ins Kaminzimmer zurückkam, stand Arved so da, wie ich es besonders sexy finde: mit leicht gespreizten Beinen in seinen Jeans, das Hemd aufgeknöpft. Ich nahm die blanke Brust mit der dunklen Lilie und die breiten Schultern wahr und dachte sogar flüchtig daran, daß ich zum Glück wieder die Pille nahm. An Reginald, den eigentlichen Urheber der Verhütung, dachte ich nicht. Oder doch?

Ich stürzte in Arveds Arme. Wir sanken zu Boden. Er lag oben, gute alte Missionarsstellung. Ohne Fisimatenten. Es war vollkommen. Das erste Mal und gleich vollkommen. Kein Tralala und keine technischen Kunststükke. Vollkommen einfach. Einfach vollkommen.

Danach erst zogen wir uns ganz aus, und Arved trug mich auf mein Bett. Auch das war aufregend. Ich denke meist, wenn ein Mann mich aufhebt, daß ich eigentlich zu schwer bin und daß er das auch denkt, während er sich mit mir abschleppt. Aber Arved merkte ich wirklich keine Anstrengung an.

Flüchtig kamen mir Bedenken. Was wollte dieser fremde Mann in meinem Refugium? Wo ich sonst träumte oder weinte und mich von der Welt erholte? Man kann nicht immer Kopfstand machen.

Wir liebten uns ausgiebig. Später wachte ich auf und betrachtete ihn. Er hatte die Decken abgeworfen und lag wie Michelangelos Adam da, ein Bein leicht aufgestützt, sein vorhin so mächtiger Zauberstab schlummerte harmlos und beinahe niedlich auf seinem rechten Schenkel. Er atmete tief, bei leicht geöffnetem Mund, die Zähne schimmerten hell. War er jünger als ich? Wie alt mochte er sein?

Ich fühlte mich ein wenig verkatert und wollte den aufregenden Fremden los sein. Andererseits meldete sich Triumphgefühl. Arved Köster begehrte mich leidenschaftlich, das hatte er mir ausführlich bewiesen. Hand, Haut, Haar, Zunge, Schweiß, Worte – war das Liebe?

Ich schlich ins Bad, gurgelte, cremte und kämmte mich, dann huschte ich wieder ins Bett. Ganz junge Frauen würden das sicher nicht tun: sich heimlich herrichten und Erwachen spielen.

Morgens duschten und frühstückten wir zusammen. Dann verließ er mich. Er wolle noch einiges bei Max reparieren. Ob ich auch etwas zu reparieren hätte?

Ich sagte ja, der Ventilator sei kaputt, aber das habe Zeit bis zum Sommer. Er sagte, mal sehen. Wir verabredeten uns für den Nachmittag, um eine Tour nach Mijas zu machen.

Als ich Arved hinausbegleitete, waren Wilcoxens gerade auf der Straße. Nicky wuselte zu mir hin. Uta rief: *»Good boy, come here!«* Wir grüßten uns. Ich rief kühl: »Ein gutes Neues Jahr!«

Sie riefen im Duett: »Ein gutes Neues Jahr!« Reginald schleuderte einen gelben Blitz zu mir hin. Arved, beeindruckend stark, unrasiert und mit verwuschelten Haarmassen, trompetete harmlos: »Prosit Neujahr, Familie Wilcox!«

Er küßte mich eindeutig im Stil »nach der Liebesnacht«. Ich muß gestehen, daß mein Herz sang. Dieses neue Jahr fing doch wundervoll an. Es sah gar nicht nach Abschied von der Liebe aus.

Nachmittags war Arved wieder da.

»Ich bin gerade gut im Zuge, da will ich schnell den Ventilator reparieren, dann fahren wir nach Mijas.«

Er hatte einen Werkzeugkasten mitgebracht. Ich holte die Trittleiter aus dem Schuppen. Er schaltete den Strom ab und stieg auf die Leiter und prüfte den Mechanismus des Ventilators unter der Decke, den ich mehr aus südlich inspirierten als aus praktischen Gründen angeschafft hatte. Mehrmals stieg Arved von der Leiter, betrachtete das Ding argwöhnisch, während ich ihn ansah, voller Wohlwollen und schon wieder angeturnt, trotz des leichten Katers in Kopf und Eingeweiden.

Er verlangte diese Zange oder jene Schraube, und ich kletterte auf der anderen Seite der Trittleiter ein paar Stufen hoch und reichte zu. Ich lehnte den Kopf an, er roch nach Mann, mir war, als sei ich an ein Stromnetz angeschlossen.

Er machte eine Pause, und wir liebten uns auf dem Sofa, bis ans Tor gebummert wurde. Schnell brachten wir uns in Ordnung. Als die Pingusse eintraten, stand Arved pfeifend auf der Leiter und bat mich, den Strom einzuschalten.

»Komm erst runter!« sagte ich.

Immer fürchte ich Stromschläge, ein Ende unter Zukkungen. Er lachte laut, gehorchte aber. Ich schaltete den Strom ein. Der Ventilator begann zu kreisen. Für mich ein Synonym für Hitze, Sonne, Insel inmitten der kalten Marmorsee.

In Mijas wollten Gundula und Kläuschen unbedingt auf Eseln reiten. Arved und ich stiegen, eng umschlungen, zu der Aussichtsplattform hoch. Ein Liebespaar, ich konnte es kaum fassen.

Wir standen aneinandergeschmiegt und schauten über das berückende andalusische Land. Arved murmelte, wir könnten den Weg doch noch ein Stückchen weitergehen. Dort küßten wir uns, und er zog mich seitlich ins Gestrüpp, stachliger Rosmarin, ein Teppich grauweißer Pflänzchen mit schmuddelig weißen, harten Blüten. War der Mann denn nicht totzukriegen? Die Gefahr, entdeckt zu werden, steigerte das Vergnügen.

Wir zupften aneinander herum, als wir weitergingen. Die Pingusse saßen schon im Café und aßen Eis. Sie winkten uns zu und schienen sich keine Gedanken über uns zu machen.

Und wenn? Egal. Der Ansturm geballter männlicher Kraft war jedenfalls zuviel für mich. Ich erklärte Arved, ich müsse wohl eine Nacht ausschlafen. Er druckste herum und gestand mir dann:

»Morgen fliege ich zurück.«

War ich traurig?

»Komm doch mit, Ada!«

Nein, ich wollte ganz und gar nicht mitkommen. Ich war aus der Bahn geraten. Er blieb die Nacht bei mir und ließ mich morgens zitternd vor Schwäche zurück. Zuviel, es war zuviel.

Die Verliebtheit stellte sich erst allmählich ein, als er fort war, als er anrief, als ich mich erinnerte, bestimmte Situationen nachschmeckte.

Ich fühlte mich inspiriert und nahm meine Kamera mit an den Strand, wo ich Steine fotografierte, diese wunderbaren Gebilde, vom Meer glattpoliert oder bizarr geformt, gehämmert, ausgelaugt, schimmernd mit kristallinen Einsprengseln, in Weiß, Gelb, Braun, rötlich, changierend, grau. Ein kleiner Buddha in Grün, schwarze Schieferplatten, mit weißen Linien durchzogen, grauer Penis mit roter Spitze, ein perfektes weißes *paperweight* mit leichtem Roséschimmer.

Ich fotografierte sie im Sand und auch in der flachen Dünung, trug sie zusammen, formte eine Tempelanlage daraus, einer Ausgrabung im Winzigformat ähnlich. Ich legte Holzstückchen dazu und eine angeschwemmte Sardinendose.

In meinem Eifer hatte ich Angelo nicht kommen hören. Er war im Joggingdreß.

»Was ist denn das?«

Diesmal war es mir egal, daß ich schlecht gekämmt, ungeschminkt und übernächtigt war. Ja, Angelo selber war mir egal. Ich grinste ihn freundlich an.

»Ich fotografiere Steine.«

»Ja, das sehe ich.«

Er schien etwas verbiestert zu sein. Ordentliche Schweizer jedenfalls fotografieren keine Steine.

»*Feliz Año Nuevo*, Angelo!«

»*Feliz Año*, Ada!«

Er kam nahe heran und sah aus, als überlege er, ob er mich küssen müsse. Mit Sex ist es eben wie mit dem Erfolg. Nichts ist erfolgreicher als der Erfolg. Nichts ist mehr sexy als gerade gehabter Sex.

Dann hatte Angelo erkannt: Ordentlicher Schweizer Junge knutscht keine verheiratete Frau am Strand. Er lief weiter.

»Hasta luego!«

»Hasta pronto!«

Ich fuhr nach Marbella und betrat mit Herzklopfen Ruth Königs Laden. Sie nickte mir zu.

»Zwei Poster hab' ich verkauft.«

Das war schön. Eins war natürlich wieder Bronzo im Morgennebel, das andere die kleine Kapelle mit dem alten Weib auf den Stufen. Die Käuferin wollte beide rahmen lassen.

»Hoffentlich nicht fürs Klo«, scherzte ich.

»Gute Sachen sind überall gut«, wies mich Ruth König zurecht.

Nun hatte ich also selber etwas verdient, wenn auch durch Bronzo noch etwas von Lothar mit drin hing.

Ruth König bot mir einen Sherry an und nahm auch selber einen. Wenn ich Lust und Zeit hätte, könne ich sie vielleicht gelegentlich vertreten, schlug sie vor. Ich dürfe jedoch keine hohen Erwartungen haben, was den Verdienst anbelange. Später allerdings wolle sie in Puerto Banus ein zweites Geschäft eröffnen, da könnten wir dann etwas ausmachen, was auch in finanzieller Hinsicht interessant zu werden verspreche.

Wir mochten uns auf Distanz. Das kam meinen Neigungen und Wünschen entgegen. Sie machte mir Mut, mit der Fotokunst weiterzumachen und gab mir die Adresse eines Fotografen.

»Er ist sehr gut, aber schwierig. Wenn er Sie akzeptiert, können Sie viel lernen.«

»Er wird mich akzeptieren. Vielen, vielen Dank.«

Ich fuhr zurück in mein Häusli und war glücklich. Wie viele Jahre war ich eine Marionette gewesen? Eine Sklavin aus Liebe und später aus Pflichtgefühl? Nun, das Diridari hatte auch eine wichtige Rolle gespielt. Aber Männer hatten in meinem Leben die Hauptrolle besetzt. Ich hatte allen Ernstes geglaubt, sie seien für eine Frau der Einstieg ins Glück.

Bei meinen Yoga-Übungen waren mir manchmal Zweifel daran gekommen. Menschen und Pflanzen und Tiere sind eins im Schoße der Natur. Die Schöpfung macht keinen Unterschied zwischen dem Flügelschlag eines Vogels und der Armbewegung eines Menschen. Eins könnte das andere sein, ist austauschbar, vergänglich und letztlich unvergänglich, denn die Natur ist ewig. Aber welches Weib kann solche Erkenntnis wirklich trösten?

Jetzt war mir eine Erleuchtung beschieden. Ganz einfach, wie alle großen Erleuchtungen. Ich wollte nicht mehr diesen oder jenen Mann lieben, ihm dienen und mein Glück wie eine Hostie aus seinen Händen empfangen, wollte nicht durch seine Tüchtigkeit, seine Potenz leben.

Nein, ich wollte fortan lieb zu Ada sein. Der Verstand würde eine führende Rolle übernehmen. Er sollte mich leiten, das Richtige zu tun. Bisher hatte ich mich unglücklich gemacht, wenn ich auf die Stimmungen der Männer lauschte. Ich hatte ihnen Macht über mich verliehen. Sie durften mich verwunden, entmutigen, betrügen, verlassen. Jetzt nicht mehr. Jetzt wollte ich an Adas Glück denken.

Ich schrieb auf die glatte Rückseite eines Reklamekalenders aus dem Pflanzen-Center: »Sei lieb zu Ada!« und hängte mir die Mahnung übers Bett. Auch Arved mußte in dieses Konzept eingepaßt werden. Ich wollte Blumen und Tiere lieben, die mir nicht weh taten. Ansonsten: Achtung!

Ich trug einen Klappstuhl an den Strand und setzte mich in die Sonne. Mein Blick schweifte über das Meer mit seinen tanzenden Brillanten und der Zackenlinie der Wellen am Horizont. Möwen standen in riesigen Pulks auf dem ockerfarbenen Sand und flogen widerwillig hoch, wenn einer der seltenen Fußgänger nahte. Hinter ihm ließen sie sich erneut nieder. Manchmal auch vor ihm, dann mußten sie ihr Manöver wiederholen. Immer blieb eine bis zum äußersten Punkt der Gefährdung sitzen. Ein Eigenbrötler. Sicher ein Mann. Männer werden leicht Eigenbrötler.

Auch Lothar ist nahe daran, zum Eigenbrötler zu werden. Er selber bemerkt es nicht. Wenn ich ihm früher, nach einem der mysteriösen Anrufe, die ihn zu eiligem Aufbruch veranlaßten, nachrief: »Grüß deine Tussi von mir!«, hatte er geknurrt und gegrinst. In den letzten Jahren war er wütend geworden. Er regte sich über Politik und über Kleinigkeiten unmäßig auf, vertrug keinen Widerspruch mehr und spann sich in seinen Kokon ein. Weiberjagd und Kunst. Er ließ den Kindmann heraushängen, wollte herrschen und verhätschelt werden. Fortan ohne Ada.

Natürlich, das habe ich begriffen: Der Beruf ist ein Feld, auf dem die unerschütterlichen Glücksgefühle zu ernten sind. Erfolg. Erfolg und Macht, dafür lassen Männer jede Miss Universum stehen.

Ich wollte nun selber Erfolg. Nicht des Künstlers Betthase, Muse, Seelsorgerin, Hausfrau, Psychiaterin, Köchin, Steuerberaterin, Putzfrau und Public-Relations-Dame sein. Selber etwas auf die Beine stellen. Künstlerwitwen müsse man am besten gleich mit ihren Gatten verbrennen, es gebe nichts Penetranteres als sendungsbewußte Künstlerwitwen, sagte einmal ein Feuilletonist zu Lothar. In meiner Gegenwart.

Natürlich habe ich mit den Jahren auch in meiner Ehe Macht gewonnen. Zuerst dominiert der Mann, aber wenn beide älter werden, erkennt die Frau, welch verwöhntes großes Kind sie da hat. Der große Zampano entpuppt sich als Traumgeschöpf seiner eigenen und deiner Wünsche. Das ist doch so, oder? Die Frau übernimmt dezent das Ruder.

In Stroppenau redete ich manchmal mit der Ehefrau

eines sehr bekannten Filmschauspielers. Sie wohnten in der Nähe. Der Mann war dick und häßlich, aber berühmt. Die Tussis standen Schlange. Die Frau hatte ihren Beruf aufgegeben und sonnte sich immer noch gelegentlich – bei offiziellen Anlässen – in seinem Glanze. Mir jedoch klagte sie vorsichtig ihr Leid.

Dann starb er. Aus der Künstlergattinnenraupe wurde ein strahlender Schmetterling, frisch geliftet an Gesicht, Leib und Seele. Dieses Erlebnis vermittelte mir zum erstenmal die Einsicht, daß die Natur uns Frauen durch Hormonschwemme und daraus resultierende Verdummung unterjocht, um Fortpflanzung und Brutpflege zu gewährleisten.

Der liebe Gott liebt uns Frauen. Er hat uns gefühlvoll, ahnungsvoll und schön gemacht, auch zäh, beherzt in Notsituationen und aufopferungsfähig. Wir dürfen sehr glücklich sein – zeitweise. Erst allmählich erkennen wir, daß es gerade die Glücksgefühle sind, die uns schwächen wie eine Droge. Aber es ist schwer, über die Natur zu siegen. Deshalb kommen diese Erkenntnisse meist wohl erst, wenn die lieblichen Trauben der Liebe eh schon zu hoch hängen. Dann fällt es leicht, sie für sauer zu erklären.

Ich denke an Arved. Er wirkt geradlinig, aufrichtig, fast spröde. Und sinnlich. Sicher ist er ein Banause. Aber was für einer! Meine Mutter pflegte zu sagen: »Im Zweifelsfalle ist immer das Einfache das Beste.« Daran kann man sich halten.

Abwarten, nichts wollen. Es ist auch eine Kunst, sich mit Charme beschenken zu lassen. Ich neige dazu, jede Freundlichkeit vergelten zu wollen. Ich will mich immer unbedingt revanchieren. Ich rede gern mit Leuten, aber dann ziehe ich mich in mein Schneckenhaus zurück. Ich komme heraus, wenn sie meine Unterstützung wollen. Dann werde ich so aktiv, daß sie mich für aufdringlich halten. Das sind Wesenszüge, die ich akzeptieren muß.

An Steigerung der Eigenliebe werde ich arbeiten. Doch es ist schwer, sich zu ändern. In Gesellschaft lache ich zu laut. Aber ich kann nichts dagegen tun. Oder?

Ich suchte den Pressefotografen auf, dessen Adresse Ruth König mir gegeben hatte. Sie hatte ihn bereits informiert. Er wohnte in der Altstadt von Marbella in einem Haus mit großem Innenhof, dem man seine Schönheit und Geräumigkeit von außen überhaupt nicht ansah.

Ich lernte Ulm Bergson kennen, einen dicken Mann mit Vollbart. Heisere Stimme, leicht versoffene Gesamterscheinung, behende wie Dicke oft sind, ungeheuer schlagfertig bis boshaft, oder auch äußerst liebenswürdig, je nach Stimmung. Der Typ zwischen fünfzig und siebzig, der sich rüde gibt und verletzlicher ist, als er jemals zugeben würde.

Ein Melancholiker, ein Selbstmörder auf Raten. Er arbeitete daran mit Alkohol, Zigarren und Tabletten. Mindestens. Seine Fotos verkaufte er frei an viele große Illustrierte. Verfremdete Modefotos von Tänzern und Tänzerinnen in den überkandidelten Creationen von Issey Miyake und ein Foto von Don Jaime de Aragón vor der Kulisse von Puerto Banus auf seinem Feuerstuhl mit Beiwagen hatten Ulm Bergson berühmt gemacht.

Er fotografierte die *beautiful people* in Glanz und Gloria, aber auch Hirten, Muschelsammler oder Zigeuner in ihrem scheinbar malerischen Ambiente.

»Aha, Sie sind das. Will die Gnädigste ein bissel rumknipsen, ja? Soll der alte Ulm so ein bißchen Geburtshilfe leisten, ja? Ruth hat einen Narren an Ihnen gefressen. Und ich habe einen Narren an Ruth gefressen. Ihr Glück, Gnädigste. Sie hat mir Ihre Bilder gezeigt. Mich könnte man nachts wecken, da mache ich bessere. Aber gut, der alte Ulm ist kein Unmensch. Ganz schlecht sind sie nicht, die Bilder. Also wird er Ihnen unter die Arme greifen und etwas in Sie hineinstecken.«

Ich schaute ihn argwöhnisch an. Meinte er es zotig? Es war nicht auszumachen. Sein seidenes Hemd klaffte zwischen den Knöpfen über dem blanken Bauch. Ein Buddha!

Er habe als schwarzes Schaf angefangen und sei nun ein alter Bock, erzählte er mir, aber dazwischen habe er sich allerhand Hörner abgestoßen.

»Wir machen das schon. Kannst bei mir zugucken. Ich mag Leute, die was lernen wollen. Wir improvisieren einfach drauf los. Wer improvisieren kann, ist noch jung.«

»Und was wird der Unterricht kosten?«

»Wie wär's mit gelegentlichem Geschirrabwaschen und Blumenpflege? Geld nimmt der alte Ulm nicht. Hätte er nötig, will er aber nicht nötig haben.«

Ich mochte ihn plötzlich sehr gern. Jawohl, lernen macht mir Spaß. Ich lasse meine Spanischkassetten laufen, um die Sprache zu erobern. Und hier war neues Land. Knipsen kann jeder, aber Kunst daraus zu machen, das bedeutet: den Blick zu haben für Sujets und Situationen und sie für die Ewigkeit zu fixieren.

Von solchen Fotos geht eine Wirkung aus, etwas Anrührendes, ein Erkennen oder ein Befremdetsein, immer ein Schock. Lernen kann man Raumaufteilung und Komposition, und, wie ich vermutete, auch in begrenztem Maße die Hohe Kunst des Entwickelns, die erst aus etwas Gutem etwas Hervorragendes schafft.

Ulm und ich schauten uns an. Seine Augen waren knallblau. Er nuckelte an seiner Zigarre herum.

»Na, denn wollen wir mal. Kleines Konjäckchen gefällig?«

Ich nickte.

Er erhob sich ächzend und watschelte zu einem Schrank, dem er eine Flasche und zwei große Schwenker entnahm, die er an den Tisch zurückbrachte und unter lautem Schniefen halbvoll schenkte. Ich konnte das unmöglich austrinken! Mir war klar, daß ich wählen mußte, ob ich ihn verärgern oder mich betrinken wollte. Tapfer wählte ich die dritte Unmöglichkeit: abzuwarten und zu improvisieren. Wie hatte er gesagt? Wer improvisieren kann, ist noch jung.

8

Was für ein göttlicher Tag! Nachts hat es zweimal heftig geregnet. Morgens war der Himmel noch voller dicker grauer Wolken, die wogten und sich schoben wie im Land der Regentrude. Mittags war es klar. Und jetzt, um vier Uhr nachmittags, steht die Sonne hoch und ungetrübt. Ein leichter Wind fächelt von Osten her.

Spatzen tschilpen in den Hecken und Büschen. Auch

der »Schluchzvogel« gibt lieblich-schwermütig Laut. Ich sitze in der Pergola und stricke an einem schwarz-weißen Cape. Draußen auf der Straße sind vor kurzem Kinder vorbeigeradelt, die sich etwas zuriefen und lachten. Dann ist es ruhig geworden, wie meist um diese Tageszeit.

Es wohnen jetzt nur wenige Leute hier. Die meisten sind in ihren Heimatländern. Ich versuche, Spanien ganz und gar als mein Heimatland zu empfinden.

Jetzt höre ich ein Geräusch, als kratze jemand an meinem Tor. Ein Hund vielleicht? Es ist wieder still. Dann kratzt es erneut, und nun kommt auch noch ein zaghaftes Klopfen hinzu. Ich gehe zur Mauer, steige auf die Kiste – und schaue aus gefährlicher Nähe Reginald Wilcox in die Augen.

Er läßt den schläfrigen Blick sofort aufflammen, die Löwenmasche. Ich werde blaß; neben dem blanken Schrekken fällt mir ein, daß ich nicht geschminkt bin. Ich weiß, es ist verabscheuungswürdig, daß eine erwachsene Frau noch immer wie ein Weibchen aus unemanzipierten Zeiten reagiert, aber ich kann's nicht ändern. Oder?

Er sagt: »Ada, bitte, geh nicht fort. Ich muß dich sprechen.«

»Was haben wir uns noch zu sagen?«

Mein Gott, ich rede ja wie Komtess Clothilde in der Fernsehserie »Schloß Sowieso«.

»Ada, alles war ganz anders, als es aussah. Glaube mir.«

Na, Reginald hat aber auch den Grafen Rufus aus nämlicher Serie drauf. Offenbar richtet man sich heutzutage in unvertrauten Situationen automatisch nach irgendeinem Fernsehklischee. Er fährt fort:

»Es ist nicht richtig, daß wir so kalt aneinander vorbeigehen, wenn wir uns zufällig treffen. Ich sehe dich oft, auch wenn du mich gar nicht bemerkst.«

»Ja, wo denn?«

»Am Strand, beim Einkaufen, neulich in Marbella. Ich versuche immer, dich zu sehen. Ich bin süchtig nach dir. Ich halte es nicht aus, wir müssen reden.«

»Reginald, ich will meine Ruhe haben. Das ist alles.«

Ist es wirklich alles? Ist es überhaupt wahr?

»Fünf Minuten, Ada, bitte.«

»Ach, laß mich doch . . .«

»Drei Minuten.«

»Also gut.«

Ich klettere von meiner Kiste, male mir drinnen schnell die Lippen an, hole den Schlüssel, renne förmlich zurück, als könne er es sich zu meinem Leidwesen anders überlegt haben, und öffne.

Reginald ist – besonders im Vergleich mit Arved – kleiner, als ich ihn in Erinnerung hatte. Kleiner, zierlicher, magerer. Auch zerknitterter.

Er hat seine Pfeife angezündet und hält sich daran fest. Als er merkt, daß ich ihn mustere, grinst er verlegen. Aber ich weiß inzwischen, daß sein Selbstbewußtsein im Grunde elastisch ist.

»As time goes by«, sagt er und betritt entschlossen meinen Garten, meine gesammelte Stille, meine Fluchtburg, verdammt noch mal.

Ich frage schnell: »Wo ist Uta?«

»In Malaga, glaub' ich.«

»Aha, und da machst du einen Abstecher zu mir?«

Warum habe ich ihn hereingelassen? Er hat mich überrumpelt. Ich will doch nichts mehr von ihm.

»Ich habe ernste Schwierigkeiten mit Uta.«

»Ich bin nicht deine Mama, Reginald. Das mußt du nun schon allein durchstehen. Hast es ja bisher auch immer ganz gut hingekriegt, nicht?«

Wir starren uns an.

»Ich liebe dich. Ich möchte mit dir verheiratet sein«, sagt er.

»Unsinn.«

Er läßt seine Pfeife auf den Rasen fallen und legt mir die Hände auf die Schultern. Sein Gesicht nähert sich dem meinen. Jetzt mußt du Widerstand leisten, Ada. Aber ich kann nicht. Eine Welle von Erregung und Begehren überschwemmt mich. Ich habe den Kerl noch im Blut, unter der Haut, in den Knochen, im Fleisch. Die Wärme seines Körpers überrumpelt mich vollends, als er mich an sich zieht. Ich gebe weich nach, ich schmiege mich an.

Er hält mich mit dem linken Arm und schiebt die rechte Hand vorn in meinen Hosenbund. Verdammt, ich ziehe sogar den Bauch ein, damit er es nicht zu schwer hat. Er läßt die Hand tiefer gleiten. Die Luft erzittert, sehr heftig.

Als er mich küßt, weiß ich nichts mehr, außer, daß ich geküßt und gestreichelt werden will. Weiter gestreichelt. Mehr, härter, fester. Ich zerfließe.

Er ist der geborene Verführer: Reginald Casanova Wilcox. Und ich bin das geborene Opfer, sinnlich und doof, Adachen von Heilbronn.

Viel zu spät sage ich: »Nicht, Reginald. Bist du verrückt?«

Meine Knie sind weich. Ich möchte hinsinken. Ähnlich fühle ich mich, wenn ich sehr unglücklich bin und in den Schoß der Erde kriechen möchte.

Reginald läßt mich los und bückt sich nach seiner Pfeife. Er zündet sie wieder an! Der begabte Verführer überzieht nicht. Er fordert. Er schenkt nicht, er läßt sich begehren und dosiert geschickt kleine Beleidigungen.

»Du wolltest mir etwas erzählen. Möchtest du ein Glas Wein? Oder einen Whisky?« Das kommt entschieden zu lahm.

»Gern einen Whisky.«

Ich weiß, daß er mir nichts erzählen will. Er hat eben bekommen, was er wollte. Im Gegensatz zu Arveds geradliniger Art ist für ihn das Geplänkel wichtig. Die gestöhnten Geständnisse sind wichtig. Ihn reizt das Spiel der Leidenschaft, des Scharfmachens, des Kommenlassens und Zurückstoßens mit Pausen aus scheinbarer Langeweile.

Mir fällt das Ritual des Stierkampfes ein: Wie der Matador mit dem Stier tändelt, ihn reizt, ihn peinigt, ihm überraschend den Rücken zuwendet und, die Capa lässig hinter sich herschleifend, tänzerische Schritte macht, während das Opfer verblüfft breitbeinig dasteht und glotzt. Es hat keine Chance. Zum Schluß wird es getötet.

Ich hole Whisky und Gläser. Beim Einschenken beuge ich mich zu Reginald hinunter, weil es mich nun doch wurmt, daß er so beherrscht tut.

»Wann kommt Uta zurück?«

»Nicht so bald.«

Ich streiche leicht über seine Brust. Er stöhnt leise.

»Du tust dir Zwang an, armer Reginald«, höhne ich.

Seine Augen sehen aus wie feuchter Lehm. Seine Miene ist qualvoll. Er will verführen, aber er mag es wohl nicht, wenn ein Weibchen rüde Leistung von ihm fordert. Er ist ein erotisches Ereignis, doch argwöhne ich, daß ihm letztlich die sexuelle Stamina fehlt. Auch hier wird mit Wasser gekocht, oder? Ich denke es nicht ohne Bedauern.

Bald merke ich, wie wenig ich ihn kenne. Er klopft seine Pfeife aus. Schwarzes Aschehäufchen im *»Vivero«*-Souvenir. Dann erhebt er sich, küßt mich wieder, zieht mich hoch und sinkt mit mir auf den Rasen.

Ich hatte meine Widerstandskraft weit überschätzt. Um beim Bild des Stierkampfes zu bleiben: Jetzt kommt der Augenblick der Wahrheit. Sehr variabel und anspruchsvoll.

»I love you«, sagt er mehrmals, brummt und gurgelt. Sei lieb zu Ada! Oh, Ada stirbt. Nach einer Ewigkeit bringen wir uns wieder in Ordnung. Ich geleite ihn zum Tor.

Er sagt: »Ich kann jederzeit Liebe machen, *darling.* Jederzeit. Das wirst du noch merken. Ich komme wieder. *Bye, my love.*«

Er geht. Ich schaue ihm nach. Nein, er dreht sich nicht um. Ich schließe das Tor und wanke zurück zu meiner Liege. *Business as usual.* Ich dummes Ding. Opfer der Hormone. Nun, es war ziemlich sensationell. *Sobresaliente,* eine über die Maßen hervorragende Leistung.

Ich, eine durchaus als erwachsen zu bezeichnende Frau, habe mich verführen lassen, obwohl ich wußte, daß er es eigentlich seiner Mama und seiner Ehefrau zeigen wollte.

An Uta denke ich ohne Reue. Sie hat damals den Zirkus in Gang gesetzt. Sie hat mitgespielt und intrigiert, um ihr Leben interessanter zu machen. Beinahe hätte sie mich bei allen Leuten hier ausgetrickst. Dies war das Rückspiel.

Jetzt muß ich einen Verhaltensplan machen. Was ist mit

Arved? Mit diesem wirklichen Klassemann, der nichts Schummriges an sich hat, der weder Wüstensturm noch Pfeifenqualm verbreitet?

Ich weiß nicht. Ich kann nicht. Selbst der Gedanke an Ruth und Ulm, meine Mentoren auf dem Weg in die Karriere, reizt mich wenig. Und das Zauberwort »Erfolg« läßt mich kalt. Aber ich werde es schaffen. Ich schaffe es ohne Reginald.

Ich will nicht länger das kleine Mädchen sein, das die Leute so süß fanden, Papas kleine Adele. Es war ein Rückfall vorhin. Nur keine Skrupel. Ich muß trainieren, auf eigenen Füßen zu stehen, niemanden zu brauchen, ganz allein verantwortlich zu sein für meine Laune und mein Befinden. Nicht immer die Gefühle von außen her beziehen. Habe ich nicht genug Lehrgeld bezahlt? Ich weiß, daß es schwer werden wird. Liebe ist so wunderbar.

Morgen reisen die Pingusse ab. Wieder ein Verlust. Jedenfalls haben wir uns nicht gegenseitig weh getan. Dazu kannten wir uns zuwenig.

Ich bin im Grunde meines Wesens eine Einzelgängerin. Ich bin die Schnecke, die sich bei Berührung in ihr Haus zurückzieht. Der Mensch bleibt so, wie er geboren wurde. Die Substanz ändert sich nicht.

Am schönsten finde ich nicht die Liebe selbst, sondern die Erinnerung daran und die Erwartung neuer Liebe. Ich schlafe gern viel und lange. Da stört ein Mann im Haus. Mir gefallen die ruhigen Denkpausen in der Nacht, wenn der Körper entspannt ist und die Gedanken zwischen Schlaf und Wachen dümpeln, wenn das Unterbewußtsein rege arbeitet und sich Ideen formen.

Am nächsten Tag kratzt es wieder an meinem Tor, aber

ich öffne nicht. Mein Herz klopft heftig, doch ich halte mich im Zaum. Schließlich gibt er auf.

Fünf Minuten später klingelt das Telefon. Ich gehe nicht ran. Ich ziehe mich an, mache mich hübsch, schleiche nach draußen, schließe das Tor leise, husche in mein Auto und fahre nach Marbella.

Reginald wird es wieder versuchen. Weil er den Sieg liebt. Sex ist seine Waffe. Mich bezwingt er anstelle seiner Mutter, die sich ihm stets entzogen hat und jetzt im edlen Altersheim für betuchte Menschen vor sich hin dämmert. Wieder ist sie unerreichbar für ihren Sohn. Er sucht den Sieg und will gleichzeitig Kind sein. Sehr junge Frauen bedeuten ihm nichts. Es muß die Art Frau sein, nach der er sich sehnte, als er im Internat mit Pellkartoffeln vollgestopft wurde. Die reife Frau. Aber wahrscheinlich weiß er selber das gar nicht.

Die Fotos sind sehr schön. Auf einige klebe ich Pailletten, ganz spontan, es sieht wundervoll aus. Ein Bild von Strand und Steinen beklebe ich noch mit Muscheln und Steinchen, mische Tapetenkleister mit Tusche und färbe damit vorsichtig einzelne Partien ein. So entstehen aus meinen Fotos wirkungsvolle Materialbilder.

Mich reitet der Teufel. Ich packe meine Werke ein und fahre damit am Samstag zum Zigeunermarkt in Marbella. Dort setze ich mich zu den anderen Händlern auf die Treppenstufen. Ich öffne die Mappe und lasse die Bilder anschauen. Eins lege ich neben mich. Nach zwei Stunden habe ich zwei verkauft. Jede Stunde eins, gar nicht übel. Ich darf ruhig teurer werden.

Ruth König wird es nicht erfahren. Ich will sie keinesfalls verärgern. Aber es stärkt meine Selbstsicherheit. Im genormten Angebot – und selbst angebliche Antiquitäten sind hier meist genormter Trödel – fallen meine Bilder als das Besondere auf. Sie sind gerade extravagant genug, ohne die vertrauten Regeln des guten Geschmacks zu verletzen und Grenzen zu überschreiten.

Moderne Kunst ist unpopulär und nur an die eingestimmte Clique aus Sammlern, Händlern, Kritikern, Galeristen, Museen und Möchtegern-Intellektuellen zu vermitteln, die sie entdecken und hätscheln, wie etwa diesen Koons mit seinem Hochglanzkitsch und seinen Beischlafplastiken. Es ist eine Scheinwelt, die mich fasziniert. Kein Zutritt – reserviert für Insider.

Lothar macht konservative Kunst, jedenfalls finde ich das. Und meine Werke hier? Sind sie nichts als Kunsthandwerk? Zu gefällig? Zu hübsch? Egal. Ich finde sie brillant. Sie wirken inspiriert, oder?

Zu Hause klingelt das Telefon. Ich will nicht rangehen. Natürlich gehe ich ran. Ich mag Reginalds Stimme so gern.

»*Darling*, ich habe eben die Nachricht bekommen, daß es meiner alten Mutter sehr schlechtgeht. Ich fliege heute noch nach England. Vergiß mich nicht. Ich werde es kaum ohne dich aushalten können. Wirst du an mich denken? Bitte.«

Ich sage, daß ich an ihn denken werde. Ich bin ein hoffnungsloser Fall. Aber ich will weiter an mir arbeiten.

Arved ruft an.

»Es ist öde ohne dich. Weißt du, was ich dir vorschlage? Laß alles stehn und liegen. Komm zu mir nach Dortmund. Ich habe ein schönes Haus. Ich bin selbständig und

nicht anspruchsvoll in häuslichen Belangen. Kochen kann ich auch. Arm bin ich nicht. Die Putzfrau ist ganz ordentlich. Du kannst im Pool schwimmen. Nimm ein Köfferchen und besuch mich, solange du willst. Was sagst du dazu ... Du sagst nichts?«

»Arved, das ist doch nicht so einfach, wie es klingt. Es ist eben kein Besuch bei netten Leuten, das meinst du ja auch gar nicht. Es ist eine Entscheidung. Eine Art Prüfung, oder?«

»Schatz, du bringst es immer auf den Nenner. Du bist ein Verstandesmensch.«

»Ich habe ein Leben gelebt, Arved. Es gibt noch einen Ehemann, mein Haus in Bayern werde ich nicht aufgeben, meine Tochter lebt da, mein Enkelkind auch. Und hier in Spanien habe ich Geld und Schweiß investiert, ich hänge an dem Häusli ...«

»Das behältst du doch.«

»Ich bin kein Teenager, der mit einem Rucksack ins Abenteuer aufbricht. Ich mag dich sehr, Arved. Aber das kann ich nicht.«

»Du willst es nicht.«

»Was würdest du umgekehrt sagen, wenn ich dich aufforderte, zu mir zu kommen?«

»Ich war ja bei dir.«

»Auf Stippvisite.«

»Ich habe meinen Beruf. Du weißt, daß Max in geschäftlicher Hinsicht eine Katastrophe ist. Er wäre ein Risiko für die Firma.«

Ich bin sauer. Seine Stimme ist fest. So mag er seine Konferenzen leiten. Meine Herren, reden wir nicht um die Sache herum. So will ich das. Verstehen wir uns?

»Ada, es ist mir Ernst.«

»Arved, ich bin dir dankbar. Und ich fühle mich lausig. Aber ich kann nicht ganz von vorn anfangen.«

»Überleg's dir.«

»Ist gut.«

»Kuß, mein Schatz.«

»Kuß, Liebster.«

Er legt auf. Überleg's dir. Ist gut. Bin ich ein Pawlowscher Hund, der auf ein Klingelzeichen hin funktioniert? Ich will nicht länger ein artiges kleines Mädchen sein, das gerührt ist, wenn jemand es mag.

Ich buche einen Platz für die Reitvorführungen in Jerez. Ich buche den teuersten Platz, für mich ganz allein. Ich studiere die Landkarte. An einem sonnigen Donnerstag starte ich morgens bei Sonnenaufgang mit meinem Auto. Kopfstand allein genügt nicht zur Selbstfindung. Jetzt wird »Selbsterfreuung« trainiert.

Die Sonne scheint. Die Landschaft erstrahlt und rührt mein Herz. Ich zittere vor Angst und Glück. *»Ruta del toro«* heißt diese Strecke, die Straße der Kampfstiere.

Überall auf den Weiden grasen die Todgeweihten, in ihrem dritten oder vierten glücklichen Lebensjahr. Sie sind hellbeige, braun, schwarz-weiß und vor allem schwarz. Schwarz und kraftstrotzend. Und auf den Rücken der Urgewaltigen balancieren auf zierlichen Stelzenbeinen weiße Vögel und picken das Ungeziefer ab.

Baumwolle überzieht Felder mit ihren Wattebällchen. Grasflächen sind irisch grün. Eine riesige Herde schwarzer Schweine glänzt wohlgenährt im Sonnenlicht. Pferde sind in Gruppen versammelt.

Zwei schwarze Stiere kämpfen miteinander, verhaken ihre Hörner und drängen sich hin und her wie zwei Ringkämpfer. Autos mit eingeschalteter Beleuchtung kommen mir entgegen. Es werden immer mehr.

Ich ahne es, dann weiß ich's: Nebel! Dichter Nebel, in dem der nächste Baum nur als Schemen erscheint und erst in letzter Sekunde wirklich sichtbar wird.

Die zauberhafte Hügellandschaft ist verschwunden. Ich schwimme durch Wasser und habe die Wahl, ob ich dem kleinen Lieferwagen vor mir folgen will – jedenfalls sieht das Gebilde da wie ein kleiner Lieferwagen aus – oder ob ich das Tempo noch mehr drosseln und mich auf eigene Faust vorwärtstasten soll. Da der Fahrer vor mir die Strekke wahrscheinlich kennt, vertraue ich mich seiner Führung an. Als der Nebel sich endlich lichtet, rast mein Puls, aber ich bin stolz. Geschafft.

Die Vorführung der Reitschule ist dann wirklich eine Belohnung. Wie schön sind Pferde. Sie sollen dumm sein? Kaum zu glauben. Sie wirken so edel. Sie sind anmutig und kraftvoll. Manchmal, vor einer besonders schwierigen Aufgabe, sammeln sie sich so sichtbar, daß die Ausführung der Übung wie eine Explosion wirkt.

Andalusische Pferde tänzeln nicht. Sie sind stolz und ernsthaft bei der Arbeit unter ihren stolzen, ernsthaften Reitern, die zierlich und doch stark im Sattel sitzen. Ihr Chef hat die zierliche Phase bereits hinter sich und reitet einen Schimmel von gleichfalls kräftigerer Statur.

»*Sinfonía de caballo*« – die tanzenden Pferde. Arabisches und südspanisches Erbe haben sich vermischt zu melancholischem Feuer.

Acht Schimmel schreiten in einer Linie in die Halle,

formieren sich unter den Scheinwerfern, die in einer schnurgeraden Linie von der hohen Decke strahlen. Die Reiter, in alten andalusischen Trachten, schwenken grüßend ihre Kappen.

Dann beginnt die Vorführung der Dressur. In immer neuen Formationen erscheinen diese Zentauren, führen Croupade und Courbette vor. Ein schwarzes Roß ohne Reiter tritt zwischen Seilen in äußerster Konzentration in der Piaffe auf der Stelle, im Takt der Musik, während andere Pferde unter ihren Reitern sich kunstvoll zu Figuren ordnen, die Halle diagonal durchqueren, wobei sie die Vorderhand zierlich übersetzen.

Zum Schluß klatschen die Zuschauer im Takt, den die Pferde angeben. Ich meine ihnen anzusehen, daß der Applaus sie beflügelt. Ich unterdrücke eine sentimentale Anwandlung. Bitte nicht heulen jetzt. Aber es ist so schön, so schön, so schön.

Nachher trinke ich in einer kleinen Bodega eine *copa de Anís.* Ich muß mich überwinden, den Raum zu betreten, in dem ausschließlich Männer auf den Hockern an der Theke sitzen. Aber niemand wird aufdringlich. Der Wirt bedient mich freundlich wie jeden anderen Gast.

Um drei Uhr esse ich unterwegs in einem Restaurant an der Straße: eine Hühnersuppe mit Schinken und Ei und dann das saftigste Rinderfilet meines Lebens, wahrscheinlich eins der kampfunlustigen Tiere von den Weiden hier, die beim Schlachter enden. Wenn man nicht vegetarisch lebt, wird man immer irgendwie zum Täter.

Ich komme ohne Zwischenfall zu Hause an und bin sehr zufrieden mit mir, daß ich es allein geschafft habe.

Schöner wäre es wohl in angenehmer Gesellschaft gewesen, doch ich übe ja noch.

Am nächsten Tag kaufe ich Blumenpflanzen beim *vivero*. In Marbella erstehe ich einen großen Strauß zartgelber Nelken, deren Blüten zur Mitte hin rosa schimmern.

Ich gehe bei Ruth vorbei und verlasse den Laden mit einem blanken Porzellanlöwen – wenn schon Kitsch, dann auch richtig –, den ich Reginald nenne. »Zum Einkaufspreis«, sagt Ruth. Doch ich traue ihr nicht ganz. Sie ist eine Geschäftsfrau, und Einkaufspreise stelle ich mir generell niedriger vor.

Aina und Max Köster sind wieder da. Wir gehen zusammen essen, und ich genieße es nun doch sehr, nicht allein zu sein. Ein Pianist spielt Schnulzen. Ich sehne mich nach Liebe. Wenn ich Schnulzen höre, ist das ein Reflex.

Wissen Aina und Max etwas von Arved und mir und schweigen taktvoll? Oder hat er eisern geschwiegen? Und wenn ja, warum?

Am nächsten Tag ruft Lothar an.

»Weibi, ich kann eine Ausstellung in München kriegen. Meine Plastiken, besonders die Mobiles, und Kompositionen junger Musiker zu einem Gesamtkunstwerk vereint. Soll ›Klang und Licht‹ heißen, nicht gerade erleuchtet, aber besser als nichts. Ich habe lose zugesagt, aber ohne dich bringe ich das nicht auf die Beine. Was meinst du?«

Ich frage gar nicht erst, ob Melanie das nicht übernehmen könnte, denn ich weiß, daß nur ich es kann. Also verspreche ich zu kommen.

Ich kenne den vorgesehenen Schauplatz: einen sehr

geräumigen, einer Halle ähnlichen Laden mit einer Empore im Hintergrund.

»Wir werden gut dabei verdienen«, sagt Lothar. Ich bin vorübergehend sprachlos. Lothar denkt ans Verdienen! Ist es ein Zeichen von Erwachsenwerden oder der Wunsch, sich allmählich finanziell zu emanzipieren, fort von mir, hin zu Melanie?

Abends rufe ich bei Arved an. Er ist nicht zu Hause. Ich versuche es später noch einmal, dann wieder. Umsonst. Entweder ist er nicht da, oder er geht nicht ans Telefon. Allmählich steigere ich mich förmlich in eine Hysterie hinein.

Du hast ihn verspielt, sage ich mir. Er hat eine andere. Männer wie er haben an jedem Finger eine, wenn sie wollen.

Auch am nächsten Tag erreiche ich Arved nicht. Ich denke jetzt ununterbrochen an ihn.

Dann, am Abend vor meiner Abreise nach München, ruft er an. Er war ein paar Tage in den neuen Bundesländern unterwegs. Demnächst will er für drei Tage kommen. »Habe da in Malaga was Geschäftliches zu erledigen.«

»Ach, Arved, wie schön. Ich freue mich. Morgen muß ich nach München, mein Mann bekommt eine Ausstellung, die ich organisieren muß.«

»Für wie lange?«

»Höchstens für drei Wochen.«

»Schade, so lange kann ich meinen Besuch in Malaga nicht aufschieben.« Es klingt recht ungehalten. Aber dann fährt er fort: »Du magst mich danach wohl nicht besuchen, Ada?«

»Oh, ich weiß nicht ...«

»Ich habe Sehnsucht nach dir, mein Schatz.«

»Ich habe auch Sehnsucht nach dir.«

»Wir müssen einen Weg finden, okay?«

»Okay.«

»Gib mir einen Kuß und leg auf!«

»Ich küsse dich lange. Ich kann jetzt nicht auflegen. Du mußt auflegen.«

»Ich kann nicht. Ich habe dich gerade jetzt ganz nahe. Ich mache Telefonsex mit dir. Gefällt's dir?«

»Es ist toll.«

Es ist wirklich aufregend. Er atmet schwer.

»Arved?! Ich mag dich sehr.«

»O Gott, Liebste.«

Er legt auf.

Die Ausstellung in München wird ein Erfolg. Vor den Eingang des Schau- und Klangraumes haben wir als Anreißer den neuen Bronzo gestellt. Daneben ist ein Café, ganz nah ist ein bekannter Freßtempel. Die Neugierigen und die wirklichen Interessenten strömen herein.

Die Musik ist modern, atonal, sehr laut, wild und auf jeden Fall etwas für Leute, die mitreden wollen.

Der Transport der Plastiken hat eine Unsumme gekostet, aber wir verdienen klotzig. Und die Hälfte davon gehört mir.

Lothar gesteht mir, sozusagen im Vorübergehen, Melanie wolle das Kind. Nur das Kind im Grunde.

»Mich hat sie als Vater gebraucht, irgendwie ist das ja ganz schmeichelhaft. Es wird wirklich ein Junge. Sie will nicht mit mir brechen, aber sie will mit dem Kind allein bleiben.«

»Das hätte sie dir früher sagen müssen, finde ich.«

»Sie hat mich halt benutzt.«

Sie hat ihn benutzt. Wilcoxens haben mich benutzt. Immer benutzen Menschen andere Menschen für ihre Zwecke.

Abends trinken Lothar und ich zusammen eine Flasche Rotwein, wie in alten Zeiten. Es hat sich nicht eigentlich etwas geändert zwischen uns, aber das Klima ist entspannter.

Er sitzt nicht mehr auf dem hohen Verführerroß, jedenfalls im Augenblick nicht. Ich bin nicht eifersüchtig, ebenfalls im Augenblick nicht. Wir unterhalten uns wie zwei alte Kameraden und gehen schließlich miteinander ins Bett.

Es ist nicht schlecht, das vertraute Spiel zu machen. Doch danach verziehe ich mich in mein Zimmer. Diese Tour haben wir früher schon mehrmals versucht. Die Zwei-alte-Latschen-Tour. Nein, nicht noch einmal. Er hat bestimmt an Melanie gedacht. Und ich . . . du lieber Himmel, ich an Reginald.

Als ich nach Spanien zurückfliege, bin ich abgespannt, aber zufrieden. Und ein bißchen reicher. Lothar und ich sind übereingekommen, daß ich auch künftig Publicity und Steuererklärungen machen werde. Das bedeutet, daß ich meine Zeit aufteile zwischen Marbella und Stroppenau, eine Pendlerin zwischen zwei Welten.

Auf dem Flughafen von Malaga frage ich nacheinander mehrere Frauen, ob sie zufällig auch ein Taxi nach Marbella nehmen wollten, dann könnten wir uns den Preis teilen.

Keine will. Aber ein gesetzter Herr bietet mir auf englisch an, mit ihm zu fahren. Die Überraschung: Er hat einen großen Mercedes mit Chauffeur. Er sitzt neben mir. Jetzt fällt mir auf, daß er sehr arabisch aussieht, und ich stelle mir vor, er wolle mich vielleicht in seinen Harem eingliedern. Eifrig mache ich in meinem Küchen-Englisch Konversation. Er nickt oder zuckt die Schultern, redet kaum. Mir ist sehr unheimlich zumute.

Kurz vor dem Abzweig zu meiner kleinen Gasse bedanke ich mich sehr und bitte ihn, mich aussteigen zu lassen. Ich habe eine Gänsehaut, als er nicht reagiert. Aber dann sagt er etwas zu seinem Fahrer. Der Wagen hält. Ich steige aus. Er hat nicht einmal gelächelt.

Der Erleichterung folgt sofort Enttäuschung. Ist es vorbei mit meiner Anziehungskraft? Hat der Scheich einer alten Dame einen Gefallen tun wollen? Ach, ich bin ein Kindskopf und werde immer einer bleiben.

Als ich zu Hause ankomme, steckt ein Zettel im Kasten.

»Ich war da. Du leider nicht. Ich komme wieder, sobald ich kann. Abrazzo! Arved.«

Eine Stunde mag vergangen sein, als ich ein Auto höre. Ich steige auf meine Kiste. Uta Wilcox tritt aus ihrem Tor und trägt einen Haufen Kleidungsstücke lose in den Armen. Sie packt sie hinten ins Auto, läuft zurück und kommt mit einer prallen Reisetasche zum Vorschein, die sie hinten in den Kofferraum stellt, bevor sie wieder zurück auf ihr Grundstück eilt.

Dann wieselt Nicky auf die Straße. Äußerst erregt pinkelt er an die Torpfosten und an die Mauer.

Schließlich erscheint Reginald. Er hält sich sehr gerade und federt bei jedem Schritt. Vor sich her trägt er den Käfig mit dem Papagei, der stumm und mit gesträubtem Gefieder diesen demütigenden Transport durch seinen Widersacher erleidet.

Reginald stellt den Käfig auf den Rücksitz zwischen die Kleider. Als er sich umdreht, entdeckt er mich. Ich habe mich wieder so weit vorgewagt, daß ich bäuchlings auf der Mauer liege. Er sendet einen langen Blick zu mir herüber, einen gelben Blitz. Ich starre fasziniert zurück. Mein Mund wird trocken.

Hastig schaut er weg. Uta kommt wieder, mit dem Beo im Käfig, der neben den Papagei gestellt wird.

»Come here, good boy«, ruft Uta. Sie steigt ein, Nicky hüpft auf ihren Schoß. Mein charismatischer Nachbar schaut mich noch einmal an. Mein fremder Geliebter.

Sie fahren ab. Mir ist, als ließe jemand die Luft aus mir heraus. Meine Knie zittern, als ich mühsam von der Kiste steige.

Ich sinke auf den Rasen und weiß schon alles, bevor es mir später Aina und Max bestätigen. Reginalds Mutter ist gestorben. Er hat ein Vermögen geerbt. Nun wird er seine Pfeife in England stopfen, in einer hübschen Villa, nehme ich an.

»Dies ist nicht mein Land«, hat er immer gesagt. Nein, Spanien war nur ein Übergang. Ada war nur ein Übergang. Jetzt werden die Spiele zur Belebung der Wilcoxschen Ehe in vertrautes Revier verlegt. Andere Frauen können aus der Bahn geraten und beschließen vielleicht, im günstigsten Falle, ihr Leben neu zu ordnen. An Wilcoxens Haus hängt jetzt ein Schild: *»Se vende«*, mit einer

Telefonnummer. Die Hunde bellen. Die Karawane zieht weiter.

Ich knie auf meinem Meditationsteppich. Ich neige mich vor. Stütze Kopf und Hände im Dreieck auf. Tief atmen. Nichts wollen. Tief, tief in den Bauch hinein atmen. Jetzt müßte ich Kopfstand machen. Doch ich kann nicht. Ich kann nicht loslassen. Ich verharre kniend in Demutshaltung. Er ist fort! Er ist aus meinem Leben verschwunden.

Tief atmen. Warten. Nichts wollen. Oh, Reginald ist fort. Der fremde Liebhaber hat mich für immer verlassen. Was soll ich nur machen? Wer hilft mir? Tief atmen. Warten. Nichts wollen.

Allmählich kehrt die Kraft zurück, und ich richte mich auf. Ich will frei und selbständig sein und mit allen Sinnen die nächsten zehn Jahre genießen. Da sind meine geliebte Tochter und mein herziger Enkel. Auch in der Liebe ist noch nichts verloren. Vor allem aber will ich recht lieb zu Ada sein.

Elvira Reitze

Wandas schöne Schwester

Roman

Ullstein Buch 22847

Ullstein

Elvira Reitze erzählt in ihrem Roman von zwei ungleichen Schwestern: Wanda kommt in einer Zeit familiären Leids zur Welt, Charlotte wird ein Jahr später geboren. Sie ist das Wunder. Das ist so, und das bleibt so. Wanda gewöhnt sich daran, daß ihrer Schwester die Herzen zufliegen. Charlotte tut kaum etwas dazu, man kann ihr daraus keinen Vorwurf machen . . .